ERIKA BOYER

PROMESSE TENUE

TOME 1 : EN CHEMIN

Hugo ⬥ Poche

NEW ROMANCE®

*À mon oncle Michel, qui restera
toujours mon motard préféré.
Merci pour l'inspiration...*

PLAYLIST

+ Calum Scott – *What I Miss Most*
+ Fifth Harmony – *Don't Say You Love Me*
+ Jonas Blue feat. Jack & Jack – *Rise*
+ Selena Gomez – *Back To You*
+ Sweet Sisters – *Hit the road Jack*
+ One Republic feat. Logic – *Start Again*
+ Passenger – *Home*
+ Passenger – *Let Her Go*
+ Passenger – *Hell Or High Water*
+ Rag'n'Bone Man – *Life in Her Yet*
+ Rag'n'Bone Man – *Skin*
+ Ruelle – *The Other Side*
+ Ruelle – *War Of Hearts*
+ Shawn Mendes – *In My Blood*
+ Shawn Mendes – *Treat You Better*
+ Shawn Mendes – *Stitches*
+ Years & Years – *Desire*
+ Years & Years – *Real*
+ Years & Years – *Eyes Shut*
+ SHINee – *Symptoms*

+ SHINee – *Obsession*
+ ALMA – *Dye My Hair*
+ Imagine Dragons – *Believer*
+ The Weeknd – *Earned It*
+ Kim Jonghyun – *Y si fuera ella*
+ Grease – *You're The One That I Want*
+ Ella Eyre – *Good Times*
+ Ella Eyre – *Together*

PROLOGUE

Est-ce à cela que ressemble la fin ? Le vent qui vous siffle un drôle d'air aux oreilles et la route qui vous prend, en tirant sur le dernier fil de votre destin ? Ça ressemble étonnamment à la définition de la vie. Je veux bien rejoindre mon vieux dans le cul-de-sac de la mort si je peux y aller sur le dos de ma moto, une clope dans une main et un verre dans l'autre. Une femme accrochée à ma taille pourrait être un plus, si ce n'était pas la seule que j'aie jamais aimée.

Il n'y a que moi pour attendre un quart de vie avant de tomber amoureux pour la première fois et pour tuer la seule personne au monde à avoir su me faire aimer.

Si j'avais une seconde chance, je ferais beaucoup de choses différemment. À commencer par tenir mes promesses…

CHAPITRE 1

J'entends vaguement une voix masculine demander à la famille proche de s'avancer pour un dernier geste, un ultime au revoir. Une idée fugace me traverse l'esprit : suis-je de la famille proche ? Et si son propre fils se sent trop éloigné, que reste-t-il à cet homme détestable qui nous libère enfin de sa cruauté ? Je me sens coupable d'être incapable d'aimer celui sans qui je n'existerais pas et je m'en veux presque autant d'être peiné du décès de cet homme violent qui ne méritait pas notre amour.

Je ne comprends pas le flot de larmes qui s'échappe des yeux de ma mère, pas plus que je ne m'explique le chagrin que je ressens lorsque je regarde l'immense boîte qui cache le corps de celui qui a un jour été mon père.

Je suis tellement énervé… J'hésite entre cracher sur son nouveau toit, allumer une cigarette pour fêter son départ, écraser mon poing dans le visage de ce collègue de travail détestable qui affiche une tristesse de façade, ou simplement partir avant la fin. Ça l'a toujours énervé de me voir quitter la table au milieu du repas, alors, pour ses funérailles, ça le tuerait probablement. S'il n'était pas déjà mort, bien sûr.

Inconvenant. Irrespectueux. Puéril.

Je veux bien être tout ça une dernière fois et j'aime l'idée d'imaginer son âme hurler et souffrir de ne pouvoir lever la main sur moi comme il l'a si souvent levée sur ma mère. Quelle tristesse d'avoir créé un fils si bien bâti, si grand, et assez fou pour ne pas trembler devant celui qui aurait pu être son dieu s'il avait compris ce qu'être un père signifie.

Ma mère laisse échapper un cri déchirant lorsque le cercueil glisse finalement vers une autre salle pour ensuite finir brûlé par les flammes de l'enfer. Mon cœur, aussi fougueux et rebelle soit-il, se serre en voyant cette scène. Le petit corps de celle qui m'a donné la vie se recroqueville et tremble sous le coup de l'émotion. Je ne peux même plus lui en vouloir d'avoir continué à aimer un homme qui ne lui rendait que de la haine pour chaque geste d'amour qu'elle lui offrait. La seule chose qui importe, c'est qu'elle souffre. Ce salaud continue à la briser, même mort. Va-t-il nous hanter éternellement ?

J'ai vraiment besoin d'une cigarette, d'une bouteille ou d'une femme. Pourquoi pas les trois en même temps ? Mais à la place, je passe mon bras autour des épaules fragiles de ma mère et lui offre l'étreinte qu'elle attend, celle dont elle a tant besoin.

Je n'ai jamais été particulièrement affectueux avec elle, malgré mon amour infini, mais il existe des occasions pour lesquelles on ressent le besoin de faire des efforts. Le décès de mon père me semble en être une.

Je ne sais pas exactement combien de temps dure l'étreinte, mais la salle de cérémonie a le temps de se vider des quelques personnes qui sont venues dire au revoir à cet homme. Si nous connaissons sa véritable nature, ce n'est pas le cas de ses collègues de travail ou de ses amis. Ils ne sont pas nombreux, mais tous se méprennent grandement à son sujet. Nous n'avons pas connu le même homme et qu'ils aient eu une meilleure version de mon père me rend parfois fou de jalousie.

Je regarde ma grand-mère par-dessus la tête de la petite femme dans mes bras. Je suis certain que nous avons le même air. Les yeux rouges mais secs, le visage fermé, les sourcils froncés et le cœur déchiré entre la joie d'être libérés des griffes d'un monstre et la peine de perdre un être en qui nous avons voulu croire jusqu'au bout.

Je relâche ma mère lorsque Lara s'approche de nous pour nous présenter ses plus sincères condo-léances. C'est ma meilleure amie depuis toujours, elle sait l'homme qu'il a été, elle sait que je ne le portais pas dans mon cœur et ses mots sont adressés à la femme en pleurs dans mes bras plus qu'à moi. Nous nous connaissons depuis trop d'années pour qu'elle fasse l'erreur de prétendre partager une peine que je ne ressens pas vraiment.

Ma mère la remercie puis va avec ma grand-mère vers la personne qui a dirigé la cérémonie. Je lui laisse le soin de remercier l'homme qui a mené la dernière prouesse de mon père : se faire pleurer pour tout ce qu'il n'était pas, bon, généreux, attentionné, doux... et, sans un mot, je suis Lara hors de la salle. Je peux enfin respirer lorsque je retrouve l'extérieur.

– Comment tu te sens ? me demande mon amie.

– Fatigué, lassé, saoulé... Et tu sais que je déteste quand ce n'est pas d'alcool.

Elle me gratifie d'un rire sans joie et prend la cigarette que je lui tends. J'allume les deux tiges de tabac que nous tenons entre nos lèvres.

– Luigi travaille ?

Elle hoche la tête.

Luigi, c'est un surnom pour son mari. Il s'appelle Louis, mais il chevauche une belle bécane verte et a une petite moustache semblable à celle qui est portée par le frère de Mario. Je l'appelle comme ça depuis toujours, il a fini par s'y faire. Toute la bande a adopté le surnom, d'ailleurs.

Je ne suis pas surpris qu'il soit absent, il a toujours détesté mon père et adoré ma mère. Il ne mettait déjà plus les pieds chez nous depuis un moment, de peur de ne pouvoir se retenir de tuer son hôte. Je le comprends puisque j'ai pris mon propre appartement pour des raisons similaires.

En ce qui concerne les autres membres de notre petit groupe de motards, ils habitent trop loin pour venir assister aux funérailles d'un homme dont je leur ai dit tant de mal. Ils se sont contentés de m'envoyer un message de soutien et une promesse de futur rassemblement. « *On va rouler au bord de l'eau, beauté. Tu verras, tu oublieras la laideur de ce monde* », m'a dit Violette. À soixante-douze ans, elle est la plus âgée d'entre nous et j'admire tout ce qu'elle fait, tout ce qu'elle est. J'aime son amour pour tous les gosses qu'elle n'a pas pu avoir et toutes les âmes qu'elle a sauvées ; je suis passionné par les histoires qu'elle raconte et jaloux des pays qu'elle a visités, le cul soudé à sa belle Indian[1] multicolore.

Son message m'a fait du bien et la promesse de tous mes amis de se retrouver bientôt pour simplement rouler ensemble est l'une des rares choses à me garder sain d'esprit en cette sombre journée. Malgré tout, je reste au bord de l'explosion. Appuyé contre une colonne en ciment, je regarde les visages d'inconnus qui ont fait leurs adieux à un autre inconnu. Celui qu'ils ont aimé, je ne l'ai jamais vu, et cela me met hors de moi. Tant de façades pour un seul être, tant de masques, de costumes, de mensonges…

Je tire plus fort encore sur ma cigarette, sans réussir à me calmer. Je sens la colère monter en

---

1. Marque américaine de motos.

moi et si la nicotine est incapable de m'aider, il ne me reste qu'à tenter le deuxième choix de la liste : l'alcool.

– Je vais aller boire une bière. Tu viens avec moi ?

Lara ne me fait pas remarquer qu'il n'est que quinze heures, pas plus qu'elle ne me demande si j'envisage de participer à la dispersion des cendres. Elle se contente de refuser mon invitation.

– J'ai pas pris ma moto, Louis voulait refaire la peinture de toutes les bécanes, alors il m'a juste déposée.

Luigi est un artiste. Tagueur de rue, il a commencé de manière illégale, en imposant son art sur de vieux bâtiments abandonnés. Il a ensuite vendu ses services et s'est fait un nom, mais il s'est lassé et a fini par tout arrêter pour ouvrir un garage. Il adore retaper les véhicules qui passent entre ses doigts, mais de ce que je sais, il envisage de se reconvertir. C'est un gars aux multiples talents et je ne m'inquiète pas pour son avenir. Je suis aussi certain que son prochain métier ne sera pas le dernier, il aime changer. Il n'est pas homme à chanter le même refrain jusqu'à la fin de ses jours, il a besoin que chaque matin soit différent. Je ne peux que le comprendre.

– Si tu veux, je te ramène après, dis-je finalement.

– Tu vas finir par partir avec une femme et me laisser en plan. Tu m'as fait le coup une fois, pas deux. Je passe mon tour.

Bien sûr, elle a raison. Il y a des chances pour que la bière de l'après-midi se transforme en verre de soirée puis en nuit endiablée. Le sexe est définitivement une de mes drogues préférées et puisque je ne peux pas le pratiquer avec ma meilleure amie, aussi belle soit-elle, il faut bien que je trouve une partenaire.

— T'es d'un triste... lui dis-je, soulignant son côté casanier.

— Qui de nous deux l'est vraiment ?

Je n'aime pas son sourire malheureux, je n'aime pas lorsqu'elle me pense au bord du gouffre, je n'aime pas avoir le sentiment qu'elle a raison.

Je suis sauvé par ma grand-mère et ma mère qui sortent de la salle de cérémonie, interrompant la discussion. En voyant le visage dévasté de celle qui m'a élevé, je me souviens qu'aujourd'hui n'est pas une journée à plaisanter. Pourtant, quoi de mieux pour chasser le chagrin que les rires ? Même quand ils ne sont qu'une pâle copie du véritable bonheur.

Je veux rejoindre ma mère, lui prêter l'épaule que j'ai si peu mise à sa disposition jusqu'ici, mais le regard de ma grand-mère m'en dissuade : elle veut me parler. Lara comprend elle aussi le message. Elle prend la main de cette nouvelle veuve au chagrin évident et la guide vers un rebord en pierre pour s'y asseoir.

— Il faut que je te parle, Sandy.

— Pas maintenant Gran', juste, pas maintenant.

Je la connais depuis toujours, je sais qu'elle n'a aucune bonne nouvelle à m'annoncer et je ne veux pas en entendre de mauvaises, pas encore.

Je suis moi aussi un livre ouvert pour elle et elle n'a pas besoin de plus d'explications. Non seulement elle ressent les mêmes émotions, mais en plus, elle a partagé la vie du moule duquel je suis sorti. Elle sait qu'il est inutile d'insister. Je suis le portrait craché de son défunt mari. Il n'est pas rare que mes mots ou mes actes lui rappellent mon grand-père. Elle sait donc que la meilleure solution est de me laisser aller à mon rythme.

J'ai peu connu mon grand-père, mais il m'a laissé une des choses que je chéris le plus au monde : ma moto. Ma belle Haley, une vieille Harley Davidson améliorée encore et encore au fil des années. Elle n'a plus grand-chose d'origine, si ce n'est sa beauté. Elle est l'une des rares drogues sans danger – ou presque – que je consomme avec un manque cruel de modération. Chaque fois que j'ai besoin de respirer, chaque fois qu'il me faut une preuve que je suis vivant, je la grimpe avec plus de passion que je ne monte une femme et je pars sillonner les routes françaises.

– Je vais m'occuper de ta mère, vas-y, dit-elle, résignée.

Je l'embrasse sur le front et fais de même avec ma mère, un peu plus longuement. Je sens ses doigts accrocher mon bras et je la vois alors plus fragile que jamais. A-t-elle toujours été si faible, si petite à côté de moi ? Cela me fend le cœur et je me déteste d'être un si mauvais fils. Je suis incapable de rester avec elle et d'endurer ses larmes. Je suis si proche de l'explosion, si près de me briser les doigts sur la mâchoire de l'un des collègues de mon père. Il y a beaucoup trop de haine en moi pour que je puisse lui donner l'amour dont elle a besoin.

J'embrasse ma mère une fois de plus, en m'étouffant presque autour de la boule qui s'est formée dans ma gorge. À ma meilleure amie, je n'offre qu'une bise sur la joue et une promesse de l'appeler plus tard. Je ne le ferai pas, elle le sait. Après toutes ces années, elle ne se méprend plus à mon sujet : je ne tiens jamais mes promesses. Je suis un mauvais ami et elle en est une tellement bonne qu'elle m'accepte ainsi. Je ne la mérite pas.

Sous les regards étonnés des gens qui ont connu mon père autrement que comme un bourreau, j'enjambe ma puissante partenaire et démarre. Quelle merveilleuse mélodie… Je la sens résonner à l'intérieur de mon corps et cela me fait beaucoup de bien.

– Ton casque ! entends-je ma grand-mère crier alors que je quitte le crématorium sous les regards surpris.

Elle sait qu'il est inutile de me le dire, mais elle le fait quand même. Je l'aime toujours pour ça.

Je ne suis pas fier de l'inquiéter, mais je tire un plaisir rare à tenter la mort. C'est la seule manière pour moi de me sentir vivant. J'ai besoin de vivre des sensations fortes ou des émotions intenses et parfois incompréhensibles. Je suis sans cesse en quête de plus que ce que je ressens au quotidien et c'est pour cette raison que j'aime toutes ces choses qui font de moi un putain de cliché. La vitesse à dos de moto, la fumée de cigarette qui me brûle la gorge, l'alcool et la drogue qui me plongent dans un autre monde, le sexe qui me fait atteindre un plaisir quasi inégalable, les coups échangés avec des inconnus qui me laissent parfois aux portes de la mort mais souvent dans une douleur légère très appréciable, les tatouages dont le processus de création me fait presque bander… Je tire beaucoup de plaisir de ces petites peines et j'en suis devenu accro. Je ne crois pas avoir un jour été masochiste, mais je reconnais avoir toujours apprécié ce genre de sensations, assez fortes pour fissurer le mur de mon indifférence perpétuelle.

Pourtant, la douleur qui me creuse la poitrine au souvenir du cercueil de mon père partant vers les flammes, c'en est une que je ne veux pas vivre. Je ne veux avoir aucune émotion pour l'homme qui m'a obligé à m'enfermer dans cette bulle, m'éloignant de tout sentiment humain. C'est à cause de lui que j'ai oublié comment ressentir, c'est sa faute si j'ai sans cesse besoin de chercher plus fort, plus loin, pour me sentir vivant. Il m'a tué, lui qui a été un père, un fils et un époux, mais qui n'a excellé dans aucune de ces fonctions. Il a tout raté et tout ce qu'il a touché est devenu cendre sous ses doigts. Je suis heureux qu'il soit parti.

Alors pourquoi mes yeux souffrent-ils tant des larmes que je retiens ?

Je prie pour que le vent atténue cette peine incompréhensible au fil des kilomètres.

Ce jour-là, je ne terminai pas ma nuit en cage car je ne croisai aucun flic pour me reprendre sur ma conduite sans casque et je finis par me perdre entre les cuisses d'une divine créature à la chevelure de feu. Elle s'appelait Lydia, à moins que ce ne fût Carla, j'étais trop ivre pour m'en souvenir et elle trop indifférente pour me le rappeler le lendemain quand son mec rentra plus tôt que prévu et me réveilla à coups de poing. Je me fis la réflexion que j'aurais dû le tatouer quelque part sur mon corps avant de la baiser, mais j'avais tant de choses et de gens marqués sur ma peau que je n'aurais peut-être pas été en mesure de mieux m'en souvenir.

Ce fut malgré tout une nuit divine, achevée par un réveil agité ; une combinaison parfaite pour affronter finalement les jours suivants. Mais si j'avais su qu'à mon retour ma grand-mère me donnerait de si mauvaises nouvelles, j'aurais probablement choisi d'encaisser un peu plus les coups, j'aurais acheté une bouteille de plus ou roulé un autre joint. Non, j'aurais pris la route et je me serais enfui. Je n'étais pas prêt à entendre ses mots. J'étais lâche, au fond, et pas assez aimant pour être ce que ma mère avait besoin que je sois. Je ne valais peut-être pas beaucoup mieux que mon père, finalement.

CHAPITRE 2

Les tasses se brisent sur le sol, les cuillères vont frapper le meuble un peu plus loin et je leur en veux de ne pas se détruire sous le coup de ma colère. Il n'y a pas assez de tabac, d'alcool, de cannabis ou de femmes sur cette foutue terre pour que je parvienne à contrôler ma rage. Ma grand-mère se tient à l'écart, attendant que je finisse de déverser ma haine sur sa pauvre cuisine. Lorsque c'est le cas, je me retrouve à bout de souffle. Je tape la table du plat de mes mains, une dernière fois.

– C'est quoi ces conneries ? dis-je, les yeux fixés sur le bois sous mes doigts.

Elle reste silencieuse et quand elle voit que son silence ne me met pas plus en rogne, elle comprend que je me suis vidé du plus gros de mes émotions négatives. Tout compte fait, je suis encore capable de ressentir des choses. Dommage que ce ne soit jamais quoi que ce soit de positif, toujours de la haine, de la colère, de la rage…

Elle s'approche et commence à ramasser les morceaux de porcelaine qui gisent sur le sol. Je m'accroupis à côté d'elle et l'aide à se relever.

– Laisse, je vais le faire.

Il est hors de question que ma grand-mère nettoie derrière moi. Je la fais asseoir et me mets à rattraper les dégâts sous son regard indulgent. Elle me comprend toujours, elle accepte chaque fois tout ce qui cloche chez moi, comme elle l'a fait avec mon grand-père.

Quand j'ai fini de ranger, je tire une chaise et m'installe à côté d'elle. J'ai beau tourner cette histoire dans tous les sens, je ne lui en trouve aucun. J'ai l'impression qu'on se moque de moi.

Je prends ma tête entre mes mains, les coudes posés sur le bois de la table, et tire sur mes cheveux dans un nouvel accès d'agacement.

– Réexplique-moi, Gran', demandé-je en tournant la tête vers elle.

Elle soupire.

– Ta mère a besoin d'une transplantation. Elle souffre d'une insuffisance rénale chronique. La dialyse aide, mais c'est trop difficile pour elle et peut-être bientôt plus suffisant. Si elle veut avoir une chance de vivre de nouveau quasi normalement, la greffe est sa seule option.

Je ne suis pas sûr de bien comprendre tout ce qu'elle me dit, même si elle me l'explique pour la seconde fois. Pour autant, je suis certain que la vie de ma mère est en danger et c'est suffisant pour me mettre dans un tel état.

– Depuis quand ? C'est pas arrivé du jour au lendemain. Pourquoi elle n'a pas été diagnostiquée avant ?

– C'est une maladie qui évolue silencieusement. On a tendance à ne pas remarquer les premiers symptômes comme la fatigue ou la baisse d'appétit. Elle a mis ça sur le compte de sa vie difficile.

– À cause de lui... dis-je dans un souffle. Ils pouvaient pas lui prendre ses reins avant de le cramer ?! crié-je alors, sous le regard indulgent de ma grand-mère.

– Ça ne marche pas comme ça, répond-elle, calmement. Pour recevoir d'un donneur mort, il y a une liste d'attente et ta mère n'est pas la seule inscrite dessus. Sans parler du facteur compatibilité.

– Qu'elle prenne le mien, alors !

– Ne sois pas idiot. Tu sais bien que tu n'en as déjà qu'un. Aucun être humain ne peut vivre sans rein. Pas même toi, ajoute-t-elle en voyant mes sourcils se hausser dans un air de défi.

J'ai envie de dire que je me moque bien de mourir si cela lui permet de vivre, mais je sais que cela blesserait profondément ma grand-mère, alors je me contente d'insulter mon rein en fer à cheval[2] et de taper du poing sur la table, une fois de plus. Gran',

---

2. Le rein en fer à cheval est une malformation résultant de l'union des deux reins.

ennuyée, finit par me frapper le bras, me faisant clairement comprendre que si je casse aussi sa table, elle ne se montrera pas aussi clémente. C'est son mari qui la lui a fabriquée et elle y est particulièrement attachée. Je suis son petit-fils préféré – le seul, en fait – et elle est sûrement la plus patiente et la plus gentille des grands-mères, mais elle ne me pardonnera pas d'abîmer un souvenir de l'homme de sa vie. Personne ne touche à ce qui la lie à mon grand-père. Sa moto est la seule chose qu'elle n'a pas gardée. « *Il aurait voulu qu'elle continue à voir du pays* », m'a-t-elle dit en me l'offrant.

– Alors on fait quoi ?

– Tu vas prendre Haley et partir en vacances.

Je cligne plusieurs fois des yeux. A-t-elle perdu la tête ? Elle n'est pas très logique.

– Je ne comprends pas en quoi ça va aider.

– Il faut que tu trouves Alysson.

Ma respiration se bloque dans mes poumons. Personne n'a mentionné ma sœur devant moi depuis des années… Elle est une corde sensible, mon talon d'Achille. De quinze ans mon aînée, elle est partie alors que je n'avais encore que trois ans et je ne l'ai plus jamais revue. Je ne me souviens presque de rien à son sujet, je n'ai en mémoire que l'effluve d'un parfum mêlant rose, bergamote et patchouli, et des images que mon esprit malheureux a sûrement créées de toutes pièces. Pourtant, parler d'elle a toujours été difficile pour moi. Inconsciemment, je crois que je lui en veux de nous avoir abandonnés, ma mère et moi.

– Il y a plus de chance de compatibilité avec un membre de la famille proche. À moins qu'elle n'ait elle aussi eu un problème de reins depuis, elle sera sûrement en mesure d'aider ta mère.

Après l'avoir laissée entre les griffes de notre monstre de père, elle va revenir dans nos vies et réussir là où j'échoue si pitoyablement. Elle va donner une seconde vie à cette petite femme que je chéris tant mais que je déçois chaque jour un peu plus.

Je me lève, la tête retournée par toutes ces informations et le cœur malmené par des émotions dignes d'un gamin qui craindrait qu'on lui pique sa maman. Je suis pathétique.

Ma grand-mère serre mon poignet de ses doigts abîmés par le temps. Le contraste de la pâleur de sa peau sur l'arc-en-ciel de mes tatouages est impressionnant.

– Ta mère mérite de vivre enfin, de vivre vraiment. Je sais que tu es d'accord avec moi et je sais que tu iras.

– Parce que lui y serait allé.

Elle acquiesce.

– Mais je ne suis pas lui, Gran'. Et personne ne fera de moi un mec meilleur, comme toi tu as réussi à le faire avec mon grand-père.

J'ai beau espérer, j'ai beau vouloir de tout cœur trouver mon Haley comme Nathan a trouvé la sienne, et qu'elle soit de chair et de sang, pas de métal, je sais que cela n'arrivera pas. En vingt-cinq ans, je n'ai jamais su tomber amoureux alors que j'ai rencontré des femmes incroyables, à commencer par June, ma toute première. Quelque chose cloche avec moi. J'ignore tout de l'amour romantique et je doute d'apprendre un jour.

Ma grand-mère m'offre un regard triste très semblable à celui de Lara et je préfère m'enfuir pour ne pas avoir à le subir. Je déteste l'idée que mes proches s'inquiètent pour moi. Cela signifie qu'ils ont conscience de mes faiblesses, et peut-être même de mes craintes et de mes peines. Cela m'est insupportable.

***

Après cette annonce, incapable d'aller voir ma mère ou d'être un bon fils, je me rends au salon *Chez Cookie*. Contrairement à ce que le nom de l'enseigne laisse croire, ce n'est ni une boulangerie, ni une chocolaterie, ni quoi que ce soit lié à la bouffe. Cookie, c'est une de mes tatoueuses préférées et j'abuse souvent de ses mains de fée. Quand j'en ai l'occasion, je laisse Clément marquer ma peau parce que c'est mon meilleur ami et un artiste incroyable, mais comme la plupart des membres de notre bande de motards, il habite un peu trop loin et je ne le vois pas aussi souvent que je le souhaiterais. Seulement quand son travail le conduit vers chez moi ou que nous nous retrouvons pour rouler. Et puis, j'aime mélanger les styles sur ma peau ; là où Clément excelle dans le noir et le géométrique, Cookie est une reine de la couleur et une grande fan du courant steampunk. Ses pièces sont uniques et très appréciées, d'où mes passages fréquents sur sa table. Je me sens heureux d'appartenir à son cercle d'amis et de ne pas avoir à attendre des mois pour obtenir un rendez-vous. Elle me prend toujours sur son temps personnel, même si elle ne manque jamais de me hurler dessus lorsque je passe à l'improviste. Cette fois, je l'ai au moins prévenue avant de débarquer au salon.

— Qu'est-ce qui t'est encore arrivé ? me demande-t-elle en pointant le menton vers ma pommette gonflée.

Elle reporte ensuite son regard sur la jambe de son client et continue son travail.

— Je me suis fait réveiller à coups de poing.

— T'as encore couché avec la mauvaise fille.

— Y'a pas de mauvaise fille. Et si tu voulais bien de moi, je n'aurais pas à en voir d'autres et à mettre ma vie en danger pour te rendre jalouse, dis-je, d'un ton faussement las.

Un sourire se dessine sur les lèvres de mon amie, mais elle ne relève pas la tête. Rien ne la déconcentre. Son client semble à l'agonie, lui.

— T'es pas mon genre, désolée. Je préfère les voitures aux motos.

C'est sa façon détournée de dire qu'elle aime les femmes plus que les hommes, un truc entre nous. Elle n'a pas honte de sa sexualité, elle parle juste toujours par métaphores, comme Patrick parle presque exclusivement en proverbes. Et puis, sa vie privée ne regarde qu'elle. Et moi, parce qu'elle a cru qu'ainsi j'allais arrêter de lui faire du charme. Il m'en faut plus. C'est devenu comme un jeu entre nous ; je ne me serais pas permis d'être aussi insistant avec une autre qu'elle. De toute façon, si je l'agaçais, elle finirait probablement par me retourner et me plaquer au sol ou au mur. Cette petite femme a une force phénoménale.

La laissant terminer son travail, je vais dans la pièce d'à côté puis allume une cigarette. Je me mets ensuite à feuilleter les albums photo de ses œuvres. Toutes sont superbes, mais certaines sont simplement incroyables. La richesse des détails, la précision de ses traits et l'originalité de son style rendent son art unique et inégalable. Je lui envie son talent. Je n'en ai pas de particulier et je suis jaloux de tous mes amis artistes, que ce soit Cookie, Luigi, Clément, ou encore Riley, dont la voix ferait pleurer les yeux les plus secs. Elle a fait couler les miens avec plusieurs de ses chansons. Elle m'a aussi fait fondre en larmes en refusant mes avances, mais c'est une autre histoire.

– Prêt, blondinet ? me demande mon amie quand elle en a terminé avec son client.

– Je suis châtain.

Ses yeux en amande s'affinent lorsqu'elle sourit.

— Tu as le temps d'une clope pour me raconter ce qui te pousse à me faire faire des heures sup' alors que j'ai déjà des journées de dingue, dit-elle en s'installant avec moi.

Alors je lui raconte tout. Le décès de mon père, la greffe dont a besoin ma mère, la jalousie que je nourris à l'encontre de ma sœur, et moi, incapable de ressentir quoi que ce soit d'autre que des sentiments négatifs.

— Enlève ton tee-shirt et suis-moi, dit-elle en écrasant sa cigarette et en retournant dans l'autre pièce.

— Je savais qu'un jour tu céderais à mes avances, dis-je, sur le ton de la plaisanterie.

Elle soupire mais ne parvient pas à masquer complètement son sourire. Lorsque je suis torse nu sur sa table, elle se lave et se désinfecte les mains, puis elle nettoie et rase ma poitrine pour attaquer. Quand l'aiguille touche ma peau, je ferme les yeux, presque en transe. S'il y a bien une chose que j'aime, c'est me faire tatouer. Cela provoque une légère douleur que je trouve particulièrement appréciable. C'est un peu comme des préliminaires, pour moi. Généralement, pendant cette étape, j'ai une terrible envie de sexe, ce qui peut être fort gênant. Mais mon amie crée des pièces riches de détails, et surtout, colorées, ce qui nécessite un remplissage bien moins agréable que le tracé initial. Ainsi, je ne dirais pas que tout le processus est plaisant.

Cela serait un mensonge. Quand Cookie passe et repasse sur ses lignes, pour les épaissir ou mettre un détail en évidence, j'ai bien du mal à ne pas bouger. Mais si j'ai le malheur de m'agiter et de lui faire rater quelque chose, la souffrance qu'elle m'infligera sera bien pire que celle que je ressens sous son aiguille. Je prends donc sur moi, m'évadant dans mes propres pensées, m'éloignant du monde réel quand la douleur devient trop difficile à supporter. Je creuse en moi pour trouver une émotion bien moins intrusive. Je m'imagine chevauchant ma moto, parcourant les routes de France que j'aime tant. Je sens à peine le sourire se dessiner sur mes lèvres.

Combien d'heures ont passé ? Je ne m'en souviens pas. Mais quand elle a fini, je peux regarder ce qu'elle a marqué de manière indélébile sur ma peau. Elle termine le protocole de soin et repousse son fauteuil vers l'arrière. Puis elle me laisse me regarder dans le miroir. Sur ma poitrine se dessine un cœur mécanique. C'est, en tout cas, ce que je crois voir, mais en observant bien, je comprends que ce n'est pas tout à fait exact. Il y a un organe humain sous cette couche d'acier et de rouages, faisant probablement fonctionner la machine protectrice. Derrière cette serrure stylisée qui ne semble pas prête à s'ouvrir, se cache un cœur battant. Cookie n'a pas dessiné un morceau de robot, elle a emprisonné la preuve que je suis vivant, dans un cocon mécanique.

– Même si tu ne fais qu'un avec ta moto, même si tu te penses vide de tout sentiment humain, tu n'es pas une machine, dit-elle en se mettant dans mon champ de vision, sans pour autant cacher mon reflet. Il y a un cœur bien vivant là-dedans et quelqu'un finira par le libérer de la cage dans lequel tu l'as enfermé.

Elle tape sur le tatouage frais en terminant sa tirade, me faisant grimacer. Cela la fait sourire. Moi, je reste face au miroir, incapable de bouger. C'est une pièce magnifique, digne d'elle. Je suis fier de la porter, mais je suis surtout touché par ses mots. J'ai beau ne pas partager son optimisme, je l'aime de m'aimer assez pour avoir de telles pensées. Je suis entouré de personnes trop bonnes pour moi.

Quand je me retourne finalement, je vois qu'une femme est entrée dans le salon. Son visage me dit quelque chose, mais je ne parviens pas à la remettre. Cela n'a aucune importance, ce qui compte, c'est sa proximité avec Cookie et son attitude corporelle qui me disent qu'il y a plus que de l'amitié entre elles. Je ris légèrement, me rhabille et pars sur un simple signe de la main. Quelqu'un a une belle soirée de prévue. Moi, je me sens enfin prêt à aller voir ma mère.

En arrivant devant la maison qui m'a vu grandir, je ne peux réprimer un frisson au souvenir des années passées. Je me rappelle les cris, les pleurs et les coups portés. Je me souviens d'avoir été un gamin impuissant, puis un adolescent incapable, pour finir par devenir un adulte lâche. Inapte à comprendre l'amour inébranlable de ma mère pour cet homme, j'ai préféré partir au lieu d'endurer les marques sur son corps. Je n'ai pas osé appeler à l'aide pour elle, inquiet que rien ne se fasse en sa faveur et qu'elle souffre plus encore de mon erreur. J'ai été inutile.

J'arrête ma moto derrière deux autres que je connais bien. Lara et Luigi sont là, je crois. Cela se confirme lorsqu'ils sortent de la maison. J'embrasse ma meilleure amie puis Luigi passe sa main derrière ma tête pour l'approcher de la sienne et dépose un baiser sur ma joue. Nos mains sont liées contre nos poitrines et je tire un certain plaisir de cette marque d'affection.

– Comment elle va ? demandé-je.

Luigi commence à jouer avec sa moustache et je sais qu'il est énervé. C'est une habitude qui le trahit chaque fois. Il s'abstient de parler, certainement conscient que ses mots pourraient être trop forts. Lara le fait à sa place.

– Pas bien. Ce n'est pas seulement de la peine.

– Elle est malade, dis-je, direct.

Au regard de mes amis, je comprends qu'ils sont au courant. Je soupire, m'appuyant contre la clôture sur laquelle j'aimais jouer l'équilibriste, enfant. Luigi me propose une de ses cigarettes et je l'accepte avec plaisir. Nous fumons presque tous dans le groupe, mais mon ami consomme des Gauloises, que peu d'entre nous supportent. Pourtant, aujourd'hui, je ne suis pas contre l'idée de me brûler la gorge et de remplir mes poumons de cette fumée noire.

Nous restons silencieux quelques minutes.

— Je vais partir à la recherche d'Alysson.

— Ta sœur ? demande Lara.

Si Luigi ne l'a pas connue, ma meilleure amie, elle, l'a déjà vue. Nous nous connaissons depuis le berceau, notre amitié est tout ce qu'il y a de plus réel. Malgré tout, elle ne s'en souvient pas plus que moi, nous étions trop jeunes à l'époque.

— Ouais, question de compatibilité, un truc comme ça, expliqué-je. Aux dernières nouvelles, elle habitait à Lège-Cap-Ferret.

J'ignore comment ma grand-mère est au courant et j'imagine qu'elle ne me le dira jamais. Cette femme a des secrets qu'elle emportera certainement dans sa tombe. En ce point, elle ressemble à Violette. Elles ne sont pas amies sans raison.

— C'est au moins à six heures de route, non ?

— Si tu prends la A89, ouais, confirme Luigi.

— Je pensais éviter l'autoroute et faire un détour par Toulouse. Clément y est pour quelques jours.

— Ah bon ? s'étonne ma meilleure amie. Vous nous cachez toujours des trucs, tous les deux !

— Il s'est installé dans une de ces boutiques éphémères, récemment. Il n'a pas vraiment eu le temps de prévenir.

– Tu vas partir quand ? m'interroge Luigi.

– Ce soir ? Demain ? Dans une semaine ? Je ne sais pas. Je n'aime pas l'idée de laisser ma mère.

J'ai tellement pris l'habitude de m'inquiéter pour elle que, même lorsque je pars en vadrouille, je ne peux m'empêcher de l'appeler en permanence. J'ai toujours eu peur de revenir un jour et de la retrouver morte, morte sous les coups répétés d'un homme devenu incapable de s'arrêter. Si elle manquait mon appel, je contactais immédiatement ma grand-mère.

Je ne devrais plus avoir de raisons de m'inquiéter, maintenant qu'il nous a quittés, mais le sort s'acharne sur elle.

– Plus vite tu reviendras avec Alysson, plus vite elle pourra aller mieux, et plus vite tu pourras souffler, me dit Lara. On viendra la voir tous les jours, si ça peut te rassurer. On n'est pas loin et je crois que Louis est secrètement amoureux d'elle.

Cela a le mérite de nous faire rire. Luigi est effectivement très attaché à ma mère. Il m'a un jour confié que s'il en avait eu une, il aurait aimé qu'elle soit comme la mienne. Que si beaucoup la trouvent faible face à son mari, lui, il la pense admirable de savoir aimer autant et d'avoir été assez forte pour élever deux enfants dans de telles conditions. Il n'a évidemment jamais approuvé son choix de rester avec mon père, mais cela ne l'empêche pas d'admirer sa force si souvent prise pour de la faiblesse.

Lorsque j'ai terminé ma cigarette, je me redresse et remercie mes amis pour leur soutien.

– Sois prudent sur la route, me dit Lara.

– Et mets ton putain de casque, ajoute Luigi.

– Pr…

– Ne promets pas ! Tu ne tiens jamais tes promesses. Tais-toi, va voir ta mère et fais attention, s'agace mon amie en me poussant vers le portail.

Je souris et, d'un dernier geste de la main, je les quitte pour rejoindre ma mère dans cette maison pleine de mauvais souvenirs. Mais aussi de bons, force est de le reconnaître. Mon père n'a pas toujours été un monstre et ma mère a parfois su sourire.

Dans la cuisine, je trouve celle que je cherchais.

– Maman.

Elle se retourne. Elle me semble plus fatiguée encore que le jour des funérailles. Elle serre sa main sur sa poitrine lorsqu'elle me voit, puis elle vient vers moi. Je la prends dans mes bras, incapable de mieux. Je lui ai si peu témoigné mon affection jusqu'ici… Elle est minuscule contre moi, un si petit être.

Je sais et elle sait que je sais. Je suis sûrement le seul à tout connaître d'elle ou presque. Et parce que je suis au courant de tout ce qu'elle a subi, je comprends moins bien encore comment elle a pu rester avec lui tout ce temps.

Comme si elle avait lu dans mes pensées, elle me répond.

– Je l'ai souvent détesté. Mais je l'ai aussi aimé et mon amour était plus fort que ma haine. Je suis tellement désolée, mon chéri…

Elle se met à pleurer en triturant son collier porte-bonheur inefficace, et je la serre plus fort contre moi. Pourquoi s'excuse-t-elle ? C'est elle qui a souffert. Il n'a jamais levé la main sur moi. Pourquoi ? Je l'ignore, mais il ne l'a pas fait, pas une seule fois. Je crois que d'une certaine façon, il m'a aimé. Je crois même qu'il a aimé ma mère, parfois. Seulement, nous méritions mieux qu'un tel amour. Ma mère méritait mieux qu'une existence si triste où les sourires d'une année se comptaient sur une seule main. Elle mérite le bonheur, l'amour, la joie, la passion, le confort, la sérénité et la sécurité. Elle mérite le meilleur. Et pour cela, il faut qu'elle vive.

À cet instant, je sais avec certitude qu'il est temps pour moi de faire quelque chose pour elle.

CHAPITRE 3

Je pars de Lyon au petit matin, après seulement quelques heures de sommeil. Je n'embrasse pas ma mère, je ne lui dis pas au revoir et je m'abstiens de lui faire la moindre promesse. Je sais ce que cela vaut… Parce que je ne veux pas me faire arrêter plus que par peur du danger, je mets mon casque. C'en est un de type bol qui a lui aussi appartenu à mon grand-père et que Luigi a customisé pour moi. J'ai eu peur qu'il n'y aille trop fort sur les couleurs, mais c'est un excellent artiste et il connaît trop mes goûts pour faire quelque chose qui me déplairait. Sobre, avec un fond noir et quelques éléments tracés en blanc, mon casque est à l'image de ma belle Haley. Mon ami a dessiné la tête d'un loup, celui qu'il voit en moi – nous avons tous un double animal, selon lui – et écrit à côté : *The Lost Souls*, les âmes égarées. C'est le nom que nous donnons à notre petit groupe d'amis. Celui grâce auquel les autres motards que nous fréquentons peuvent nous reconnaître, à la fois sur les forums Internet où nous allons et lors des regroupements en réel. Je suis très attaché à cet escadron d'âmes paumées et heureux que nous ayons réussi à nous trouver. Tous si différents, tant dans nos personnalités que dans nos vies ou même nos motos, et pourtant, tous les mêmes dans notre passion et notre besoin d'évasion, de voyages, de nouveauté perpétuelle. Nos différences nous rapprochent peut-être autant que nos points communs.

Je mets mes lunettes de moto et démarre mon Haley pour entamer un voyage qui va me prendre facilement dix heures, en comptant les pauses que je compte faire. Je pourrais aller plus vite en prenant l'autoroute, mais j'aime assez traverser les villes et les petits villages quand je suis seul. Il y a toujours beaucoup à voir et j'adore prendre le temps de m'arrêter boire un verre, manger un morceau ou passer un doux moment dans les draps d'une inconnue. C'est grâce à une virée comme celle-là que j'ai connu Pat'. Papa du groupe, il a presque cinquante ans et le physique type du motard. Costaud, même un peu bedonnant, il porte toujours ses lunettes noires et son bandana sur la tête. Sa barbe claire et ses tatouages le rendent un peu effrayant, pourtant, c'est un vrai nounours. Il a d'ailleurs toujours été évident pour Luigi que son double animal est l'ours. Mais en réalité, il est plus étrange quand il parle que quand il se tait et te regarde avec son visage sévère… J'ai fait sa connaissance dans un bar, à Metz. Je m'y suis arrêté lors d'un voyage vers la Belgique et on m'y a cherché des noises à la suite d'une partie de fléchettes à laquelle j'aurais triché. Comment peut-on tricher à un jeu d'adresse ?

Ce soir-là, je me suis envoyé une bande entière de loubards qui ne cherchaient qu'à se battre, allant de bar en bar pour cela. J'aimerais dire que je suis sorti victorieux de cet échange houleux, mais cela serait un mensonge. Je suis néanmoins parvenu à en mettre deux à terre avant que cinq autres ne se jettent sur moi et ne me laissent en piteux état sur le sol de l'*Irish Pub*. Ce n'est qu'à leur départ des lieux que Pat' m'a aidé à me redresser. Impossible d'oublier ses premiers mots : « Bon lancer, tu as du sang irlandais, petit ? » J'avais l'œil gonflé, la lèvre fendue, peut-être une côté fêlée et j'étais presque inconscient, mais sa remarque est parvenue à me faire rire. Foutus Irlandais et leur amour pour les fléchettes.

Pat', Patrick de naissance, est né d'une mère irlandaise et d'un père français. Amoureux de la patrie de sa famille maternelle, il accorde beaucoup d'importance aux traditions irlandaises et les tournois de fléchettes en font partie.

Je souris au souvenir de ma rencontre avec mon ami. Je ne l'ai pas vu depuis des mois et j'ai vraiment hâte que nous puissions tous nous retrouver. Mais pour l'instant, je dois partir vers l'ouest et je prends grand plaisir à voir les paysages défiler. Je passe par

Sain-Bel et je ralentis devant une peinture murale représentant la ville à une autre époque. C'est une jolie commune avec de charmants murs en pierres et je regrette de ne pouvoir m'y arrêter, mais cela ne fait que trente minutes que je roule et j'ai encore de longues heures devant moi. Je compte bien arriver à Toulouse avant le dîner.

***

Le temps est doux, je fais une pause à Laveissière avec plaisir. Je roule depuis quatre heures et je ne suis pas contre l'idée de manger, boire et fumer. Me dégourdir les jambes est aussi nécessaire, même si je n'en ressens pas vraiment le besoin. Je m'arrête acheter une bière et à manger, puis m'installe près du lac. Il n'est pas encore midi, je ne vois qu'un homme avec une poussette, ainsi qu'une femme en train de courir. Je mange en les regardant passer puis je finis par m'allonger dans l'herbe fraîchement coupée en posant la tête sur mon sac. J'aime la ville, j'habite à Lyon et je trouve que c'est un lieu absolument splendide, mais rien ne vaut le calme des petits villages et des coins de campagne. Quand nous étions plus jeunes, Lara et moi passions nos journées à rêver aux endroits que nous pourrions découvrir lorsque nous aurions nos motos. Notre amour pour la route est ancien et a évolué au même rythme. Nous passions le plus clair de notre temps chez ma grand-mère, à admirer la vieille Harley

Davidson de mon grand-père. Pendant que les enfants de notre âge rêvaient de poupées ou de soldats, nous imaginions l'effet que cela ferait d'être le maître d'une telle beauté et de filer jusqu'aux plages ou dans les montagnes. Je dus attendre mes dix-huit ans pour le découvrir et Lara eut à patienter une année de plus avant de pouvoir acheter son propre bébé. J'avais l'habitude de la laisser guider mon Haley, mais cela n'était pas pareil qu'avoir sa propre partenaire. Certains aiment être à l'arrière et faire la route, simplement, mais nous, nous aimons mener la danse et être en première ligne.

Les yeux fermés, j'apprécie ma pause à côté du lac, quand j'entends la sonnerie parfaitement reconnaissable de mon téléphone. Ce sont les premières notes de *You're the One That I Want*, la très populaire chanson de *Grease*. Lara me l'a envoyée un jour, se moquant du fait que je n'avais toujours pas vu le film, et je l'ai utilisée en sonnerie d'appel pour lui prouver que je n'avais pas honte de manquer de culture.

– *Salut, trésor*, dit une voix délicieuse au bout du fil.

– Riley, cruelle créature qui hante mes nuits mais adoucit ma vie.

Je l'entends rire et cela me fait sourire.

– *T'es où ?*

– Perdu quelque part entre Lyon et Toulouse, réponds-je, d'une voix paresseuse.

– *Le paradis, quoi.*

– C'est ça. Et toi ?

– *Dans la ville du romantisme. Je fais la tournée des pianos-bars.*

– Tu nargues les Parisiens en leur montrant ce qu'ils ne pourront jamais avoir ?

– *Ils peuvent avoir ma voix, c'est déjà ça.*

Nous discutons de tout et de rien pendant de longues minutes. Entendre mon amie apaise grandement mon cœur, comme toujours. Je me sens bien.

– Tu m'appelais pour quoi, au fait ? demandé-je finalement.

– *Pour rien, je voulais juste te faire entendre ma voix.*

Elle ne s'est pas trompée de mots, elle veut effectivement me faire entendre sa voix. Et elle le fait, doucement, elle se met à chanter le refrain de *Hit the road Jack* en changeant Jack par Sand'. Et en dépit des paroles qui me demandent de ne plus revenir, je prends un plaisir immense à l'entendre chanter pour moi.

– Merci, Riley, dis-je simplement quand elle a terminé.

Je sais pourquoi elle appelle, pourquoi elle chante pour moi. Elle le fait parce qu'elle se fait du souci en raison des récents événements intervenus dans ma vie. J'ai aussi reçu des messages des autres. Nous avons une discussion de groupe sur Facebook sur laquelle nous parlons tous les jours et ils sont donc tous au courant de ma situation. J'ai sûrement les meilleurs amis du monde.

Riley et moi nous quittons sur mon assurance que j'embrasserai Clément pour elle et sur mes vœux de réussite dans sa petite tournée à Paris. Je reprends alors la route, revigoré d'avoir mangé, bu, mais surtout d'avoir entendu mon amie.

Je fais presque le reste du chemin en une fois. Je m'arrête quelques minutes à Tauriac pour fumer une cigarette et remonte aussitôt sur Haley pour parcourir les derniers kilomètres jusqu'à Toulouse.

Quel plaisir de voir le panneau d'entrée de l'agglomération, quelle joie de me savoir arrivé dans la ville rose ! C'est une belle commune que j'aime particulièrement traverser de nuit. J'ai déjà prévu de sortir ce soir.

Quand j'arrive au salon où mon meilleur ami s'est installé, je sens l'excitation monter en moi. Je vais enfin le revoir, pas seulement l'entendre au téléphone ou lire ses messages sur Internet, non, je vais pouvoir le toucher, être certain qu'il existe ailleurs que dans mon cœur. C'est avec ce sentiment de joie que j'ouvre la porte. Une sorte de clochette annonce mon entrée et les quelques secondes que Clément met à venir me semblent être des heures. Quand il apparaît enfin, je me jette presque sur lui. J'ai à peine le temps de voir un immense sourire éclairer son visage aux traits parfaits avant que nos poitrines s'entrechoquent dans une étreinte à la fois tendre et puissante. Celui qui n'a jamais serré un autre homme dans ses bras ne sait pas à quel point il est bon de sentir une amitié partagée avec autant d'intensité. Quant à ceux qui trouvent que cela manque de virilité, ils sont probablement les plus idiots de tous.

— Putain… dis-je, la voix pleine d'émotion, sans le lâcher.

— Ouais, répond-il en me serrant plus fort.

On se comprend, on a tous les deux ressenti le manque que la distance a fait enfler dans nos cœurs et on vit ensemble la joie de combler ce trou immense qui s'est creusé au fil des mois.

Nous faisons la même taille et je dois me mettre sur la pointe des pieds pour embrasser son front. Je le fais avec force, incapable de contrôler le bonheur qui déborde de chacun de mes pores.

— Allez, viens, me dit-il en m'entraînant à sa suite.

— T'as pas de client ?

— Non, rien pour cet après-midi, je l'ai bloqué pour toi.

Je sais combien il est dur pour lui de trouver du temps et j'imagine qu'il a dû annuler un rendez-vous, à la dernière minute. J'en suis aussi heureux que désolé.

— Je t'ai aussi réservé ma soirée, tu restes juste cette nuit, non ?

— Ouais, je dois continuer ma route. Désolé de ne pas rester plus, dis-je, sincèrement navré.

— T'inquiète pas, je reste ici une semaine de plus et après je te rejoins.

Un sourire énigmatique se dessine sur ses lèvres, le rendant plus beau encore. J'imagine que peu lui résistent. Moi-même, je pourrais me laisser séduire si j'étais en mesure d'être réellement attiré par la gent masculine.

– Tu viens à Lège-Cap-Ferret ?

Il hoche la tête, toujours souriant.

– Je vais y passer l'été. Rien de mieux pour les affaires que les vacanciers.

– Je croyais qu'il ne fallait pas exposer un tatouage frais au soleil ?

– Comment ça, « tu croyais » ? me demande-t-il. Combien t'en as sur le corps ? Tu devrais le savoir depuis le temps.

– Et toi, tu crois avoir du monde à côté des plages ? En plein été ? demandé-je, dubitatif.

– J'en suis même certain. Je ne compte plus le nombre de personnes qui se font tatouer sur un coup de tête, juste parce qu'elles sont « dans l'ambiance ». Et ce même si ça les empêche après de prendre des bains de soleil. Il n'y a pas meilleure atmosphère que les vacances, crois-moi.

Je le crois sans mal. Clément sait de quoi il parle et il a presque toujours raison. C'est celui vers qui je me tourne le plus souvent lorsque j'ai besoin d'aide ou de conseils. C'est d'ailleurs la raison pour laquelle nous sommes si proches. Il est mon confident.

– Et toi, t'es parti comme ça ? Et ton boulot ? Ton appart' ? me demande-t-il en sortant deux bières de son petit frigo.

Il m'en tend une que j'accepte avec plaisir. De ce que je comprends, le local professionnel est rattaché à un logement personnel, les deux en rez-de-chaussée. Il loue l'ensemble pour une courte durée.

— J'ai gardé mon appartement, je devrais pas mettre trop de temps à rentrer. Pour le boulot, je suis juste parti.

— Comment ça « juste parti » ? T'as planté le magasin sans prévenir ?

— Ils me remplaceront vite, ça tourne toujours dans la grande distribution. Ils ne sont plus à un abandon de poste près.

Clément soupire puis porte le goulot à ses lèvres. Comment réussit-il à être aussi attirant juste en buvant une bière ? Je sais que je fais moi-même mon petit effet, mais je n'ai jamais pris le temps de regarder un autre homme avant ce jour et cela me surprend de comprendre soudain ce que les femmes trouvent si érotique dans ma façon de boire.

— T'es vraiment sexy, dis-je.

C'est une phrase inattendue, sortie de nulle part, et mon ami s'étouffe en l'entendant.

— T'es con, dit-il en riant. Mais merci.

Il sait qu'aucun sous-entendu n'est fait, je lui énonce juste une vérité. Je ne suis pas attiré par lui et je ne suis apparemment pas son style non plus. Dans mon cas, c'est un problème de sexualité, je suis hétéro. Dans son cas, un problème de goût, il est gay mais je ne lui plais pas. Pas comme ça, en tout cas.

– Tu me montres ce que ta tatoueuse t'a fait ?

Je lui ai parlé de ma nouvelle pièce lorsque je l'ai appelé, la veille avant d'aller dormir, pour le prévenir de mon arrivée imminente. Je retire mon tee-shirt et pointe mon cœur du doigt. Clément s'approche et je vois soudain ses doigts bouger ; son index et son majeur montent et descendent tour à tour. Je sais ce que cela signifie.

– T'as envie de me marquer.

– Ouais, dit-il, l'esprit ailleurs. Mais je dois appeler Cookie avant. Je compte pas toucher son œuvre, pas réellement, mais je préfère avoir son avis.

Il ne me demande pas si je suis d'accord. Je le suis. Il se contente de prendre mon téléphone et de chercher le numéro de mon amie dans le répertoire. Clément a beaucoup entendu parler d'elle, mais il ne la connaît pas vraiment. Pourtant, il est déjà venu à la maison… J'espère qu'un jour il pourra la rencontrer.

– Installe-toi pendant que je l'appelle.

Comme la veille, je m'installe, prêt à me faire encore tatouer. En tournant la tête, je vois une photo chère à mon cœur, une qui se trouve en ce moment même dans mon portefeuille ; je l'emmène partout. C'est une capture de notre petite bande d'amis. Tout à gauche, on peut voir Luigi qui entoure la taille de Lara. Elle-même a un bras autour de ma nuque et me fait pencher vers l'avant, le dos courbé. À ma gauche se tient ma pin-up préférée, la belle Riley. Elle est presque de profil, de trois quarts, appuyée sur Pat' qui a un grand sourire malgré ses bras croisés sur la poitrine. Violette s'accroche à son biceps de sa main droite et touche de sa gauche le visage de Clément qui a le menton sur son épaule. C'est la photo la plus ratée de toutes celles que nous avons faites ce jour-là, personne ne regarde l'appareil à part Pat' et Luigi, mais nous étions heureux et cela fait de ce cliché la plus naturelle et la plus belle de toutes nos prises. C'est notre préférée, à tous.

Je souris en la prenant entre mes doigts. Mon cœur se gonfle de joie quand je constate que Luigi, Lara et moi ne sommes pas les seuls à emmener ce souvenir partout avec nous. Je ne suis pas si surpris et j'imagine que Riley chante en ce moment avec cette même photo contre sa poitrine ou posée à même la scène. Violette est sûrement en train de s'endormir dessus, tandis que Pat' doit boire une bière en son souvenir.

Clément revient dans la pièce et me rend mon téléphone. Il sourit en voyant ce que je tiens et me reprend son bien des doigts. J'en profite pour lui transmettre le baiser de Riley, ce qui rend son sourire plus lumineux encore. Puis il s'installe et commence son travail. J'en déduis que mon amie a donné son accord. Sans quoi, Clément n'aurait rien fait ; il respecte trop le travail de ses collègues pour ça.

Il ne touche pas au tatouage réalisé par Cookie, pourtant je sens bien plus douloureusement les lignes qu'il trace. J'ai encore la peau sensible. Je ferme les yeux et laisse la douleur me prendre, me secouer. C'est horrible mais bon. Parfois, cela fait du bien de souffrir atrocement. Il n'y a pas mieux pour se sentir vivant.

Après quelques minutes, je repense à mon amie tatoueuse et me fais soudain une réflexion bien idiote.

— Je ne connais que des tatoueurs homosexuels.
— Cookie est lesbienne ?
— Ouais.

Il fait un mouvement de tête m'indiquant qu'il a bien entendu ma réponse et continue à travailler sur ma poitrine. Rien ne semble pouvoir déconcentrer un artiste… Il s'écarte de la pièce initiale, me permettant de souffler un peu. La douleur est moindre aux endroits plus éloignés.

— Si ça peut te rassurer, il y a des tatoueurs hétéros aussi, et d'autres sexualités, me dit Clément, sans décrocher les yeux de mon torse.

— Je sais, je suis pas con à ce point.

— Toi, non, mais d'autres auraient pu faire une généralité de leur réalité. C'est ce que font la plupart des gens. Ils pensent que ce qu'ils voient le plus est une vérité absolue. On se fait de fausses idées sur la base de notre quotidien et de notre entourage.

Mon ami aime parler de la complexité humaine, des problèmes de société, et j'adore l'écouter. Et participer.

– Je sais pas si c'est juste ça. Regarde, combien pensent que les gays sont forcément efféminés ? Pourtant, ils n'en connaissent aucun, ils ont peut-être juste vu un film ou deux pleins de clichés.

– On a tous une part de féminité en nous.

– Même moi ?

– Ouais, même toi, répond-il.

– Je ferais une infirmière sexy, non ? plaisanté-je.

Mon ami se met à rire et doit lever le bras pour ne pas faire n'importe quoi sur ma peau.

– Plus sérieusement, dis-je, plus que notre entourage, y'a le facteur éducation. Enfin, les deux sont liés… Si on apprenait bien à nos enfants, si on leur montrait que la diversité existe et qu'elle n'est pas mauvaise, il y aurait moins de problèmes.

– Il y a quand même une part liée à la personne elle-même. Regarde, toi, tu as grandi dans un foyer où il était normal qu'un homme frappe sa femme, tu n'es pourtant pas resté sur l'idée folle que c'était ça la normalité.

– Qui trouverait ça normal ?

– Tu serais surpris… me répond mon ami en soupirant.

Après ça, nous laissons le silence s'installer entre nous. Ce n'est pas un silence gêné, juste une pause pour réfléchir à notre discussion, pour penser à ce qui a été dit. J'aime parler avec Clément, de tout et de rien. En plus d'être un homme ouvert, il est profondément bon et intelligent. Il s'intéresse beaucoup à la psychologie humaine et a toujours des choses intéressantes à dire sur notre race d'êtres compliqués.

***

Il passe peut-être deux heures à gratter ma peau, et si certains moments sont trop douloureux pour que j'en retire un quelconque plaisir, la plupart sont agréables. J'aime être tatoué et j'aime l'être par une personne que je chéris. Il a marqué mon corps en divers endroits et je l'emporte avec moi un peu partout. Cela me réconforte lorsqu'il me manque.

Une fois son œuvre terminée, il fait comme Cookie et me laisse aller m'observer dans son miroir. Je ne me fais pas prier.

Merde… c'est une œuvre d'art. Ce n'est pas juste son travail, c'est aussi celui de mon amie. C'est comme s'ils se complétaient, mélangeant leur technique et leur talent. Je suis fan du résultat.

Clément a fait en sorte que le cœur mécanique semble être posé sur une boussole et, sur la gauche, de son style fin et délicat, il a ajouté des oiseaux en formes géométriques. L'un d'eux, plus gros et plus élégant, tient une clé, sûrement celle de mon cœur. Vers cet oiseau pointe le nord. Je n'ai pas besoin qu'il m'explique la signification du tatouage. Il ne complète pas seulement le travail de Cookie, il appuie aussi ses dires en m'informant que quelqu'un a la clé qui me sauvera et que je le trouverai sur ma route au moment venu. Peut-être que ce quelqu'un sera moi-même, d'ailleurs. La solution à nos problèmes ne se cache pas toujours en autrui. Ce qui importe, c'est de ne pas se perdre, en nous ou ailleurs. Et lorsqu'on sait où se trouve le nord, on finit toujours par retrouver son chemin.

– Tu aimes ?

– Si j'aime ? C'est parfait… Je t'embrasserais presque.

– Non, évite.

– Ne fais pas comme si ça ne te plairait pas.

– Tu as vraiment du mal à croire qu'on puisse te résister, hein ? dit-il, rieur.

Bien au contraire, je comprends mal pourquoi je plais autant, au-delà de mon physique, bien sûr. Mais je ne le lui dis pas, je ne veux pas qu'il m'explique ce qui est si bon ou beau chez moi. Cela ne changera pas la vision que j'ai de moi-même, c'est inutile.

Clément prend quelques photos avec mon téléphone pour les envoyer à Cookie, puis il en prend pour sa propre collection. Il en poste une dans notre discussion de groupe, ensuite il range son matériel, va dans la cour derrière son salon et se met à rouler un joint. Cela annonce la fin de sa journée.

– Combien je te dois ? demandé-je.

– Rien, tu sais bien que c'est cadeau.

Je le sais, c'est pareil avec mon amie tatoueuse. Hier encore, je suis parti sans payer. Mais par principe, je demande presque toujours. C'est important de soutenir le travail de mes proches. Alors chaque fois qu'ils refusent mon argent, je m'arrange pour les payer autrement.

– En plus, tu dois pas rouler sur l'or. T'as plus de boulot, me rappelle-t-il en allumant son joint.

– T'inquiète pas pour moi, j'ai passé des années à économiser pour pouvoir prendre un jour ma mère avec moi et me barrer. J'aurai pas à le faire, alors l'argent est toujours là.

Il tire quelques bouffées de plus sur sa drogue avant de me la tendre. Je ne me fais pas prier. L'odeur qui s'en dégage m'indique que c'est une beuh de qualité. Clément ne la fumerait pas, autrement. Ce n'est pas un gros consommateur et il n'est pas à la recherche de sensations comme je le suis. Au contraire, il cherche l'apaisement et fuit les démons de son passé. Un joint chaque matin et chaque soir ; il ne fume pas le reste du temps. J'ai du mal à comprendre qu'il ne cherche pas à planer, mais qui suis-je pour le juger, moi qui abîme mon pauvre corps de multiples façons ?

Quand on entend la porte du salon s'ouvrir sur un bruit de clochette, je cache le joint dans ma main. Mon ami secoue la tête, me rassurant. Alors je pose la preuve de notre délit dans le cendrier et le suis. Je découvre un homme et un chien sur le pas de la porte. Il est immense, les poils longs et blancs… l'animal, pas l'homme. Lui, il est de taille normale, bien que plus grand que nous, mais plutôt baraqué. Sa peau très mate et ses cheveux sombres sont assez communs, mais je suis surpris de voir des yeux clairs illuminer son visage. Il est beau, une beauté particulière, des îles, sûrement, mais une beauté quand même.

– Bonjour, me salue-t-il, en me voyant arriver.

– Je te présente Sandy.

– J'ai beaucoup entendu parler de toi, me dit l'inconnu en tendant la main.

Je la serre.

– Tout ce que Clément a pu dire à mon sujet est faux. Sauf s'il a dit du bien, ça, c'est sûrement vrai.

Il me sourit, puis reporte son attention sur mon ami sans même me donner son nom. Il ne l'a pas fait exprès, c'est un simple oubli. Je comprends, à la manière dont il regarde Clément et se tient à côté de lui, qu'il a mieux à penser qu'offrir son nom à un inconnu. L'attirance est réciproque, j'en suis certain. Je suis plutôt bon observateur et je connais mon meilleur ami aussi bien qu'il me connaît, lui.

Je m'échappe pour les laisser tranquilles, non sans entendre la phrase du bel inconnu.

– Je ne reste pas longtemps, je dois continuer la route jusqu'au Cap Ferret.

Alors il y va pour cet homme, en fait.

Je souris, attrape une bière, sors dans la cour et rallume le joint. De quoi m'occuper pendant qu'ils discutent.

Au bout de quelques minutes, Clément revient.

– Tu vas à Lège pour le travail, hein ? dis-je, d'un ton plein de sous-entendus.

Il me tape dans l'épaule et je ris.

C'est si bon de le retrouver. Quelle tristesse de devoir le quitter si tôt…

Ce soir-là, nous nous offrons une nuit de plaisir où seul le sexe manque à l'appel. La traversée de Toulouse et ses rues embellies par les lumières est un moment unique. Je rencontre de plaisantes créatures, mais aucune ne me charme assez pour que je préfère passer mes dernières heures avec elle plutôt qu'avec mon ami. Je finis la nuit dans le lit de Clément, à l'envers, mes pieds vers sa tête et le bras pendant au sol. Je ne me souviens même pas comment je suis parvenu à atterrir là, ou comment lui a réussi l'exploit de se coucher dans le bon sens. Je ne me souviens que de la beauté de la ville rose au clair de lune et de nous deux la traversant sur le dos de nos motos.

Une bonne soirée et une folle nuit.

CHAPITRE 4

Je prévoyais de partir tôt, mais je ne parviens malheureusement pas à me lever avant seize heures. L'alcool ingurgité et la beuh fumée la veille n'ont pas aidé, mais la route et l'heure tardive – ou matinale, au choix – à laquelle nous nous sommes couchés sont les véritables responsables de ce réveil en plein après-midi. Clément a réussi à sortir du lit bien avant moi et une pizza m'attend sur la table quand je me lève finalement. Elle est de la veille, cuite à notre retour de vadrouille, mais sur l'instant, elle me semble être la meilleure chose que j'aie jamais mangée.

– T'as bien dormi ? demandé-je à mon ami.

– J'avais tes pieds dans la gueule, mais ça va. Pourquoi t'as dormi dans ce sens ?

– Je m'en souviens pas.

Il a un petit rire bref avant d'allumer son joint « du matin ». Cette fois, nous ne le partageons pas. Clément ne fume pas de cigarettes, seulement du cannabis, et il a une résistance bien plus élevée que la mienne. Il ne me le propose donc pas, sûrement désireux que j'arrive entier à Lège-Cap-Ferret. À le regarder comme ça, jeune et tatoué, vadrouilleur, fumeur de cannabis, on ne se doute pas qu'il est en fait un adulte responsable et stable en qui on peut avoir confiance. Moi, je le sais, nos amis aussi, mais nous sommes sûrement les seuls. Les gens passent trop de temps à juger sur les apparences.

Après ce petit déjeuner un peu particulier et tardif, je prends une bonne douche et enfile un des tee-shirts de rechange que j'ai mis dans mon sac. En le voyant, tout froissé, mon ami me force à l'enlever pour y mettre un coup de fer.

– Comment tu réussis à plaire avec une tenue pareille ?

– Ma mère repasse mes hauts.

– T'es sérieux ? dit-il, choqué.

– Je déconne.

Il semble soulagé.

– Je paye Lara pour le faire.

En voyant son visage, je ne peux me retenir de rire. Je repasse mes vêtements comme un grand, je n'aime pas dépendre des autres, même pour ce genre de choses, et je ne suis pas un homme négligé. Je n'ai pas honte de l'avouer, j'accorde une certaine importance à mon apparence et je sais que mes partenaires aussi. Cette fois, je n'ai juste pas eu d'autres choix que de mettre le tee-shirt dans mon sac à dos. Je compte acheter quelques fringues sur place, mais j'ai quand même pris un minimum de rechange.

Clément repasse et je range mes affaires. Quand il termine, j'enfile ma tenue, blouson compris, et lui serre la main avant de venir l'embrasser sur chaque joue.

– On se revoit dans quelques jours, alors ?

– Ouais, essaie de ne pas faire trop de dégâts avant mon arrivée.

– Promis.

Il soupire.

J'ai promis.

Quel con.

***

Il m'aura fallu environ quatre heures pour atteindre ma destination. Il est vingt-deux heures quand j'arrive, trop tard pour commencer les recherches, et j'ai besoin de manger autant que de boire. Une rapide recherche sur mon téléphone m'indique un bar-restaurant qui sert, d'après les photos, de très beaux plateaux de charcuterie. J'espère qu'il y a encore à manger, à cette heure.

Je reprends la route quelques minutes de plus et arrive à Lège-Cap-Ferret. Il y a des tables en extérieur, le soleil d'été n'est pas encore totalement couché et un peu de monde se promène dans les rues. Je gare ma moto en face du bar et traverse la route. J'ai aussi faim que soif, mais pas assez pour ne pas remarquer les belles femmes attablées en terrasse ou celles qui se promènent sur le trottoir. Il n'y a pas foule, mais c'est bien suffisant pour moi. Et puis, c'est l'été, saison magnifique où les dames montrent plus de leur peau. Je les aime toutes ; la belle rousse à la taille fine, la brune aux courbes généreuses, la petite blonde aux lèvres pulpeuses, la métisse à la poitrine impressionnante, la charmante noire aux fesses rebondies… Comment peut-il exister tant de femmes magnifiques ? Comment Dieu est-il parvenu à créer d'aussi belles créatures ? Et pourquoi les a-t-il toutes réunies au même endroit ? Ah… je suis déjà amoureux de Lège-Cap-Ferret !

Souriant, je passe une main dans mes cheveux clairs et entre dans le bar. Certains regards me brûlent la peau, je les sens dans mon dos et ils m'annoncent que la nuit ne sera pas solitaire.

Je prends place au comptoir, au plus près de l'alcool, et attends que la serveuse se tourne vers moi. Quand elle le fait, j'avoue sans honte que mon cœur manque un battement. De toutes les femmes que j'ai déjà vues ici, elle est probablement la plus à mon goût, la plus séduisante. Cela peut ne pas être très objectif, puisque je trouve toutes les femmes divines, mais j'ai quand même mes préférences. Celle-ci est tout ce que j'aime le plus : longs cheveux bruns, le regard sombre, les lèvres charnues, la silhouette élancée, une poitrine raisonnable et un fessier enviable. Et puis, elle a des tatouages, plusieurs. Je ne parviens pas à les voir entiers, ils finissent presque tous sous ses vêtements et j'ai terriblement envie de les lui retirer. Celui dans son décolleté, par exemple, je brûle de savoir comment il se dessine sur ses seins.

– Je te sers quoi, cow-boy ? me demande-t-elle.

Même sa voix est exceptionnelle de sensualité.

– Ça dépend, dis-je, souriant.

– De quoi ?

– De toi. Si tu rejettes mes avances, j'aime autant me noyer dans ton alcool le plus fort.

Elle me lance un sourire séducteur, puis attrape une chope et la remplit de bière, en veillant à ce que la mousse ne soit pas trop abondante.

– Je peux considérer que tu quitteras ces lieux avec moi ?

– Tu peux l'espérer, mais tu n'es pas le seul choix possible, répond-elle, confiante.

– Mais je suis le seul à pouvoir te proposer une virée à moto le long de l'eau en plus d'une baise inoubliable.

Je n'ai pas vu une seule autre bécane dans la rue, je m'avance peut-être, mais je n'ai pas le sentiment de prendre un gros risque.

– Romantique et cru, tout ce que j'aime.

J'ignore si elle est sarcastique ou sincère, mais je sais qu'elle n'est ni insensible à mes charmes, ni gênée par mon côté direct. Et pourquoi le serait-elle ? En me servant une bière et non un alcool fort, en ne repoussant pas mes avances, en souriant de cet air séducteur, elle montre un intérêt réciproque que je relève avec joie. Une autre m'aurait peut-être giflé, cette autre en aurait eu le droit, mais cette femme ne l'a pas fait et c'est tant mieux pour moi.

Je commande un plateau de charcuterie et maudis les clients trop nombreux qui m'empêchent de discuter avec celle que j'espère goûter ce soir. Elle jette parfois quelques regards vers moi, pas plus qu'à un autre, mais ils sont toujours lourds de sens. Je ne la laisse pas indifférente, c'est certain.

On pourrait me trouver prétentieux, moi, je me considère comme réaliste. Je ne suis pas parfait, mais j'ai du charme, et souvent, cela m'est utile. Pas toujours, ça ne marche pas à tous les coups et c'est tant mieux. On ne tire aucun plaisir à regarder un film dont on connaît la fin. Certains, probablement, mais l'amateur de séries que je suis déteste être spoilé et cela s'applique aussi à mes histoires de cœur.

À vingt-trois heures, je profite de l'absence de ma barmaid-serveuse pour sortir fumer une cigarette et appeler ma mère avant qu'elle aille se coucher. Son film à l'eau de rose doit être terminé. C'est une éternelle romantique, une femme au cœur pur qui a épousé un prince tout sauf charmant. Cela me fait du bien de l'entendre. Elle n'est pas seule, Lara me crie quelque chose dans le fond et ma mère me dit que Luigi est en train de préparer un cocktail coloré qui a l'air assez sucré pour tuer un diabétique qui se serait contenté de le regarder. Je ris à cette remarque.

Ils font une petite soirée improvisée et cela me comble de joie. Je n'ai pas entendu ma mère si enthousiaste depuis… En fait, je ne l'ai jamais entendue aussi heureuse, sauf les fois où mon vieux était en déplacement et que toute la bande en profitait pour se retrouver chez elle. Tous l'adorent – Pat' un peu trop –, mais personne n'a été en mesure de l'aider. C'est le monde dans lequel j'ai grandi, ma réalité.

Je raccroche au moment où ma jolie barmaid arrive, une cigarette éteinte entre les lèvres.

– Une copine à qui tu mens, une femme qui t'attend à la maison ? demande-t-elle, en cherchant ce que je devine être du feu.

– J'ai beaucoup de défauts, mais le mensonge et la tromperie n'en font pas partie.

Je m'approche d'elle pour qu'elle puisse allumer sa cigarette avec la mienne. J'aurais pu sortir mon briquet ou la laisser trouver le sien, mais j'aime cette proximité et la façon dont nos yeux se croisent lorsque nous nous écartons finalement.

– Et je ne pratique ni le sexe à plusieurs ni les relations polyamoureuses. Une femme à la fois dans ma vie, dis-je en recrachant ma fumée.

– Pas de plan à trois prévu pour nous, alors ?

Quand je pose mon regard sur son visage, je vois qu'elle plaisante.

– Non, désolé, réponds-je, sur le même ton.

Elle traverse la route et je la suis. Je sais ce qu'elle va voir : mon Haley. Une fois à sa hauteur, elle en fait le tour, la regarde attentivement, sans la toucher d'abord. J'aime la façon qu'ont ses yeux de glisser sur les courbes de ma moto. Mais j'aime plus encore qu'elle pose ses doigts aux longs ongles rouges sur ma partenaire. Elle en caresse le flanc, en tapote l'avant et en flatte la croupe. Pour commencer, des gestes réservés aux animaux, puis des attentions qui deviennent plus sensuelles, comme si elle touchait un corps humain. Je suis bien trop accro à ma bécane pour ne pas apprécier le spectacle. J'ai le sentiment d'assister à quelque chose de particulièrement érotique, un spectacle privé, une mise en bouche.

Quand minuit sonne, je ne parviens plus à remettre la main sur la divine créature avec qui je comptais passer la nuit. Il y a du monde, mais je ne la vois nulle part servir ces nouveaux clients plus matures que les précédents. Je m'apprête à partir à sa recherche quand deux jolies femmes et un bel homme montent sur le bar auquel je suis accoudé. Je prends ma bière – seulement la troisième, je suis raisonnable – et recule mon tabouret, très légèrement, pour ne pas prendre un coup. Ils commencent à danser, mais je n'ai pas le temps de m'y attarder car il y a de l'agitation dans mon dos. Sur la petite scène s'éclaire une barre de pole dance. Je vois alors apparaître l'objet de mes désirs.

Sur une célèbre chanson de The Weeknd, elle se met à danser. Sa main se pose sur la barre, ses pieds tournent autour, sa tête bascule et ses cheveux tombent plus bas encore sur son dos. Elle a quitté son jean et ses boots pour ne conserver que le body noir qu'elle portait en dessous. Je vois de nouveaux tatouages sur ses jambes, je découvre la beauté de ses cuisses nues, et ce serait mentir que de dire que mon corps ne réagit pas immédiatement à ce qu'elle dévoile. Pourtant, je suis si fasciné par sa manière de se mouvoir et la délicatesse de ses gestes que je ne parviens pas à me concentrer sur la perfection de son corps et l'excitation qu'il fait monter en moi. Elle est gracieuse, élégante, tout sauf vulgaire. Et je suppose qu'elle a une force incroyable dans les bras pour réussir certaines de ses acrobaties. Je suis admiratif ; je le suis toujours des gens qui ont du talent.

C'est un spectacle empreint de sensualité.

Les hommes sifflent, comme si elle n'était qu'un animal, moi, j'ai envie de me jeter à ses pieds. Est-ce le choix de la musique ou juste son assurance qui me donne envie d'être tout ce qu'elle veut que je sois ? Je ne me suis jamais connu soumis, mais pour une telle femme, je peux être absolument n'importe quoi. Elle est envoûtante.

Je ne sens pas vraiment les bras inconnus qui entourent mon cou – probablement une danseuse –, je ne me vois pas les retirer ; je suis ailleurs. Seule sa danse compte et la manière dont elle plonge parfois son regard dans le mien. Je la veux et je sais que je suis fou de vouloir une telle femme.

Quinze minutes après la fin de sa prestation, je suis toujours immobile sur mon tabouret, je tiens encore ma bière et garde le regard fixé sur la scène. Il faut qu'elle vienne jusqu'à moi, qu'elle se glisse entre mes jambes, pour que je retourne dans le monde réel.

— C'est d'accord, je partirai avec toi ce soir, dit-elle en posant une main sur ma cuisse.

— Pourquoi ?

Je veux savoir ce qui l'a décidée, loin de moi l'idée de la faire changer d'avis.

— Parce que tu m'as regardée danser.

— Comme au moins une vingtaine d'autres hommes.

— Ils ne m'ont pas regardée danser, ils ont imaginé comment ils allaient me baiser.

Sa main remonte en haut de ma cuisse. La mienne vient se glisser dans sa chevelure foncée. J'avance mon visage vers son oreille.

— Je t'ai dit que je ne mentais pas. Moi aussi, j'ai eu envie de toi. C'est toujours le cas.

Je la sens rire.

— L'un n'empêche pas l'autre. Je sais ce que tu attends de moi, c'est aussi ce que j'attends de toi. Je ne me sens pas flouée. Voilà la différence.

Elle tourne la tête vers moi, ses lèvres se retrouvent à quelques centimètres des miennes et j'ai toutes les difficultés du monde à ne pas l'embrasser. Nous restons de longues secondes ainsi. Puis la musique change et elle recule.

– Ne fais pas de vagues, sois sage jusqu'à deux heures, et je te suivrai jusqu'au Grand Crohot.

– Le grand croc ? demandai-je.

– Non, Crohot, la plage. J'ai jamais su comment ça se prononçait vraiment.

– Je ne peux pas t'aider, je suis pas d'ici.

– Je sais. Sans ça, je n'aurais même pas envisagé de te dire oui.

Sur un sourire, elle me quitte et retourne travailler. Je la regarde jusqu'à ce qu'elle disparaisse dans la foule, de sa démarche assurée.

Elle me plaît de plus en plus.

Je tente ensuite de rester aussi sage qu'elle me l'a demandé. Je sors fumer à plusieurs reprises, commande une dernière bière et finis par aller vers les tables de billard. Là, on me propose une partie avec de l'argent mis en jeu. Non seulement je suis bon, mais en plus j'adore parier. Je joue souvent au poker avec d'autres motards et plus mes adversaires sont talentueux, mieux je me porte. Il n'y a pas de bonne victoire sans bonne concurrence ; une fois encore, quel intérêt de gagner si ce n'est le risque de perdre ? Je suis donc ravi que mon adversaire semble si sûr de lui. Je comprends rapidement pourquoi. Il n'est pas là pour jouer mais pour plumer les autres. Lorsque c'est mon tour, il s'arrange toujours pour me gêner en bougeant la table, ma queue de billard ou mon corps lui-même. Au début, cela ne m'empêche pas de m'en sortir, je suis vraiment bon, j'ai appris des plus grands, mais quand il voit que ses attaques discrètes ne sont pas suffisantes, pas plus que celles de ses deux amis, il se fait moins discret. Je sens l'agacement monter et la colère embraser mon corps.

Je craque quand il passe derrière moi et qu'il tape dans ma queue alors que j'allais frapper la blanche pour mon dernier tour : rentrer la noire en trois bandes, juste pour la frime. Je mets un coup vers l'arrière, enfonçant ladite queue dans son ventre. Un de ses amis se jette sur moi et je me sers de mon bâton de bois comme d'une batte pour le frapper dans le genou. Celui-là ne se relèvera pas. Je lâche mon arme pour m'envoyer le dernier à coups de poing et finir celui qui tentait de se relever, d'un coup de tête. Ma patience a clairement des limites.

Puis je me redresse, me remets à ma place et joue mon dernier coup. La boule blanche heurte les bordures visées et envoie sa copine noire dans le trou que j'avais annoncé avant d'être dérangé.

J'entends applaudir derrière moi et lorsque je me retourne, je vois ma jolie barmaid. Je m'incline, la remerciant pour cet honneur. En me redressant, je vois un colosse à côté d'elle. C'est un homme gigantesque à la peau noire et au regard tout aussi sombre. Je crois que je vais passer un mauvais quart d'heure, mais il sourit avant d'utiliser son talkie-walkie pour appeler son collègue et débarrasser le sol des trois hommes.

– Je croyais que tu devais attendre gentiment ? demande ma belle, les bras croisés, mais le visage amusé.

– Que veux-tu, je ne suis qu'un homme, dis-je, en haussant les épaules.

Elle se met à rire et je me surprends à beaucoup aimer ce son qui parvient à être plus puissant que la musique de fond du bar.

– Allez, maestro, fais chanter ta moto.

Je compte bien le faire, pour sûr. Haley va lui chanter sa plus belle mélodie.

CHAPITRE 5

Je me souviendrai toujours de ce moment, de cet instant où elle a enjambé ma moto et collé sa poitrine à mon dos. Elle a beau porter mon blouson de cuir, je sens parfaitement son corps contre le mien et je le sens ainsi tout au long du chemin. Elle a refusé mon casque et j'ai dû lutter pour l'accrocher quelque part afin de ne pas le perdre, mais cela me permet de voir ensuite dans mon rétroviseur ses longs cheveux emportés par le vent. Il n'y a que dix minutes de route jusqu'au Grand Crohot, cinq pour moi qui ne respecte pas toujours les limitations de vitesse, mais ce sont quelques-unes des plus belles minutes de ma vie. Je sens l'excitation dans ses cris autant que dans sa manière de s'accrocher à ma taille. Elle vibre à chaque virage. Pendant cinq petites minutes, elle comprend ce que je vis chaque fois que je chevauche Haley.

J'ai déjà pris Lara derrière moi, Riley parfois, quand sa santé ne lui permet pas de conduire, mais cela n'a rien à voir. Là, avec cette presque inconnue, c'est comme une danse. Une danse dont je connais les pas, pour changer. Je sens ses doigts agripper mon tee-shirt puis se poser à plat sur mon ventre, de plus en plus tendu par l'excitation. À un moment, elle passe son pouce sous ma ceinture. Je sais ce qu'elle veut faire ; elle pense me distraire. C'est un mouvement très dangereux, mais je conduis Haley depuis trop longtemps et je ne suis plus un jeune puceau si facile à perturber. Au contraire, j'accélère un peu plus, la forçant à retirer son doigt pour s'accrocher plus solidement à moi.

La vitesse est telle qu'elle doit cacher son visage en le posant sur mon dos. Je porte mes lunettes de conduite, mais ses yeux à elle sont trop exposés au vent pour que cela soit supportable. Je ralentis lorsque je sens son corps se tendre. Je veux qu'elle ressente tout et apprécie, pas que la balade soit désagréable ou stressante. Et elle se termine en beauté. Je suis reconnaissant à ma passagère d'avoir cessé de hurler quand nous sommes passés devant la gendarmerie. Cela m'a évité une amende certaine, ou pire, un retrait de permis.

Pour atteindre la plage du Grand Crohot, nous devons marcher sur des caillebotis et nous ne mettons pas longtemps à retirer nos chaussures et nos chaussettes pour apprécier le bois sous la plante de nos pieds. Les grains de sable frottent notre peau, le sol est encore tiède du soleil de la journée et je prends encore plus plaisir à être là quand j'entends plus distinctement les vagues. Je ne les vois pas, je ne vois absolument rien, d'ailleurs. C'est cette constatation qui me pousse à prendre la main de ma barmaid.

– T'as peur du noir ?

– Non, mais j'aimerais éviter de perdre mon guide, réponds-je en riant.

Je la sens se rapprocher de moi puis, je le devine, se mettre sur la pointe des pieds.

– Je ne compte pas te perdre, murmure-t-elle à mon oreille, de cette voix sensuelle que j'ai aimée dès les premiers mots que nous avons échangés.

Son corps est contre le mien, elle ne porte plus mon blouson et je peux sentir sa poitrine contre la mienne. Malgré nos vêtements, j'ai l'impression que le contact me brûle. Je n'ose imaginer ce que je ressentirai lorsqu'elle sera nue contre moi. Étant donné son ton plein de sous-entendus, cela ne va pas tarder.

Elle m'entraîne à sa suite. Je me doute qu'elle connaît bien les lieux pour s'aventurer ainsi, en pleine nuit, sur une plage dont l'obscurité gâche sûrement la beauté. Je ne distingue presque rien, mais je suis sûr d'une chose, il n'y a personne.

– Pas très fréquentée, ta plage.

– Pas à cette heure, non. Pourquoi ? T'as des tendances exhib' ?

– Pas spécialement, dis-je.

Mon rire fait écho au sien et je regrette de ne pouvoir bien voir les traits de son visage. Je suis certain qu'elle est plus belle encore quand elle rit.

Elle me fait asseoir et se glisse entre mes cuisses, appuyant son dos contre mon torse. Là, elle allume ce que je pense être une cigarette, mais que je reconnais ensuite à l'odeur. C'est un joint. Elle fume du shit. Il y a une nette différence entre le haschisch et la beuh, même si les deux proviennent du cannabis. J'ai une préférence pour le premier, mais Clément me dit toujours que c'est plus fort, voire nocif selon sa qualité, parfois coupé avec du cirage ou du plastique. Pour autant, je ne fais pas mon difficile et si ma jolie danseuse veut fumer du shit, je ne vais pas l'en empêcher. Surtout si elle le partage avec moi. Ce qu'elle fait.

Nous nous passons le joint jusqu'à ce qu'il soit assez petit pour que je lui fasse une soufflette. Elle se retourne pour me faire face. Après avoir retiré la cendre, je mets la tête brûlante du joint entre mes dents, mes mains entourent sa mâchoire et elle s'approche, posant ses doigts sur les miens. Je souffle et elle aspire. Je la vois partir en arrière et la rattrape. Je sais que la tête lui tourne, cette façon de fumer met le cerveau à l'envers. Elle se remet rapidement, amenant le joint à ses lèvres en prenant ma main qui le tient encore. Là, elle tire dessus puis s'approche de ma bouche pour y envoyer la fumée. Presque lèvres contre lèvres, je reçois la drogue avec joie. Quand il ne reste plus rien d'autre que son souffle, je ne peux me retenir davantage, je l'embrasse. Le baiser commence lentement, paresseusement, puis devient plus passionné. Nous avons la bouche sèche d'avoir fumé, mais elle s'humidifie rapidement. Je prends sa lèvre inférieure entre les miennes puis la mords. Son corps se rapproche du mien quand ma langue glisse dans sa bouche pour caresser la sienne puis la sucer. Je sens sa poitrine se gonfler sous le coup de l'excitation et je passe ma main sous ses fesses pour la faire s'asseoir sur moi. Je veux la sentir davantage. Pour un mec impatient, je pense que j'ai assez attendu.

Je lui dévore la bouche et je sais que mes baisers lui font du bien quand son bassin commence à onduler contre le mien. C'est bien une danseuse. Mon jean est de plus en plus inconfortable.

Au moment où je descends dans son cou, elle défait ma ceinture et commence à faire glisser ma fermeture Éclair. De mon côté, j'embrasse chaque morceau de chair à ma portée jusqu'à descendre dans son décolleté. Je baise le haut de son sein puis descends plus encore, jusqu'à pouvoir aspirer son téton, encore caché sous son body. Elle gémit et je me sens durcir plus encore lorsqu'elle tire sur mes cheveux. Elle ne veut pas m'éloigner, je ne suis pas idiot, elle a juste besoin d'une chose à laquelle s'accrocher.

Je fais glisser les bretelles de son vêtement le long de ses épaules et je maudis la nuit de me cacher sa poitrine ou les tatouages qui s'y trouvent. Cela ne m'empêche cependant pas de prendre son sein gauche dans ma main et de continuer à embrasser le droit. Je passe de l'un à l'autre, n'arrivant pas à savoir lequel je préfère. Je suçote tour à tour les deux, les mordillant parfois sous le coup de l'excitation, les taquine de mes doigts. Le plaisir doit être trop intense car elle abandonne mon pantalon pour saisir fermement ma tête tandis que ses reins se cambrent. Cela ne me gêne pas, je prends bien assez de plaisir à la dévorer. Pourtant, je veux plus, ce n'est pas le seul endroit que je veux goûter.

Transformant mes morsures en baisers puis en caresses, je remonte jusqu'à son visage.

– Enlève tout, dis-je à voix basse, dans un souffle.

Elle a bien du mal à se relever. Est-ce dû au joint ou au plaisir que je lui procure ? Je n'en sais rien, mais elle n'a pas besoin de me demander de l'aide. Je tiens ses jambes avec plaisir pendant qu'elle retire son pantalon et son body, laissant mes doigts remonter sur ses fesses puis redescendre sur ses cuisses. Je veux tout toucher, tout mémoriser. Quand je la sens nue au-dessus de moi, je dois défaire entièrement mon pantalon tant la pression est devenue douloureuse.

Je ne la laisse pas se rasseoir, je l'approche de moi jusqu'à ce que mon visage soit à la hauteur parfaite pour enfin poser mes lèvres sur ce fruit défendu. J'embrasse ses cuisses et elle comprend vite où je veux en venir. Ses mains se posent de nouveau sur ma tête et quand ma bouche embrasse enfin son sexe, je la sens presque perdre l'équilibre. Cela ne s'arrange pas quand je glisse ma langue dans cette cavité humide et chaude. Je pose une main sur ses fesses pour la soutenir autant que pour en apprécier la fermeté. Mon autre main, elle, se glisse entre les cuisses de ma jolie barmaid et vient travailler de pair avec ma langue.

Je suis tellement excité que j'ai du mal à ne pas être maladroit, mais à en croire ses gémissements, je n'ai pas totalement oublié comment faire du bien à une femme. C'est ce que j'aime le plus, que ma partenaire se perde dans son plaisir. Mais chaque créature est différente et ce qui fait du bien à l'une ne satisfait pas l'autre. Je dois me montrer attentif malgré les effets du cannabis. Par exemple, elle aime que je taquine de ma langue ce petit morceau de chair entre ses lèvres intimes, mais elle ne supporte pas que je l'aspire, trop sensible ; elle apprécie que mes doigts se recourbent en elle mais semble détester que je m'agite trop brutalement à l'intérieur. Il n'est pas si difficile de comprendre une femme pour peu qu'on prenne le temps de l'écouter. C'est en suivant cette logique que je devine quand mes doigts ne lui suffisent plus. Je l'aide à descendre pour l'allonger sur le sol. Je retire mon tee-shirt pour le glisser sous ses fesses et me dévêts entièrement à mon tour. Je me place au-dessus d'elle, mon visage assez près du sien pour l'embrasser une fois de plus.

Mon sexe frotte contre son ventre et ses doigts se perdent sur mon dos puis dans mes cheveux.

— Je t'ai pas rendu la pareille, murmure-t-elle.

— Si tu le fais, je risque de venir comme un putain de puceau. Épargne ma dignité, dis-je, rieur.

Pour toute réponse, elle glisse la main entre nous, saisit ma verge tendue et la fait glisser en elle.

Dieu, que c'est bon. Je suis comme dans un étau serré, le souffle coupé, et je ne parviens pas immédiatement à bouger. Il me faut plusieurs longues secondes avant d'être en mesure de me mouvoir. J'entre et sors de son sexe humide et chaud, nous faisant tous les deux gémir. Pour ne pas l'écraser, je prends appui sur le sable, des deux côtés de sa tête. Je l'embrasse tout en allant et venant en elle, me nourrissant de ses gémissements impudiques, tirant plaisir de ses ongles qui griffent ma peau. Elle est chaude comme la braise et sa bouche suce ma langue avec une telle indécence que je ne peux que bander plus fort encore d'imaginer ses lèvres autour de mon sexe. C'est atrocement bon.

Mon endurance est exceptionnelle, ce soir. L'alcool et le cannabis y sont probablement pour beaucoup. Si les femmes ne veulent pas coucher avec leur mari saoul, c'est bien parce qu'ils mettent trop longtemps à jouir. C'est utile cette fois. Rien ne pourrait m'empêcher d'aller au bout, pas dans l'état dans lequel elle m'a mis, mais il me faut probablement bien plus de temps que d'habitude. Tellement, d'ailleurs, que mon inconnue s'envole au septième ciel sans m'attendre.

Je l'entends respirer de plus en plus difficilement et gémir de plus en plus facilement. Je la sens se contracter autour de moi, puis elle se cambre dans un cri que je capture de mes lèvres. Cela ne dure que quelques secondes mais ce sont les plus belles de tous nos ébats. Je regrette tellement de ne pouvoir bien voir son visage à ce moment.

Son orgasme est tout ce dont j'avais besoin pour finalement atteindre moi aussi le point de rupture. Je sens quelque chose exploser en moi et, dans un râle, je me répands entre les cuisses de ma partenaire.

Nous sommes haletants, brûlants, en sueur…

Je me laisse tomber à côté d'elle et je le regrette dès que je sens le sable se coller à mon dos. C'est une sensation extrêmement désagréable.

— Je suis forcée de reconnaître qu'il n'y a pas que ta moto que tu sais monter, dit-elle, après une minute ou deux.

Je ne vais pas le nier, sa remarque fait gonfler mon ego. Quel homme n'apprécierait pas un tel compliment ?

— Tu pensais que j'étais du genre « beaucoup de bla-bla et peu d'action » ? demandé-je, satisfait.

— J'ai envisagé la possibilité, pour éviter d'être déçue.

J'émets un petit rire parce que cela ne m'étonne pas. Je semble bien trop sûr de moi pour qu'on puisse être certain. Je suis plutôt content d'avoir été à la hauteur de ses attentes. Je tire parfois plaisir d'un petit rien.

Je commence à être un peu fatigué. Tout ce que j'ai consommé et le bien-être procuré par mon orgasme me mettent dans de bonnes conditions pour dormir.

– J'ai une question, dit-elle.

Je la sens se tourner vers moi plus que je ne la vois faire. À force d'être dans le noir, on développe nos autres sens. D'un simple son de gorge, je l'invite à poser sa question.

– C'est quoi ton prénom ?

Je ne peux m'empêcher de rire franchement, cette fois. Quels cons, nous venons de coucher ensemble et pas une fois nous n'avons pensé à demander à l'autre comment il s'appelle. Quel sens des priorités !

– Je m'appelle Sandy, dis-je.

À son silence, je devine ses pensées.

– C'est un prénom mixte, y'a plein de mecs célèbres qui s'appellent Sandy, dans les films aussi. Regarde *Grease*, y'a un Sandy ! J'ai jamais vu le film, mais ma meilleure amie en est fan et je suis sûre que c'est à cause de ce beau brun. Les Sandy font des ravages, dis-je, rieur.

Le silence se prolonge quelques secondes, peut-être même quelques minutes, mais pour être honnête, je suis trop sur un nuage pour m'en soucier.

– Eh bien, Sandy, on était faits pour se rencontrer, dit finalement mon inconnue.

– Ah ?

Je la sens s'approcher un peu plus près et je tourne la tête vers elle. Nos visages se retrouvent à quelques centimètres.

– Je m'appelle Daniela, mais on m'appelle Danny.

J'écarquille les yeux de surprise. La coïncidence me fait sourire d'une oreille à l'autre. Elle ne me laisse pas le temps de répondre quoi que ce soit. Elle se relève, récupérant tant bien que mal ses vêtements et approchant les miens de moi.

– Je te raccompagne à ta moto ?

– Pas la force, je vais dormir là, je crois.

Je l'entends rire.

– Comment tu vas rentrer ? lui demandé-je.

– J'ai des amis pas loin, t'inquiète pas.

Elle se penche au-dessus de moi et je lui envie sa capacité à se déplacer dans le noir. Quand son visage est sur le mien, elle reprend la parole.

– Bonne nuit, Sandy, dit-elle avant de déposer un baiser délicat sur mes lèvres.

J'aime la manière dont elle prononce mon prénom, avec un accent américain. Ça sonne vraiment bien. J'aime tout autant ses baisers.

– Bonne nuit, Danny.

Alors qu'elle est debout et déjà éloignée de quelques pas, je l'entends s'adresser à moi.

– Au fait, commence-t-elle, dans *Grease*, Sandy, c'est la belle blonde. Le beau gosse, il s'appelle Danny Zuko.

– T'es sûre ?

– Certaine. C'est mon film préféré.

J'entends l'humour dans sa voix et je mets quelques secondes avant de comprendre. Je ne peux alors m'empêcher de rire. Je crois l'entendre faire de même au loin, mais ce n'est peut-être qu'une hallucination auditive liée à ma consommation du soir.

Merde, toutes ces années à me la jouer Travolta, et Danny débarque pour remettre tout en place. Je maudis mes amis de ne m'avoir rien dit pendant tout ce temps, de m'avoir laissé m'enfoncer dans ma connerie.

Je continue à rire de longues minutes avant de sentir le sommeil me gagner. Je m'endors sur la pensée que Lège-Cap-Ferret me plaît vraiment beaucoup. Dommage que je n'y sois pas venu pour le plaisir.

CHAPITRE 6

Mes paupières semblent trop lourdes pour que je puisse les ouvrir et le soleil brûle ma pupille en dessous. Mais ce n'est pas ce qui me réveille. Je sens des petits coups dans mon bras et, si ce n'est pas douloureux, cela reste très énervant. Je grogne et reçois un coup un peu plus fort que les précédents. Je tourne la tête pour pouvoir ouvrir les yeux sans trop souffrir et me retrouve face à des espadrilles beiges. Relevant difficilement la tête, je vois un vieil homme se tenir juste au-dessus de moi. Il me dit quelque chose que je ne comprends pas.

– Quoi ?

– Tu ne peux pas dormir ici, c'est interdit.

Où suis-je, déjà ? La mémoire me revient peu à peu. Les funérailles, ma mère, la route, Lège et la superbe Danny.

Si les premiers souvenirs me donnent envie de vomir, celui de la nuit passée met un sourire sur mon visage. Le vieux monsieur me donne un nouveau coup de pied. Toujours pas douloureux, toujours agaçant.

– Vous êtes qui, au juste ? Le mec qui nettoie la plage ?

Je vouvoie toujours les personnes âgées, c'est à cause de ma grand-mère. Je n'accepterais jamais qu'on la tutoie sans son autorisation ou lui manque de respect, alors j'applique cette ligne de conduite avec tous les gens qui ont un certain âge. Tous, sauf Violette.

– Non, j'habite à côté, me répond-il.

– Alors qu'est-ce que ça peut vous faire que je dorme sur la plage ?

Je reste poli, mais cela ne veut pas dire que je ne dis pas ce que je pense. Je ne suis pas d'un naturel agressif, mais je ne suis juste pas du matin, vraiment pas.

– Tu devrais vraiment te lever, continue-t-il, ignorant ma question.

Je ne réponds pas.

– C'est pour toi que je dis ça, petit.

– Pour moi ?

– Les gens commencent à arriver sur la plage et tu n'as pas envie qu'ils voient ton oiseau, si ?

– Mon quoi ?

J'entends des voix et je réalise soudain ce qu'a voulu dire le vieil homme. Je suis nu sur la plage, le sexe bandé. Merde.

Je me redresse un peu trop vite au goût de ma tête douloureuse, cherche mon caleçon dans le désordre à côté de moi et l'enfile à la hâte. Je ne suis pas gêné par ma nudité, je me sens juste idiot.

85

J'entends le vieil homme rire à côté de moi et je me félicite d'avoir au moins fait sa journée.

– Merci, papy, dis-je en regroupant mes affaires.

Je fourre tout dans mon sac et m'empare de mon casque et de mes chaussures, prêt à filer, quand je réalise que mon corps est recouvert d'une fine couche de sable collée par de la sueur séchée. C'est désagréable et je n'aime pas être aussi sale. Il n'y a pas l'air d'avoir de douche de plage et je n'ai pas d'autres choix que d'aller me rincer dans l'eau encore froide de l'océan. Ce n'est pas très intelligent, pas avec un tatouage encore récent, mais je laisse à Cookie et Clément le soin de m'engueuler si mon bain de sel abîme leur œuvre commune.

J'aperçois des regards amusés, un autre agacé et d'autres encore pleins d'envie. Je fais ce genre d'effets contraires. On m'adore, on me déteste, on me désire… je laisse rarement indifférent. Mais quelle heure est-il pour qu'autant de monde soit déjà sur la plage ? Si j'avais écouté les leçons de Violette, j'aurais su lire le soleil, mais comme souvent, j'ai séché les cours.

Je me frotte du mieux que je peux pour enlever le sable qui s'est collé à mon dos et un peu partout ailleurs. Je n'ai pas l'air très fin à me laver là, mais je ne vais pas passer la journée avec du sable entre les fesses. Se rincer dans l'océan n'est pas la meilleure solution, mais c'est la seule possible. En tout cas, ça réveille !

Quand je retrouve ma moto, je suis soulagé de voir qu'elle est toujours là où je l'ai laissée la veille et n'a subi aucun dommage. Je l'embrasse comme un mari embrasserait sa femme au réveil, tendrement. Puis, prenant soin de mettre mon casque, maintenant que je sais qu'il y a une gendarmerie tout près, je monte sur mon Haley pour me rendre dans un café-restaurant que j'ai repéré la veille. J'ai besoin de manger un morceau et de boire autre chose que de l'alcool afin de commencer ma journée de recherches.

Je me gare devant l'endroit qui va sauver mon estomac et j'entre. Cela semble assez vide et cela me convient. Je ne suis pas contre l'idée de commencer à interroger des gens, mais je veux petit-déjeuner en paix.

— Salut, cow-boy, dit une voix que je reconnais immédiatement.

— Danny ?

Elle me sourit en passant de l'autre côté du comptoir. Elle porte un petit tablier qui lui va un peu trop bien et s'essuie les mains sur un torchon, en s'approchant de moi.

— Tu me suis ? dis-je en plaisantant.

— C'est plutôt toi.

— Tu travailles ici aussi ?

— Certaines personnes ont besoin d'argent pour vivre, me répond-elle en souriant.

Je ne me souvenais pas qu'elle était si belle. Ma mémoire m'a menti. Elle est magnifique.

Je ressens un besoin urgent de prendre ses lèvres entre les miennes, de passer ses jambes autour de ma taille, de glisser quelques doigts dans ses cheveux et d'autres sur ses courbes tentatrices... elle me donne envie de tendresse autant que de sexe bestial. J'aspire à un peu plus qu'une nuit. Il n'est pas rare que je couche plusieurs fois avec la même personne, je ne suis pas une étrange ligne de conduite qui m'obligerait à ne me donner qu'une fois, à chaque fois. Cela serait idiot. Mais elle, elle me donne envie de bien plus et c'est aussi excitant qu'effrayant. Elle ne pourrait pas me faire oublier la raison pour laquelle je suis à Lège-Cap-Ferret, mais elle n'aurait aucune difficulté à me distraire si elle le voulait.

— Qu'est-ce que je te sers ?

— Un café et un truc sucré à manger, si tu as.

— J'ai plus grand-chose, vu l'heure, mais j'ai. Une chocolatine, ça ira ?

— Je préférerais un pain au chocolat, dis-je, moqueur.

— Ici, c'est chocolatine. Je vais t'apprendre à parler correctement, tu verras, ça va bien se passer.

— Tu ne me feras pas appeler un pain au chocolat « chocolatine ».

Elle me fait un grand sourire, un de ceux qui disent qu'on va justement faire exactement ce qu'elle a demandé si on ne veut pas avoir de problème.

— Si tu veux le manger, tu as plutôt intérêt à l'appeler comme ça, si.

– C'est du chantage ? réponds-je, rieur.

– Je considère que c'est un simple échange. Tu me fais plaisir, je te fais plaisir.

Je m'apprête à répondre mais elle me coupe l'herbe sous le pied.

– Je sais, hier, l'échange n'était pas équitable.

Je mets du temps à comprendre de quoi elle parle, mais quand je le fais, cela me dérange. Elle semble réellement penser me devoir quelque chose pour le plaisir que ma bouche lui a donné.

– Avec quel genre de mecs t'as couché ? Tu sais que certains aiment avoir la tête entre les jambes d'une femme sans pour autant avoir envie de la réciproque ? Pour moi, y'a pas à parler d'échange, t'es pas la seule à avoir apprécié, dis-je, un peu trop sérieux pour l'heure matinale.

Danny semble surprise et je ne suis pas certain qu'elle me croit. Son sourcil droit s'arque, m'accusant presque d'un mensonge que je n'ai pas formulé.

Je soupire.

– Je suis généreux mais pas altruiste. Je vais te le dire clairement, oui, j'ai aimé te lécher la...

Elle met sa main sur ma bouche et jette un regard derrière elle. J'aperçois son collègue derrière le comptoir, la tête baissée, mais un sourire sur le visage impossible à cacher.

Elle ne retire sa main que pour me donner une tape sur l'épaule.

– Donne-moi une chocolatine, s'il te plaît, demandé-je, un sourire satisfait barrant mon visage.

Elle secoue la tête et agite sa main de manière désinvolte avant de repasser derrière le comptoir pour préparer ma commande, non sans avoir tapé l'arrière du crâne du jeune homme qui se trouvait sur son chemin. Il ne doit pas avoir plus de dix-sept ans, sûrement un saisonnier, et je peux voir à ses regards que Danny ne le laisse pas indifférent. Personne ne pourrait rester de marbre devant une telle femme.

Elle pose mon café et mon pain au chocolat devant moi, puis elle prend place sur la chaise en face, un verre de jus d'orange à la main. Elle me laisse manger et je la remercie intérieurement de le faire. J'avais besoin de mettre quelque chose dans mon ventre avant d'attaquer ma journée.. Et si j'ai été capable d'échanger quelques plaisanteries avec elle, je n'aurais pu faire plus avant le petit déjeuner.

— Tu vas faire quoi de ta journée ? me demande-t-elle finalement, quand j'avale ma dernière bouchée.

— Je vais retourner à Lège, je dois trouver quelqu'un.

— Qui ?

— Ma sœur.

— Elle habite à Lège ?

— J'en sais rien du tout.

— Comment ça, t'en sais rien ?

— J'avais trois ans la dernière fois que je l'ai vue. Aujourd'hui, elle a la quarantaine. C'est tout ce que je sais d'elle.

– C'est quoi son nom ? me demande Danny.

– Alysson Lane.

Elle se retourne sur sa chaise.

– Hey, Chris, tu connais une Alysson Lane qui vit à Lège-Cap-Ferret ? demande-t-elle à son collègue.

– Ça me dit rien, répond-il.

– On est tous les deux d'ici et son nom ne nous dit rien. Est-ce qu'elle aurait des raisons de se faire appeler autrement ?

– Ouais, réponds-je.

– Tu ne sais pas comment elle est, comment elle s'appelle et tu ignores même si elle vit encore ici. Tu dois vraiment l'aimer pour te lancer dans de telles recherches.

J'ai envie de répondre que je ne l'aime pas spécialement, mais cela ne mènerait à rien, alors je me tais.

– On commence par quoi ?

– « On » ? demandé-je.

– Faut que je retourne dans le centre pour ce soir, alors tu me ramènes à moto, ça m'évite le stop, et je t'aide à chercher ta sœur. Je connais tout le monde ici, je te l'ai dit.

– Je suis pas contre l'idée d'être aidé par une jolie fille.

Elle lève son verre à notre future collaboration, un beau sourire sur les lèvres.

***

91

Une fois que nous sommes dans le centre-ville, Danny m'indique une boutique de vêtements pour enfants.

– La propriétaire s'appelle Ali. Autant commencer par celles qui ont un nom proche de celui de ta sœur.

C'est une bonne idée et son sourire entendu me laisse penser qu'elle en est consciente. Il y a dans son côté direct une sorte de candeur qui la rend attachante et me donne envie de la prendre dans mes bras, et c'est quelque chose que je n'ai jamais désiré avant. J'aime assez ce sentiment.

Nous entrons dans le commerce, la propriétaire des lieux est en discussion avec un client. C'est un papa qui, de la main droite, tient un bébé contre son torse et, de la main gauche, un enfant de trois ou quatre ans. Je ne m'attarde pas sur lui, à la place, je pose mes yeux sur la quadragénaire aux cheveux clairs qui nous souhaite la bienvenue avant de retourner à son client.

– Tu ressens quelque chose en la regardant ? Un truc spécial ? demande Danny à voix basse.

– Non, rien du tout…

Je me sens agacé d'être ainsi dans le flou.

– Je vais lui demander cash, ça sera plus simple, dis-je, en me dirigeant vers la femme.

Ma jolie barmaid m'attrape par le bras et m'empêche de foncer tête baissée.

– Tu m'as dit que ta sœur avait des raisons de changer de nom. Si elle se cache, tu crois vraiment qu'elle va répondre gentiment à tes questions ?

Elle n'a pas tort, elle risque de me mentir.

– On va tenter la subtilité, même si ça n'a pas l'air d'être ton truc, dit-elle en riant.

Ce rire, j'en suis devenu rapidement fan. Il me fait sourire et me donne envie d'inspirer un grand coup pour tenter de l'aspirer.

Quand la propriétaire des lieux a conclu sa vente, elle vient à notre rencontre et me salue chaleureusement avant d'embrasser Danny sur les deux joues.

– Qu'est-ce qui t'amène ici, ma jolie ? Est-ce que j'ai manqué quelque chose ? demande-t-elle en posant ses yeux sur le ventre plat de la jeune femme à côté de moi.

– Non, toute la presqu'île serait au courant si j'étais enceinte, de Claouey jusqu'à la Pointe. J'accompagne mon ami, il cherche un cadeau pour son neveu.

– Vous avez vraiment de belles pièces et elles ont l'air de bonne qualité, dis-je, confirmant ses dires.

– Vous n'en trouverez pas de meilleures ailleurs.

– Ali sait de quoi elle parle, elle tient cette boutique depuis… quoi ? Toujours ?

– Depuis vingt-cinq ans, précisément. Et mes parents la géraient avant moi, et mes grands-parents avant eux.

On sent sa fierté, mais aussi son attachement pour son commerce. Ce que je note cependant, c'est que sa réponse m'oblige à la rayer de ma liste. Vingt-cinq ans plus tôt, je naissais et ma sœur était encore avec nous. Quant à notre famille, elle n'a jamais travaillé dans ce milieu.

— Tu es née ici ? continue Danny, qui ne dispose pas de toutes ces informations.

Elle est douée pour mener un interrogatoire subtil.

— Pour sûr, je suis une Ferretcapienne jusqu'au bout des ongles !

Au regard que me lance ma jolie danseuse, je sais qu'elle aussi sait : ce n'est pas Alysson.

Pour ne pas avoir l'air idiot, nous achetons un body et une paire de chaussettes, et je me demande si ce n'est pas plus stupide encore de les avoir achetés inutilement.

Après ça, nous rencontrons plusieurs autres femmes, une Al cuisinière un peu trop âgée pour être ma sœur, une Alice avec un accent hispanique prononcé qui témoigne de ses réelles origines, et une Alicia qui n'est arrivée à Lège que trois ans plus tôt et à qui nous avons dû faire la discussion pour savoir où elle avait vécu avant. Nous nous sommes fait passer pour des sondeurs et elle nous a trouvés bien curieux, finissant par nous mettre à la porte en menaçant d'appeler la police si nous revenions.

— Il faut plus d'informations sur ta sœur, Sandy, on peut pas interroger toutes les femmes de Lège, ou pire, de Lège-Cap-Ferret. La presqu'île est immense. Des détails physiques, quelque chose dans sa voix, une particularité ?

– J'avais trois ans, je ne me souviens de rien. Je vois une vague silhouette, mais aucun trait sur son visage, aucune couleur sur ses vêtements.

Danny soupire et se laisse glisser contre un mur pour finir assise par terre. Je fais de même.

– Appelle-moi Jon Snow.

– Jon qui ? demande-t-elle.

– Snow. Le bâtard Stark. Celui qui ne sait rien.

– Hein ?

– Le Nord ? Winter is coming ?

Elle secoue la tête, incrédule.

– Me dis pas que tu ne connais pas *Game of Thrones* ?

– Je devrais ? C'est quoi ?

– Peut-être une des meilleures séries au monde ? dis-je, choqué. Comment on peut ignorer ça ?

– Dit celui qui croyait que Sandy de *Grease* était un mec, répond-elle en riant.

– Touché.

Je mets une cigarette entre mes lèvres et une autre entre les siennes avant de les allumer toutes les deux. Nous laissons le silence s'installer et, tout en fumant, nous regardons les gens passer. Il fait beau, les familles s'amusent, les couples se promènent et les célibataires profitent du soleil. Je suis presque jaloux de ces êtres qui ne semblent avoir aucune autre préoccupation que de ne pas prendre un coup de soleil. Bien sûr, ce n'est pas vrai. Le vieux monsieur souriant a peut-être perdu sa femme ou son mari, il est possible que la jolie demoiselle rayonnante n'ait pas réussi ses examens ou que le jeune papa plein de vie ait en fait beaucoup de problèmes au travail. Je ne sais rien de ces gens et ils ignorent tout de moi. Je me fiche bien de savoir ce qui les anime, cela ne serait de toute façon que de la curiosité mal placée ; j'ai bien assez de mes propres soucis.

Je ferme les yeux et tape légèrement l'arrière de mon crâne contre le mur. Mes recherches commencent assez mal, je me rends compte que je manque cruellement d'informations et que retrouver ma sœur ne va pas être aussi simple que je le pensais. La seule chose positive, c'est la présence d'une jolie femme à mes côtés. Dommage que sa beauté ne puisse pas aider ma mère.

– Il y a bien une solution pour ta sœur, dit soudain ladite jolie femme en brisant le silence. Mais je ne te la conseille pas.

J'ouvre mes paupières et tourne mon visage vers elle.

– Dis toujours.

– Y'a un type, ici, on l'appelle le vieux Rodrigue, il sait tout sur tout le monde, et il a une réponse pour chaque question. Si quelqu'un sait où se trouve ta sœur, c'est sûrement lui.

– Pourquoi on n'a pas été le voir directement, demandé-je, en me relevant.

– Parce que ses renseignements ne sont pas gratuits. Rien ne l'est avec ce vieux fou.

– J'ai de l'argent.

– Il n'en voudra pas. Ce qu'il veut, c'est ce que tu as de plus précieux. Si tu cherches ton enfant perdu, il pourrait te le retrouver et le garder ensuite en paiement.

Elle se lève à son tour et je vois à son regard qu'elle ne plaisante pas. Malgré tout, je ne suis pas convaincu, pas effrayé. J'ai croisé pas mal de types louches, je ne suis plus à ça près.

– Suffit de prendre les infos et de ne pas régler la note.

– On ne joue pas avec Rodrigue. Il ne paye pas de mine, mais je t'assure qu'il peut se montrer dangereux si tu ne respectes pas ta part du contrat. Le problème avec les types comme lui qui connaissent les secrets de tout le monde, c'est qu'ils ont aussi des yeux, des oreilles et surtout des bras partout… Il ne te demandera jamais plus que ce qui a été convenu, il est honnête à sa façon, mais tu n'as pas intérêt à essayer de la lui mettre à l'envers.

– C'est légal au moins ?

– J'en suis pas sûre, mais tu te fous pas mal que ça le soit pas quand il est trop tard.

Ma jolie danseuse jette sa cigarette au sol et l'écrase. Puis elle croise les bras et plonge son regard dans le mien. Elle attend une réponse tout en me suppliant silencieusement de ne pas choisir la mauvaise option. Malheureusement, je suis le roi des mauvais choix. Ma vie en est la preuve.

– Je dois essayer. J'ai aucune piste pour trouver Alysson, je ne sais pas où chercher.

Je vois à ses yeux qu'elle n'a pas envie de m'y amener.

— S'il te plaît, Danny.

Je peux la supplier si c'est nécessaire.

— Je t'aurai prévenu, finit-elle par dire, résignée.

Honnêtement, je n'aurais pas pu dire ce jour-là, ni même le suivant, que c'était la plus mauvaise décision de ma vie. Comment pouvais-je savoir que le vieux Rodrigue serait la plus horrible de mes drogues ? Impossible de deviner que j'irais vers lui encore et encore, jusqu'à ce qu'il me prenne tout.

CHAPITRE 7

Je ne sais pas à quoi je m'attendais, mais quand nous pénétrons dans ce qui est supposé être l'antre de Rodrigue, je suis surpris de découvrir une petite librairie et un homme d'une soixantaine d'années, assis derrière sa caisse. Je crois que j'imaginais quelque chose de plus sombre, après ce que Danny m'a dit à son sujet. Je lui trouve même un visage chaleureux, presque bon. Un bien beau masque.

– Bonjour, jeunes gens. Que puis-je faire pour vous ? demande l'homme.

Ma jolie danseuse me regarde, ses yeux me demandant si je suis sûr de moi. J'acquiesce et elle croise les bras, puis se met en retrait, comme si elle avait peur que quelque chose ne lui arrive en restant trop près de cet étrange personnage.

– Il paraît que vous pouvez m'aider, dis-je.

– Je peux essayer, oui.

– Il paraît aussi que votre prix est indécent.

– Daniela exagère toujours, répond-il en souriant et en posant son regard sur elle.

L'intéressée garde les bras croisés et reste muette. Je la comprends. En quelques mots et un mouvement de tête, Rodrigue a réussi à m'apparaître soudain moins inoffensif. Je ne saurais dire ce qui me gêne, mais il m'inspire de moins en moins confiance. Je me demande pourquoi je suis venu en premier lieu.

Il ne me faut pas longtemps pour m'en souvenir : je suis là pour ma mère, bien sûr. Cela ne m'empêche pas d'être curieux, peut-être un peu trop.

– Pourquoi une librairie ?

Inutile de préciser ma question, il comprend que je veux savoir pourquoi il a choisi de cacher son business par des livres plutôt qu'autre chose. Un magasin de chasse, par exemple, plus proche de ce qu'il fait vraiment. Mais peut-être craint-il qu'un client mécontent ne finisse par le tuer.

– « Le vrai pouvoir, c'est la connaissance », répond-il.

– Francis Bacon, dis-je.

C'est une des citations préférées de Riley. Elle s'en sert chaque fois que quelqu'un lui reproche de trop lire ou de trop étudier.

– Vous avez de la culture, jeune homme.

– Non, mais j'ai des amis qui en ont et je suis attentif à ce qu'ils racontent.

Ma réponse fait rire le vieux Rodrigue et ce son me glace le sang. Quelque chose m'effraie chez lui, mais j'ignore quoi. Je pourrais le briser d'une seule main, et pourtant, j'ai le sentiment de n'être qu'un pantin entre ses doigts abîmés par le temps. Je déteste cette sensation.

– Que voulez-vous savoir ? me demande-t-il.

– Je cherche ma sœur. Elle s'appelle Alysson Lane et je pense qu'elle vit à Lège.

Un sourire se dessine sur le visage fatigué mais non moins terrifiant du vieil homme.

– Qu'êtes-vous prêt à offrir pour la retrouver ?

– Presque n'importe quoi, je crois ?

Il aime entendre le doute dans ma voix. Il se sent puissant, j'en suis convaincu.

– Je veux ce que vous avez de plus précieux, dit Rodrigue.

Je réfléchis à ce que je pourrais lui donner et finis par ôter une grosse chevalière de mon doigt. Elle m'a coûté plutôt cher et c'est probablement l'objet le plus coûteux que je porte sur moi.

– Ne me prenez pas pour un idiot.

Sa voix se fait plus sévère et son visage s'assombrit.

– Je veux votre moto, reprend-il.

– Quoi ?

– Vous m'avez bien entendu. Votre moto est ce que vous avez de plus précieux, alors c'est ce que je veux.

– Vous êtes fou si vous pensez que je vais vous la donner. Et comment vous êtes au courant, de toute façon ?

– J'ai des petits oiseaux partout.

– Vous vous prenez pour Varys ?

Il fronce les sourcils, cherchant sûrement à quoi je fais référence. Lui aussi est ignorant, mais il n'a pas la beauté pour compenser. Cela me fait soupirer.

– Est-ce que je suis le seul ici à connaître *Game of Thrones* ? Y'a pas Internet à Lège ou quoi ?

Ce n'est pas le moment de plaisanter, je le comprends au visage de ma danseuse et encore plus à celui du vieux fou.

– Vous me faites perdre mon temps et le temps…

– C'est de l'argent, je sais. Je vais vous en faire gagner : ma moto n'est pas à vendre.

Je crois qu'il va s'énerver, mais il fait pire : il sourit.

– Dans ce cas, je vous souhaite bonne chance dans vos recherches.

Cela me donne envie de le frapper, mais Danny me retient en posant une main sur mon avant-bras. Nous faisons demi-tour, prêts à partir, quand cette voix désagréable se fait de nouveau entendre.

– Et toi, petite ballerine, tu n'es toujours pas prête à payer pour savoir d'où tu viens ?

Elle s'arrête puis se retourne, le visage sérieux.

– Pas à ce prix, non, répond ma partenaire.

Sur ces derniers mots, nous quittons la librairie, pas plus informés qu'avant d'y être entrés.

***

Je frappe le mur du plat de la main.

– Je t'avais prévenu, me dit Danny.

Bien sûr, elle me l'avait dit, mais je ne pensais pas qu'il irait jusqu'à me demander de lui céder Haley. L'information ne la vaut pas. Mais ma mère, si. Je ne peux empêcher ce désaccord entre les deux parties de mon cœur.

– Tu tiens tant que ça à ta moto ?

– Plus que tout. C'est presque la femme de ma vie. Je sais que ça peut sembler fou, mais quand je suis dessus, plus rien ne compte, plus rien n'a d'importance. Je me sens libre, je me sens vivant.

Et pas seulement, elle a aussi été celle de mon grand-père, et si, moi, j'y tiens énormément, ma grand-mère encore plus.

– Ce n'est pas fou, me répond-elle. Je sais exactement ce que ça fait.

– Quand tu danses ?

Elle relève la tête et je lis une légère surprise dans ses yeux.

– Je suis observateur, mais même sans cette qualité, je l'aurais deviné. Seul un idiot n'aurait pas compris en te voyant danser.

Un nouveau sourire vient illuminer son visage et je me surprends à vouloir savoir ce qu'il renferme. Comment est-elle tombée amoureuse de la danse ? Qu'est-ce que cette passion cache comme histoires et comme souvenirs ? Malheureusement, quelque chose me dit qu'il est trop tôt pour poser ce genre de questions.

– Quand je suis sur Haley, c'est comme ça aussi que je me sens, dis-je à la place.

– Haley ?

– C'est le nom de ma moto. Haley, pour Haley James Scott.

L'incompréhension marque son visage.

– Ne me dis pas que tu ne connais pas non plus *Les Frères Scott* ?

Elle hausse les épaules. Cela veut dire non.

– Sérieux, t'as pas la télé ou quoi ?

– Nope.

J'écarquille les yeux.

– Tu vis dans une grotte ?

– Non, sous une tente.

Elle est très sérieuse. Je sais que certaines personnes vivent sans télévision, Riley se contente de son ordinateur. Non, ce qui me surprend, c'est qu'elle vive sous une tente. Je ne suis pas ignorant au point de ne pas savoir que les travailleurs saisonniers louent un emplacement au camping, mais elle, elle habite à Lège-Cap-Ferret de manière permanente, d'après ce que j'ai compris. Avant que je puisse poser plus de questions, elle m'interroge.

– Elle a quoi de spécial, cette Haley ?

– La moto ou le personnage ?

– Le personnage.

Je suis certain que mes yeux brillent à la simple évocation de mon idéal féminin. C'est un peu comme un premier amour. Je regardais cette série avec Lara quand on était plus jeunes et Haley m'a comme fait tomber amoureux. Alors j'explique avec joie à Danny comment elle a changé la vie de Nathan, comme elle l'a rendu meilleur. Je lui dis aussi que je rêve de rencontrer une femme comme ça, capable de faire de moi un meilleur homme. Cela la fait rire.

— Je ne peux pas te sauver, cow-boy, mais je peux t'aider dans tes recherches et te proposer un toit pour les nuits que tu passeras à Lège.

— Un toit de tente ? dis-je, taquin.

Elle ne se vexe absolument pas de ma plaisanterie, assumant totalement de vivre dans de telles conditions. J'aime assez ça.

— Mon toit sera gratuit et tu auras des bras pour te réchauffer s'il fait froid.

Les températures ne devraient pas descendre en dessous de vingt-cinq degrés, mais je peux prétendre être gelé si c'est nécessaire.

— Un endroit où dormir et toi, ça me va.

— Qui a dit que ce serait moi ? dit-elle en riant.

Elle se dirige vers ma moto, d'une démarche qui me rend fou. Ses cheveux se soulèvent à chaque pas et je me mords la lèvre quand mes yeux se posent sur son corps en mouvement. Dire qu'elle est sexy serait un euphémisme. Elle l'est tellement que cela me vide la tête. Jusqu'à ce que je reprenne mes esprits.

— Hey ! Pourquoi tu dors sous une tente ?

Elle me jette un coup d'œil, par-dessus son épaule, puis continue sa route après m'avoir souri.

— Tu ne me le diras pas, hein ?

– Pas maintenant. Mais si tu es sage, je te garderai peut-être tout l'été avec moi et, après quelques verres, mon histoire te sera éventuellement contée.

Je doute de rester tout l'été, mais puisque j'ignore combien de temps il me faudra pour trouver Alysson, il n'est pas exclu que j'y sois pour un plus long moment que prévu. Même si je ne peux m'empêcher de m'inquiéter pour ma mère, je suis obligé de reconnaître que passer la saison avec Danny est bien loin d'être une idée déplaisante.

***

– Faudra t'acheter un casque, dis-je à ma passagère lorsque nous arrivons au camping et descendons de la moto.

– J'ai pas l'impression que tu mettes beaucoup le tien, répond-elle, moqueuse.

– Ouais, mais y'a des trajets qui sont plus surveillés par les flics, ceux vers les plages en font partie, et si je dois faire le chauffeur, j'aime autant éviter les amendes.

Elle se colle à moi.

– Tu m'aideras à le choisir, dit-elle en embrassant ma mâchoire, puis en remontant vers ma bouche.

– Avec plaisir, réponds-je avant de m'emparer de ses lèvres.

Nous ne nous sommes pas vraiment touchés depuis la nuit passée et la goûter de nouveau me donne envie de plus. Je pose ma main sur sa hanche puis sur ses fesses, pour la rapprocher de moi, et nous continuons à nous dévorer.

Une voiture arrive derrière nous et klaxonne. Puis elle s'arrête à côté, nous forçant à nous détacher l'un de l'autre.

— Tu nous présentes, dit une jolie brunette assise du côté passager.

Je vois un homme au volant et un autre à l'arrière, accoudé à sa fenêtre ouverte, un grand sourire barrant son visage. Si le conducteur semble être une beauté froide, la personne à l'arrière a un physique plus doux avec son pansement sur le nez et sa joie de vivre évidente. Des taches de rousseur parsèment ses joues et lui donnent un air plutôt mignon.

Danny les regarde en souriant, tout en restant collée à moi.

— Les gars, je vous présente Sandy. Sandy, les gars.

— Salut, gars, dis-je, me moquant du manque d'explications.

La jeune femme brune me tend la main.

— Nicole, mais on m'appelle Nicky. Lui, dit-elle en pointant le conducteur qui me fait un signe de la main, c'est mon Jules et il s'appelle vraiment Jules.

Elle le prononce à l'américaine, en marquant le s et en transformant le u en ou, et je me fais la réflexion que c'est bien plus cool que la version française.

— Et derrière, reprend-elle, c'est…

— Thomas ! la coupe l'intéressé. Mais tu peux m'appeler Tic Tac !

Il passe par la fenêtre, posant ses fesses sur le rebord, et me serre la main. Une bonne humeur sincère se dégage de lui, c'est plaisant.

— Enchanté, dis-je à tous.

Je le pense vraiment.

— Tu viens boire l'apéro avec nous ?

— Il va passer les prochaines nuits ici, répond Danny à ma place.

— Tu sais jouer à la belote ? demande Nicky.

— Ouais, ma grand-mère m'a appris.

Tic Tac hurle de joie. Il m'explique qu'ils sont cinq et que Danny n'a du coup pas de partenaire fixe. Elle tournait jusqu'ici avec lui et un dénommé Léni parce qu'on ne peut pas jouer à plus de quatre, mais avec mon arrivée, ils vont pouvoir organiser des tournois avec de vrais binômes. Je m'abstiens de leur faire remarquer qu'à cinq ils pourraient faire une belle partie de tarot. Si les deux jeux ont des atouts, ils sont malgré tout différents et les joueurs peuvent parfois être sensibles sur le sujet.

— Jules, ne reste pas au milieu ! s'écrie une voix depuis une bâtisse en bois que je devine être l'accueil du camping.

— Désolée, Lily ! répond Nicky. On se retrouve à la tente, dit-elle ensuite à Danny en prenant sa main.

À leur manière de se regarder et de se toucher, je suis certain qu'il s'est déjà passé quelque chose entre ces deux femmes. Je me promets de chercher à en savoir plus. C'est trop intéressant pour que j'oublie.

Le trio passe la barrière du camping, Tic Tac toujours assis sur la fenêtre. Lily secoue la tête, mais il y a une tendresse évidente dans son petit sourire en coin. Je la comprends, ce jeune homme qui ne semble pas avoir plus de vingt ans m'a immédiatement fait bonne impression.

– Je partage mon emplacement avec eux chaque été. Je connais Jules et Nicky depuis cinq ans et Tic Tac depuis deux.

– Ils ont l'air cool. Mais Jules n'a pas l'air bavard.

– Jamais au début. Nicky fait la discussion pour deux, confirme-t-elle en riant. Il préfère observer et se faire une idée de la personne qu'il rencontre, je crois. Mais il est vraiment sympa et quand il connaît les gens, il finit par ouvrir la bouche, je t'assure.

– Et le cinquième ?

– Léni, c'est mon meilleur ami. Il habite ici, mais il réserve quand même au camping avec nous pendant la saison. Tu le verras tout à l'heure. Tu l'as déjà rencontré hier soir.

Je l'interroge du regard.

– C'est le vigile qui a évacué tes victimes, dit-elle en riant.

– Le grand baraqué ?

– Ouais. On dirait pas comme ça, mais c'est une crème.

J'ai hâte de tous les connaître un peu mieux. Mes amis me manquent et être entouré ne peut que me faire du bien. Je ne suis pas un solitaire.

Danny me laisse un instant afin d'aller annoncer mon arrivée et de vérifier qu'il n'y a pas de supplément à payer. La plupart des campings facturent une base pour l'emplacement et un tarif à la personne, mais je n'ai rien à régler. J'imagine que Danny est plutôt connue et appréciée ici.

Elle revient et nous remontons sur la moto pour passer la barrière. La femme de l'accueil nous regarde d'un œil sévère. L'absence de casque ne doit pas lui plaire. Trop coincée, trop prudente, trop quelque chose en tout cas.

— J'espère qu'il n'y a pas trop de flics, ici, dis-je, réalisant soudain que je risque une amende.

— Au camping ? Y'a Stéphane qui vient souvent, mais c'est un ami des parents de Tic Tac. Il nous adore, avec lui, on ne risque rien, si ce n'est de se faire un peu engueuler.

— Et cette femme ? dis-je en montrant celle qui nous regarde si sombrement.

— Lily ? Aucun risque, c'est une vraie mère pour nous tous. Ne t'inquiète pas, elle te regarde comme ça parce que c'est la première fois que je ramène un homme à la maison, ça doit la perturber, conclut-elle en riant.

— Est-ce que ça veut dire que je suis le bon ? demandé-je en plaisantant.

— Je ne sais pas si tu es le bon, mais tu es très certainement bon.

Je ne parviens pas à me retenir de rire. Je remarque que Danny et moi nous ressemblons énormément dans notre façon d'être, et cela me plaît. J'ai peut-être un côté narcissique, après tout.

– Et si tu me promets encore de telles nuits, poursuit-elle, alors tu seras peut-être le bon.

– Que des nuits ? Je suis aussi bon le jour.

– Prétentieux, souffle-t-elle.

– À peine, dis-je en riant. Mais il faut quand même que je te dise… malgré mes nombreuses qualités évidentes, j'ai un gros défaut : je ne tiens jamais mes promesses.

– Moi qui te pensais parfait, je suis déçue.

– Je peux te promettre d'être le pire coup de ta vie, de faire tout mon possible pour que tu ne me supportes plus et de faire au mieux pour devenir ton pire cauchemar.

– Bon courage dans cette mission !

Sur ses mots et nos rires, je fais chanter ma moto. Assise derrière moi, Danny serre ma taille et ce simple geste me donne envie de rouler des kilomètres sans m'arrêter.

CHAPITRE 8

Le coin de Danny et ses amis est assez simple mais fonctionnel. Il y a cinq tentes, dont une pour ranger les affaires de tout le monde, y compris les provisions. Un petit frigo est branché dedans, mais il contient plus de bières que de nourriture. Il y a aussi une sorte d'auvent improvisé. Ils ont tendu une bâche qui est accrochée à un arbre d'un côté et à des poteaux de l'autre. Dessous se trouvent une table et des chaises. Au cendrier plein et à la caisse de bouteilles vides, je comprends que c'est l'endroit où ils se retrouvent pour boire, manger et jouer. Je sens que cela deviendra vite mon espace préféré. Encore que la petite tente de Danny promet de bien beaux moments, elle aussi.

— Bienvenue chez toi ! s'écrie Tic Tac.

— Merci.

Thomas dégage vraiment quelque chose de plaisant, il est revigorant. Il a une certaine candeur qui le rend très attachant et je vois aux gestes doux de Danny à son égard qu'elle partage mon avis.

Sa personnalité est enjouée et pure, quelque chose d'assez rare autour de moi. Mes amis sont tous géniaux, mais aucun n'a la fraîcheur de ce jeune homme au surnom surprenant. Peut-être à cause de leur passé…

– Pourquoi on t'appelle Tic Tac ? interrogé-je soudain.

– À cause des personnages Disney. Danny dit que je leur ressemble.

– Tu connais Disney, toi ? demandé-je à ma danseuse, d'un ton moqueur.

– Sûrement mieux que tu ne connais *Grease*, me charrie-t-elle.

Touché.

Elle a un grand sourire et se la joue taquine, ce qui me donne envie de l'embêter. Est-ce le soleil qui me tourne la tête ou l'atmosphère juvénile liée à la présence de Tic Tac qui me pousse à courir après Danny comme un gosse de huit ans ?

Elle évite les obstacles avec grâce, moi, je renverse une chaise et une bouteille, sans pour autant casser quoi que ce soit. Cela fait rire mon nouvel ami qui va s'asseoir avec Jules et Nicky pour nous regarder jouer au chat et à la souris. Les deux amoureux, eux, ne se soucient pas de nous. Ils sont trop occupés pour ça.

Je bloque finalement ma proie contre un tronc d'arbre et je suis rassuré de la voir aussi essoufflée que moi. Nous n'avons pas couru beaucoup, mais il fait vraiment chaud. Nous sommes en sueur, sa poitrine monte et descend au rythme de sa respiration, et moi, je n'ai plus vraiment envie de jouer.

– Il faut que je me douche… avant d'aller travailler, dit-elle, à bout de souffle. Tu m'accompagnes ?

Comme s'il était nécessaire de me le demander. Après ces jeux d'enfants, je ne suis pas contre une activité plus adulte.

Il est possible que cette douche reste gravée dans ma mémoire comme étant la meilleure de toute ma vie. Elle nous pousse à partager une cabine étroite qui ne permet pas de se laver sans mouiller nos vêtements, mais cela ne me gêne pas le moins du monde. Cela me rappelle cependant que je dois acheter quelques petites choses pour mon confort et qu'il faut que je cesse d'être distrait par Danny. Mais je peux bien l'être encore une fois, juste une dernière.

Au moment où elle se dévêt, je sais qu'elle est réellement la plus belle femme sur qui j'ai un jour posé les yeux. Dos à moi, elle se glisse sous la douche et se lave les cheveux, me laissant admirer sa chute de reins et ses fesses. Je vois également ses cuisses et note un tatouage qui entoure la droite. Je savais déjà qu'une liste décorait le côté de sa jambe gauche, je l'ai vue brièvement dans la journée, mais son short descendait trop bas pour que je distingue l'autre pièce. Elle est assez discrète. Le plus gros tatouage visible est celui sur son bras. Ce dernier est entièrement tatoué, mais avant qu'elle retire son tee-shirt je ne pouvais pas le voir parfaitement. Le choc, c'est pourtant lorsqu'elle se retourne. Je peux enfin voir les dessins au-dessus de ses seins. J'ai eu envie de les voir dès notre première rencontre. Cela ne remonte pas à si loin, mais cela me semble être il y a des semaines. Elle me fait cet effet-là. Il y a quelque chose entre elle et moi. De l'amour ? Certainement pas. Du désir ? À l'évidence. Mais pas seulement, il y a un sentiment plus fort que le désir et moins complexe que l'amour. J'en suis conscient, mais je me fiche de le comprendre. Je suis bien trop occupé à regarder son corps nu se mouvoir devant mes yeux. Et son tatouage, il est divin. Il part d'en dessous de la poitrine et remonte presque jusqu'au cou. Il est fin et élégant, moins chargé que celui de son bras et plus fantaisiste que ceux de sa cuisse. J'aimerais les détailler tous un peu plus, mais je ne peux que céder au désir que cette vision fait monter en moi.

J'aime l'assurance de Danny, la manière qu'elle a de se tenir nue et fière devant moi. Sans même ôter mes vêtements, je la rejoins sous le jet d'eau et je prends possession de ses lèvres. Elle a ensuite bien du mal à retirer mes habits qui sont collés à ma peau, mais elle y parvient, déterminée à me voir, elle aussi, dans mon plus simple appareil. Je ne suis pas aussi carré que Pat', probablement pas aussi musclé que Luigi ou aussi bien dessiné que Clément, mais je suis plaisant à regarder. Je m'entretiens assez pour provoquer le désir et mon corps est une splendide œuvre d'art avec toutes les marques apposées par mes amis artistes tatoueurs. Danny partage mon avis sur la question, je le vois à sa manière de me regarder et de me toucher. Je reconnais son désir si semblable au mien et nous savoir sur la même longueur d'onde m'excite plus encore. Pourtant, nous passons de longues minutes à simplement nous embrasser ou nous frôler. Mes doigts caressent ses seins, les siens chatouillent mes hanches, ma bouche aspire le lobe de son oreille puis sa langue provoque la mienne. Le désir est bien présent, mais il est doux, lent, suave, caressant. J'aime assez cette façon de faire. Faire l'amour sans amour, justement, ne veut pas forcément dire baiser comme des animaux et ne pas prendre le temps de mutuellement s'apprécier.

À un moment, ma petite danseuse embrasse mon cou, puis ma poitrine, puis mon ventre… je la vois descendre en ondulant des hanches au rythme d'une musique qui provient probablement d'un emplacement à proximité. Elle se meut jusqu'à s'agenouiller devant moi et je dois m'appuyer contre le mur lorsque ses doigts viennent chatouiller le haut de ma cuisse pour ensuite se resserrer autour de mon sexe dressé. Je sais immédiatement ce qu'elle veut faire. Un puceau le comprendrait. Mais ce n'est que lorsque ses lèvres entourent ma virilité que je réalise combien j'ai eu envie qu'elle le fasse. La chaleur et l'humidité de sa bouche combinées à la douceur de ses doigts autour de moi me mettent dans un état de transe indescriptible. Danny sait y faire et lorsque ce qu'elle connaît ne marche pas avec moi, elle m'écoute assez pour adapter ses caresses. Comme je l'ai fait avec elle, la veille, elle ne se contente pas d'agir mécaniquement, elle se fait du bien tout en faisant attention à moi pour que le plaisir soit partagé. C'est ma façon préférée de pratiquer le sexe : à deux.

J'ai l'impression qu'elle me caresse partout en même temps ; cela me rend fou. Ma respiration se fait plus difficile, je me mets à trembler et la main que j'ai glissée dans ses cheveux se fait plus possessive quand elle va titiller mon scrotum de sa langue. Mes doigts se resserrent sur son crâne et je bascule la tête vers le mur sur lequel je prends appui. L'eau colle mes cheveux à mes tempes et masque mes gémissements, mais la contraction régulière des muscles dans mes cuisses lui fait comprendre que je perds le contrôle de mon corps. Alors, d'une caresse plus appuyée, elle me fait atteindre l'orgasme. J'ai l'impression de m'envoler, d'être soudain entre la vie et la mort. J'aime cette sensation plus que tout, c'est celle que je cherche dans chaque acte un peu fou que j'accomplis. C'est prenant, enivrant, électrisant, parfois un peu effrayant, mais toujours tellement bon.

Danny se relève, sans oublier d'embrasser mon corps en divers endroits, puis elle vient déposer un baiser sur mes lèvres, ne me laissant pas le temps de me redresser ou de retrouver mes esprits.

Elle me veut dépendant de ses caresses, esclave de mon propre désir. Elle m'a ainsi. Je peux me goûter sur elle et je trouve cela plus excitant que je ne le pensais.

– Tu n'es pas le seul à aimer avoir la tête entre les cuisses de quelqu'un, me dit-elle, entre deux baisers, de cette voix rieuse délicieuse.

C'en est trop. Elle me fait disjoncter, elle crame mon cerveau plus encore que la drogue ne le fait. D'un coup, je passe ma main droite sous ses fesses pour la soulever et, toujours bandé, je la prends contre le mur de la cabine de douche.

Nous faisons sûrement trop de bruit, mais je m'en moque. Je me fiche de tout, je veux juste retrouver cette extase, et si elle peut y plonger avec moi, c'est encore mieux.

Par chance, elle le fait.

***

Lorsque Danny part travailler, je fais le tour du camping pour me familiariser avec les lieux. C'est un bel endroit verdoyant avec de grands arbres qui offrent sûrement une ombre salvatrice en cas de températures élevées. Pour se rafraîchir, je découvre une piscine en forme de haricot. Elle est déserte, mais je ne doute pas qu'en journée elle est pleine d'enfants. Si je dois choisir, je préfère prendre ma moto et retourner sur la plage. J'ai le choix entre l'océan et le bassin. D'après Internet, cette presqu'île a l'avantage de satisfaire tout le monde tant par ses paysages variés que par ses activités. Un peu de surf au Truc Vert, une balade à vélo de Bélisaire à la Pointe, une visite du phare ou un tour de l'île aux Oiseaux... pas une minute pour s'ennuyer. Mais je ne suis pas là pour faire du tourisme et je doute d'avoir le temps de m'adonner à ces activités populaires.

Je suis tiré de mes pensées par mon téléphone. Ma mère doit avoir fini son film du soir.

– Allô ?

– *Sandy, c'est maman. Ça va ?*

– Je vais toujours bien. Toi, comment ça va ?

– *Ça va. Ça va très bien !*

Sa voix est tout excitée, cela me fait sourire.

– Qu'est-ce qui t'arrive ?

– *Dites-lui, si vous voulez,* entends-je ma meilleure amie, dans le fond.

– *Non, non, c'est à vous de l'annoncer.*

– M'annoncer quoi ? demandé-je.

Aux bruits, je comprends que ma mère a mis le haut-parleur et posé le téléphone.

– *Sand' ?*

– Oui, Lara.

– *Tu vas être parrain,* me dit-elle.

– Vous avez adopté un chien ?

– *On va avoir un enfant, connard !*

Ça, c'est Luigi.

– Mais je préfère les chiens.

– *Sandy !* entends-je ma mère s'offusquer.

119

Je ne peux m'empêcher de rire, Lara fait de même. Elle doit être de bonne humeur, en temps normal, elle m'aurait insulté.

– Je déconne, maman. C'est super, félicitations !

Bien sûr que c'était une blague, je plaisante toujours sous le coup de l'émotion. Mon cœur bat à cent à l'heure et je me suis arrêté pour m'asseoir sur une barrière en bois, incapable de tenir sur mes jambes. (C'est peut-être un peu dû à Danny aussi, ça...) Ma meilleure amie va avoir un bébé et je vais être parrain. Je suis à un rien de la crise d'hyperventilation, tant je suis heureux. J'aime ce genre de nouvelles, comment ne pas aimer l'annonce d'une nouvelle vie ?

– *Ça devrait être pour la fin d'année.*

– Vous allez l'appeler Mario, hein ?

– *Je suis sûre que c'est une fille, idiot,* me dit Lara, masquant les voix de Luigi et de ma mère qui m'engueulent pour mon manque de sérieux.

En temps normal, elle m'aurait elle aussi allumé. Il n'y a qu'en de rares occasions qu'elle ne s'énerve pas contre moi : quand je suis vraiment mal ou quand elle est euphorique. C'est la deuxième option. Je peux donc continuer mes conneries sans risque :

– Alors Maria !

Cette fois, plus personne ne rit.

– *C'est un joli prénom,* dit le futur papa, étonné.

Tous semblent d'accord et je me retrouve comme un con, à cligner des yeux face à ma blague ratée.

Ils se mettent à parler entre eux, comme si je n'étais pas là.

— Je suis toujours au téléphone !

J'entends quelqu'un reprendre le combiné et retirer la fonction haut-parleur. C'est Lara.

— Félicitations, ma belle, lui dis-je, sérieux, cette fois.

— *Merci, Sandy...*

J'entends l'émotion dans sa voix. J'ai envie de la serrer dans mes bras.

— Tu l'as annoncé aux autres ?

— *Je voulais que tu sois le premier à l'apprendre. Mais je vais envoyer un message dans le groupe dès que j'aurai raccroché.*

— Si je ne le fais pas avant toi.

— *T'as pas intérêt !*

Elle est trop facile.

Après une minute ou deux supplémentaires, je change de sujet.

— Comment va ma mère ? Et ma grand-mère, tu l'as vue ?

— *Tout le monde va bien, rassure-toi. Jacky accompagne ta mère à l'hôpital pour chaque rendez-vous, et nous, on passe tous les soirs. Les deux vont bien et s'il y a le moindre problème, je te préviendrai.*

— Merci.

— *Tu as déjà commencé les recherches ?*

— Ouais, mais ça va pas être simple, je pense. Je continue demain.

– *Te mets pas trop la pression, OK ? T'es à la plage, profite un peu, amuse-toi.*

J'émets un petit rire.

– *Tu as déjà commencé.*

C'est une affirmation.

– Ouais. Tu devineras jamais comment elle s'appelle.

– *Dis ?*

– Danny.

Le silence s'installe.

– *Tu déconnes ?* reprend finalement Lara.

– Non, je suis très sérieux. Et grâce à elle, j'ai appris que Sandy, c'est la blondinette de *Grease*. Vous m'avez menti pendant des années !

– *Je t'entends plus, on passe sous un tunnel.*

– Lara, te fous pas de ma gueule ! crié-je, mi-fâché, mi-rieur.

J'entends des « chut ! » s'élever dans la nuit. Je parle trop fort pour l'heure tardive.

– *On se rappelle, Sandy la blondinette !*

– Je vais te tuer…

– *Tu peux pas, je porte ta filleule.*

– Pourquoi je sens que tu vas te servir de ça pendant des mois pour me faire faire n'importe quoi ?

– *Parce que c'est exactement ce que je compte faire.*

Son rire me fait rire également et les vacanciers montrent de nouveau leur mécontentement.

– Je dois y aller, mais tu peux dire à Luigi que lui n'a rien dans le ventre qui m'empêchera de me venger.

– *Je lui transmettrai le message,* répond Lara. *Et Sandy ?*

– Ouais ?

– *Prends soin de toi.*

– Toi aussi.

En revenant à l'emplacement, je retrouve les trois amis de Danny autour d'une bière. Jules est en train de rouler un joint et me propose d'en faire un aussi. Je prends sa barrette foncée pour l'effriter, Tic Tac me tend une cigarette et une feuille, puis il me prépare un carton.

– T'es pas un peu jeune pour fumer ? demandé-je, conscient d'avoir moi-même commencé jeune.

– T'es pas un peu mal placé pour donner des conseils ? me répond Nicky en riant.

– On dirait Danny. Si pleine de repartie, dis-je.

– J'ai peut-être déteint sur elle, ou l'inverse. On a partagé beaucoup de choses, elle et moi. Beaucoup, beaucoup de choses, insiste-t-elle.

À son sourire et à celui de Jules, je comprends ce que cela implique. Ma danseuse était sérieuse quand elle parlait du plan à trois, lors notre première rencontre.

– Vous ne me partagerez pas, moi. J'ai pour principe de n'avoir qu'une seule femme à la fois dans mon lit.

– Et pour les hommes ?

C'est la première fois que j'entends la voix de Jules. Elle est grave, chaude, caressante.

– Je ne suis pas intéressé par les hommes, désolé, dis-je en haussant les épaules.

Il me sourit et je lui rends son sourire.

– Et toi, Tic Tac, commencé-je en allumant le joint, tu es quel genre ?

– Le genre amoureux. Une femme, une seule, la bonne.

– T'es puceau ?

Je lui tends le joint.

– Ouais. J'accorde beaucoup d'importance à ma virginité et je voudrais la donner à la femme que j'aime vraiment. Je sais, c'est con, ajoute-t-il en voyant nos regards surpris.

– C'est pas con, c'est beau, répond Nicky. Old school, mais beau.

Même si nos styles de vie semblent dire le contraire, Jules et moi partageons son point de vue et validons d'un hochement de tête. C'est vraiment beau. Tic Tac est pur, je ne me suis pas trompé. Ce qui ne l'empêche pas de fumer comme si sa vie en dépendait.

– Hey, compense pas ta frustration sexuelle par le cannabis, dis-je en riant et en reprenant le joint de ses mains.

– C'est juste que je suis stressé.

– Pourquoi ?

Il reste silencieux mais nous voyons son regard fixé au loin. Nicky et moi regardons ensemble dans la même direction.

– La discrétion, c'est pas votre fort, dit Jules.

Tic Tac cache son visage dans ses bras, gêné.

Il y a un groupe de filles dans l'allée à côté de notre emplacement et une jolie blonde se détache du lot. Assise sur une barrière, sous le lampadaire, elle regarde vers nous et je devine qu'elle plaît beaucoup à notre jeune ami.

— On s'est rencontrés aux éviers du camping, à la vaisselle, en début d'après-midi. Elle est là pour la saison, comme nous. Elle travaille ici.

Sa jambe tremble, preuve de son stress grandissant. C'est plutôt mignon de le voir moins exubérant et plus inquiet.

— Va lui parler.

— J'ai pas envie de la déranger, me répond-il.

— Elle a l'air de se faire chier, dit Nicky.

— Ouais, tu devrais lui proposer d'aller faire un tour, dis-je.

— Tu crois ?

— Emmène-la boire un verre ou danser, proposé-je.

— Va au bar de Danny, c'est soirée country, ajoute Nicky.

Soirée country ? Ça veut dire qu'elle va porter des bottes et un chapeau, qu'elle va enflammer la piste de danse et qu'elle va faire tourner des têtes. Qu'est-ce que je fais encore au camping ?

Lorsque Tic Tac se lève et nous quitte pour accoster la jeune femme, Nicky change de discussion.

— Qu'est-ce que tu es venu faire à Lège ?

— Je cherche ma sœur. Vous en avez peut-être entendu parler, Alysson Lane ?

Cela ne coûte rien de demander. Danny ne la connaît pas, mais eux, peut-être que si.

Hélas, ils secouent tous les deux la tête.

– Il est possible qu'elle ait changé de nom pour fuir son passé. J'essaie toutes les femmes qui ont entre trente-cinq et quarante-cinq ans, qui ne sont pas nées ici et qui ont un prénom ou un surnom similaire.

– Al, Alicia, Alice, Ali… on les a toutes, ici, me dit Jules.

– Vraiment ?

– Ouais, reprend Nicky, c'est plutôt courant. Rien que dans le camping, je peux te présenter deux femmes qui collent à tes critères : Alicia, qui a acheté un mobil-home ici, il y a quelques années, et y loge tous les étés, et Aline, qu'on appelle Ali, qui travaille au petit bar du camping. Les deux sont dans cette tranche d'âge et ne sont pas nées ici.

– T'en es sûre ?

Elle se tourne vers Jules.

– Certain, répond-il.

– Sa famille connaît tout le monde, précise Nicky.

Je sens que le sujet n'est pas le préféré du jeune homme alors je n'insiste pas.

– On peut aller les voir ? dis-je, en me levant.

– Maintenant ? demande-t-elle, surprise.

– Pourquoi pas ?

– Il est une heure du matin, mon gars. Je ne voudrais pas m'avancer mais je pense que si on les réveille à cette heure, elles vont moyennement apprécier, dit Jules.

Je n'ai pas envie d'attendre et je suis sûr que mon impatience est claire.

– J'irai les voir demain, d'accord ? Elles me connaissent, ça sera moins étrange que si c'est un inconnu qui vient les questionner. Et quelque chose me dit qu'il va falloir être discret.

Il n'est pas idiot, j'aime assez ça…

D'un signe de tête, je le remercie. C'est sincère. Cela m'aide beaucoup et il a raison, qu'il pose les questions sera moins étrange. Je n'ai pas oublié la femme qui a menacé d'appeler la police quand Danny et moi nous sommes montrés insistants.

J'écrase mon joint et, sous les regards de mes nouveaux camarades, j'attrape mes clés de moto.

– Je vais au bar.

– Je connais quelqu'un qui aime la country, dit Nicky, moqueuse.

***

En arrivant, je vois Danny dehors, en compagnie du fameux Léni. Je le reconnais à sa carrure imposante et à sa peau noire. Je gare la moto au même endroit que la fois précédente, et je les rejoins.

– Je te manquais déjà ou tu as juste soif ? commence-t-elle.

– En fait, je suis venu voir Léni.

– Je suis flatté, dit-il en me tendant la main et en riant.

Danny rit à son tour puis embrasse son ami sur la joue et s'apprête à nous abandonner pour reprendre son service. Je la prends par le bras et l'attire à moi pour l'embrasser. Elle porte une jupe courte, des bottes et un chapeau, comme prévu. Je suis fou de joie.

– Les fringues sont à toi ?

– Non, on me les a prêtées.

– Tu crois que tu pourras garder les bottes ?

Ma requête la fait rire et elle se mord les lèvres en acquiesçant, avant de me laisser et de retourner travailler. Je suis impatient qu'elle ait terminé.

– J'imagine que tu es Sandy.

– Je suis rassuré de savoir qu'elle n'embrasse personne d'autre en ce moment.

– Exclusif ?

– Si on compare avec Nicky et Jules ? Carrément.

– N'importe qui serait plus exclusif que ces deux-là, répond Léni en riant.

Lui aussi a quelque chose de doux en lui, et il a de l'humour. Cela me plaît.

– Est-ce que tu comptes être le copain de tout l'été ou est-ce que je dois me préparer à ce qu'elle change prochainement ?

– On sent la lassitude, dis-je, amusé.

– Je l'avoue. Je la connais depuis presque toujours et je ne crois pas l'avoir vue avec un homme plus longtemps qu'une semaine ou deux. J'aimerais qu'elle se pose et connaisse l'amour. Elle le mérite.

– Ce sera pas avec moi.

– Pas prêt pour l'amour ?

– Si, mais pas pour celui que tu imagines, je pense. Le classique mariage, enfant, maison… c'est pas mon truc. J'ai besoin de bouger. Mon avenir idéal, c'est rouler jusqu'à me lasser des paysages. Alors, là seulement, peut-être que je me poserai.

– Danny, c'est l'inverse. Jamais elle ne quitterait Lège.

Ce n'est pas comme ça que je la vois. Je l'imagine mal rester enchaînée à une ville, y survivre et y mourir finalement. Mais je la connais à peine, que sais-je d'elle, au fond ?

Ce soir, je ne me soucie pas de ce que je sais ou non au sujet de celle dont je partage les draps, je me contente de boire et de danser. Danny m'apprend quelques pas de country, *triple step*, *stomp* et *rock step*, des mouvements durs à effectuer quand on a deux pieds gauches, mais apprendre avec elle est un plaisir et la regarder danser en est un plus grand encore. Je passe une excellente soirée. Nous buvons à ma future filleule et je me surprends à vouloir lui présenter tous mes amis et à avoir envie de l'emmener avec moi pour l'une de nos virées. L'euphorie estivale ou l'alcool, je n'en sais rien, mais je ne suis pas tout à fait moi. Je suis un autre, avec elle. Le problème, c'est que j'ignore si je suis une meilleure ou une moins bonne personne en sa présence.

CHAPITRE 9

J'ai passé une nuit incroyable. Danny a pu garder ses bottes et c'est tout ce qu'elle a porté lorsqu'elle m'a chevauché. Sa tête et son dos ont frappé plusieurs fois le haut de la tente et nous avons dû être trop bruyants car plusieurs personnes ont râlé. La situation nous a tellement fait rire et nous avions tant bu que nous n'avons pas été en mesure de jouir, ni l'un ni l'autre. Cela ne nous a pas empêchés de prendre un grand plaisir et lorsque je me réveille, j'ai encore un sourire – sûrement niais – sur le visage. Malheureusement, Danny n'est plus là pour rire avec moi et je me surprends à regretter de me réveiller seul. C'est bien moins plaisant.

Il fait une chaleur atroce dans la tente, je suis en sueur et je ne tarde pas à sortir de cette fournaise. Tic Tac est attablé et me fait un signe de la main. À son visage heureux, je devine que sa soirée aussi a été bonne. Je lui fais un signe de tête et un sourire qui à eux seuls demandent ce qu'il s'est passé. Ses pouces en l'air me répondent aussi bien.

Je suis content pour lui.

Rentrant de nouveau dans la tente, j'attrape mon téléphone et voit un message de Danny qui me demande de la récupérer le soir. Jules l'a déposée en allant travailler, mais il a prévu quelque chose avec Nicky et ne peut pas venir la chercher. Léni travaille au bar et Tic Tac est lui aussi de service ce soir-là, alors elle compte sur moi. C'est avec plaisir, d'autant qu'il a été convenu que je lui servirai de chauffeur en échange de ce partage de toit. Si je ne tiens pas mes promesses, j'essaie au moins de respecter mes engagements.

Dans son message, elle m'explique qu'elle fait les deux services de la journée au restaurant du Grand Crohot et elle me conseille de venir voir son patron dans l'après-midi parce qu'il connaît beaucoup de monde et pourra peut-être m'aider pour ma sœur. Je l'apprécie un peu plus chaque fois qu'elle pense à moi et à mes recherches. Difficile de faire autrement. Qui n'aimerait pas l'attention ?

Je vais peut-être avancer grâce à son employeur ou à Jules. Je me demande d'ailleurs si ce dernier va avoir le temps d'interroger les deux femmes dont il m'a parlé ? Je note dans un coin de ma tête de lui demander dès que je le reverrai. Je suis sûrement trop impatient, c'est un de mes défauts.

Je regarde l'heure et constate qu'il n'est que dix heures. Déjà, le soleil est insoutenable. Malgré tout, je me rallonge dans la tente, la porte ouverte. Je prends quelques minutes pour regarder la discussion dans notre groupe Facebook. Lara a annoncé sa grossesse et tous nos amis en sont bien sûr heureux. Violette en a sûrement pleuré, même si elle s'est abstenue de le dire. Et, évidemment, ils sont en train de s'organiser pour venir chez nous lorsque Maria sera née. En dépit de ma difficulté à me réveiller, cela me met en joie de savoir que nous allons tous nous retrouver. Le SMS de Clément m'annonçant qu'il sera là dans quelques jours est la deuxième chose positive de la journée. La troisième est certainement Tic Tac m'apportant un gobelet de café. Je pourrais l'embrasser. En fait, je vais le faire.

Une fois ce dernier embrassé contre son gré, la caféine ingurgitée, la clope fumée et la douche prise, je peux aller faire mes achats et continuer les recherches, qui ont été infructueuses jusque-là mais qui vont très certainement finir par donner des résultats.

Je ne prends pas ma belle Haley, incapable de trop me charger lorsque je la monte, je préfère y aller à pied. Cela ne peut pas me faire de mal de m'aérer un peu l'esprit.

Je marche vingt bonnes minutes avant d'arriver dans un petit magasin plus proche du mini-centre commercial que de la supérette. Lège est assez peu fourni en commerces, à mon goût. Mais dans cette enseigne, je trouve tout ce qu'il me faut, à l'exception des vêtements. Au moins, j'ai de quoi me raser, maintenant. Une barbe de deux jours, c'est sexy, mais plus et je deviens insortable. J'ai donc ce qu'il faut en affaires de toilette et même en sous-vêtements. Comme la voiture est nécessaire pour transporter la nourriture et les boissons, je prends note de donner de l'argent à Jules ou Tic Tac pour payer ma part.

Une jolie caissière me sourit en passant mes produits. C'est une brunette avec des origines asiatiques très marquées. Elle est charmante, mais je trouve toutes les femmes souriantes attirantes.

Je lui souris en retour.

– Vous êtes là en vacances ou pour la saison ? me demande-t-elle, timidement.

– En vacances, plus ou moins. Je cherche quelqu'un.

– Ah ?

Toutes les occasions étant bonnes, j'en profite pour me renseigner.

– Vous ne connaîtriez pas une Alysson, par hasard ? Une femme d'une quarantaine d'années ?

– Ça ne me dit rien, non. Désolée...

Elle semble sincèrement désolée alors je lui souris une nouvelle fois pour la rassurer.

– Alysson, vous dites ?

C'est une vieille dame qui attend son tour à la caisse. Je cesse de ranger mes courses et lève la tête vers elle.

– Oui, Alysson Lane, confirmé-je.

– Ce nom me dit quelque chose.

Je sens l'espoir me gagner.

– Où ai-je bien pu l'entendre avant...

133

Je lui laisse le temps de réfléchir, même si j'ai très envie de la supplier d'aller plus vite. La caissière cesse de passer mes articles et nous nous retrouvons tous les deux pendus aux lèvres de la vieille dame.

– Je me souviens ! C'était il y a une dizaine d'années, je crois. Mon fils parlait d'une Alysson avec son collègue. Médecins tous les deux, ils l'ont eue pour patiente à la suite d'un accident de la route.

– Un accident de voiture ?

– Je crois, oui.

Mon sang se glace.

– Est-ce qu'elle est... décédée ? demandé-je, tout bas.

Je ne peux pas y croire, c'est impossible.

– Je n'en ai aucune idée.

– Votre fils saura peut-être ?

– Malheureusement, mon fils nous a quittés il y a plusieurs années déjà. Je suis désolé, mon garçon...

– Non, c'est moi.

Bien sûr que je le suis. Elle a perdu son fils, la pire chose qui peut arriver à une mère, et j'ai sûrement ravivé des souvenirs. Et moi, ai-je aussi perdu ma sœur alors que je n'ai même pas eu le temps de lui pardonner son départ ? Je ne peux pas accepter cette réalité. Je ne peux pas continuer à perdre les gens sans avoir eu le temps de régler mes comptes avec eux. Je suis fatigué de porter mes regrets et ceux des défunts. Je veux leurs excuses, je veux leurs larmes et je veux encore plus avoir le choix d'accorder mon pardon ou non. Les crimes de ma sœur sont ridicules à côté de ceux de mon père, je peux les excuser, je le veux. Mais si elle est morte, je ne serai plus en mesure de le faire. Cette idée me retourne. Je n'ai pas envie de faire son deuil, je ne sais pas comment pleurer les gens qui m'ont un jour blessé. Je sais encore moins bien comment comprendre ma tristesse en les sachant partis. Je ne suis pas doué avec les sentiments, surtout pas les miens.

– Si seulement je me souvenais du prénom de son collègue… reprend la vieille dame, ennuyée de ne pouvoir m'aider. Je ne sais même pas s'il travaille encore à la clinique d'Arès.

La clinique d'Arès ? Je ne sais pas où c'est, mais cela reste une piste, quelque chose à garder en mémoire pour plus tard, dans l'hypothèse où ma sœur serait encore vivante.

– Ne vous inquiétez pas, je finirai bien par trouver des réponses, dis-je, autant pour la rassurer que pour me rassurer moi-même.

J'offre un sourire aux deux femmes et, après avoir payé, je quitte le magasin. Cette sortie m'a au moins appris que ma sœur a bien touché le sol de Lège-Cap-Ferret. Maintenant, il faut que je découvre si elle y a aussi été enterrée.

***

À treize heures, je pousse la porte du restaurant du Grand Crohot et découvre Danny en plein travail.

Elle va de table en table, prenant les commandes, servant, débarrassant… Quand elle me voit, elle vient à ma rencontre.

– Je t'avais dit dans l'après-midi, mais je ne pensais pas si tôt, cow-boy. Le boss est en cuisine, on est samedi et il fait plein soleil, on n'aura pas fini de servir avant quinze ou seize heures, je pense.

– Je suis venu manger avant, t'as de la place pour moi ?

– Tu viens me rajouter du travail ? me demande-t-elle d'une voix accusatrice mais amusée.

– Un homme doit se nourrir, je ne peux pas vivre que de sexe. D'ailleurs, j'aime autant l'un que l'autre. C'est mon côté Tribbiani.

– Ton côté quoi ?

– Pas quoi, qui. Joey Tribbiani.

Elle m'interroge du regard.

– « Le sexe, non la bouffe, non le sexe, non la bouffe !… Une fille recouverte de bouffe ! » Ça ne te parle pas ?

Elle secoue la tête.

– Tu ne connais pas *Friends*. Je ne sais pas si je dois rire ou pleurer, dis-je, dépité.

– Va plutôt t'asseoir au lieu de me faire perdre du temps, me dit-elle en riant.

Je lui obéis et m'installe à la place qu'elle m'indique. Elle me tend un menu et retourne s'occuper des autres clients. Je la regarde se mouvoir, aller de table en table avec le sourire, et je la trouve magnifique. Elle porte un bandana dans les cheveux, une salopette en jean par-dessus un débardeur marine et cette paire de boots qu'elle semble beaucoup aimer. Elle n'a pas une tenue de serveuse et c'est tant mieux. Elle est vraiment superbe avec ses tatouages bien en vue. Pas étonnant qu'elle me fasse tout oublier chaque fois. C'est une drogue bien forte.

Je sors mon téléphone et prends une photo d'elle en train de travailler. Je crève d'envie de l'envoyer dans notre discussion Facebook, de me vanter d'avoir rencontré la plus belle des femmes, mais ça ne se fait pas de diffuser des photos sans l'accord du modèle. Et puis, je suis obligé d'admettre que je n'ai pas vraiment envie de partager sa beauté avec d'autres, pas même mes amis. C'est une preuve de possessivité, je crois ? Je connais plusieurs femmes qui me frapperaient pour avoir eu de telles pensées.

Je montre la photo à Danny quand elle vient prendre ma commande.

– Pas mal, dit-elle en se penchant par-dessus mon épaule. C'est rare, je ne suis pas photogénique.

– Mon téléphone n'est pas d'accord avec toi.

Elle rit puis se redresse et m'abandonne une nouvelle fois après s'être assurée d'avoir bien noté ce que je voulais boire et manger.

Le jeune Chris me sert et je prends plaisir à déguster mes moules frites. Un repas assez classique en bord d'eau, mais c'est synonyme d'été et cela fait un bien fou.

Après, je passe un peu plus d'une heure à discuter avec mes amis sur Facebook. Nous sommes en train de nous organiser pour notre prochaine virée. Elle était prévue cet été, mais avec mon départ et la grossesse de Lara, tout se complique. Nous devions longer les côtes françaises, ce qui semble bien sûr compromis. Je suis déçu et je ne peux m'empêcher de le leur faire savoir. Riley me promet de passer me voir à Lège et je sais que Clément va bientôt arriver, ce qui me réconforte. Mais je n'ai pas vu Pat' et Violette depuis l'an dernier, ils me manquent. La doyenne du groupe me rassure en me promettant de venir me voir dès que je serai de retour chez moi et mon ours d'ami parvient à faire cesser mon caprice en m'annonçant qu'il prendra bientôt une retraite anticipée et que nous pourrons donc partir plus souvent et plus longtemps. Je suis vraiment un sale gosse avec eux, toujours à demander plus, toujours dépendant de leur amitié. Mais je ne suis rien sans eux, ils sont mon tout, j'ai besoin de leur présence.

Danny se laisse tomber dans une chaise devant moi, épuisée. Elle a terminé le service du midi, à quinze heures passées.

– Tu reprends à quelle heure ? lui demandé-je.

– Dix-huit heures, pour installer la salle.

– Tu devrais faire une sieste, t'as pas beaucoup dormi la nuit dernière.

– La faute de qui ?

– Je l'ignore, peut-être au très joli garçon que j'ai vu entrer dans ta tente ?

– C'est vrai que c'est un beau garçon. Et je vais te dire un secret, commence-t-elle en se penchant vers moi, il n'est pas juste beau, il est aussi bon.

– Vos voisins ont entendu ça, ouais.

Nous nous mettons à rire. C'est l'avantage de tant se ressembler, nous avons le même humour taquin, parfois lourd pour certains, mais excellent à notre sens. Tant que cela nous fait rire, c'est tout ce qui compte.

Je remarque nos ressemblances petit à petit, mais c'est à notre relation confortable que je réalise que le contact est vraiment bien passé entre nous. En quelques jours, nous avons établi des bases qui nous auraient pris des semaines avec d'autres.

– Oli arrive. Il se fait un café et il nous rejoint.

– Oli ?

– On me demande ?

Je me retourne et découvre avec surprise le vieil homme qui m'a réveillé à coups d'espadrilles. Il est aussi étonné que moi.

– C'est toi, le fameux Sandy ?

– Ouais. Je ne pensais pas vous revoir ici, papy.

– Vous vous connaissez ? demande Danny.

– Je connais beaucoup de lui, répond le vieux monsieur.

Ma jolie danseuse ne semble pas comprendre et celui qui s'appelle en fait Olive se fait un plaisir de lui raconter tout en détail. Danny explose d'un rire qui pourrait me vexer s'il n'était pas si beau et sincère. Et puis, j'aime assez rire de moi-même, alors ça ne me dérange pas.

Au cours de cette discussion, j'apprends qu'Olive est un peu le grand-père adoptif de Danny et pas seulement son patron. Il a beaucoup d'affection pour elle et il est allé jusqu'à créer une dépendance pour elle, pour qu'elle puisse y loger quand le camping est fermé. Si ce dernier est ouvert, elle préfère y prendre un emplacement. Ma petite amie de l'été semble avoir besoin de son indépendance, tout en aimant avoir un point d'ancrage.

J'en apprends plus sur son passé en quelques minutes de paroles échangées avec le vieux monsieur qu'en plusieurs heures avec elle. Je suis trop souvent distrait par sa beauté, son humour, sa sensualité… par elle. La raison de ma venue me revient soudain.

– Danny dit que vous pouvez m'aider dans mes recherches ?

Cette dernière commence à piquer du nez.

– Tu devrais aller dormir, lui dit Olive.

Elle acquiesce.

– Envoie-moi un SMS quand tu finis, pour que je vienne te chercher, ajouté-je.

Elle hoche la tête et, sans un mot, elle se lève. Elle embrasse le vieil homme sur le front puis vient embrasser mes lèvres avec tout autant de tendresse. La fatigue l'a sûrement poussée à se montrer plus affectueuse. Mais quelle est mon excuse pour avoir tant aimé cette main sur mon épaule et ces lèvres contre les miennes ?

– Elle te plaît, ma petite Daniela.

– Euphémisme, papy.

Il rit avant de porter la tasse à ses lèvres.

– Dis-moi, qu'est-ce que tu sais sur ta sœur ?

– Elle s'appelle Alysson Lane, elle doit avoir quarante ans et elle aurait eu un accident de voiture il y a dix ans.

Il se lève et passe derrière le comptoir. Puis il prend son téléphone et passe un coup de fil de quelques minutes. J'entends le nom de ma sœur et d'autres mots qui m'inquiètent un peu.

– Ma petite amie…

– Votre petite amie ? le coupé-je.

– Quoi, c'est interdit d'aimer, passé un certain âge ?

Non, bien sûr, mais je ne m'attendais pas à ce qu'il ait une petite amie. Difficile d'expliquer pourquoi, c'est peut-être le mot ou bien son âge, comme il le dit. Ouais, c'est idiot.

– Je disais, reprend-il, ma petite amie travaille au service d'état civil de la Mairie et elle est certaine de n'avoir pas reçu de déclaration de décès pour une Alysson Lane. Le nom ne lui rappelle rien.

En voyant mon regard sceptique, Olive me jette une éponge dessus.

– Petit effronté, je sais à quoi tu penses ! Julia a une très bonne mémoire, meilleure que la tienne, j'en suis sûr.

– Je ne suis pas une référence, dis-je en riant et en me cachant pour éviter un coup de torchon.

Il finit par s'essouffler et se rasseoir. Il cache son sourire avec difficulté.

– Je comprends ce que Daniela te trouve.

– Je sais, je suis charismatique, plutôt beau garçon, pas inintelligent et clairement amusant, plaisanté-je.

Je passe une main dans mes cheveux et reprends mon sérieux.

– Si je résume, pas de mort enregistrée pour ma sœur ?

– Non, mais il y a un problème.

– Lequel ?

– Il n'y a rien d'enregistré à son nom. Rien du tout. Il n'y a pas d'Alysson Lane à Lège. Pas d'après les registres, en tout cas.

La nouvelle me frappe de plein fouet. Si elle n'est pas là, comment vais-je la retrouver ? Je ne sais rien d'elle, je n'ai aucune piste, rien pour m'aider. En quelques secondes, je perds tout espoir.

– Hey, ça ne veut pas dire qu'elle n'est pas là. Julia n'a accès qu'aux informations de la Mairie de Lège, ta sœur peut habiter dans une ville voisine et être quand même ici ou encore avoir changé de nom.

Il pose une main sur mon épaule dans un geste rassurant. Je lui en suis reconnaissant, mais je ne suis soudain plus certain qu'il soit possible de la retrouver. Plus je pose de questions et plus ma sœur semble s'éloigner de moi. Mes recherches n'ont mené à rien. Tout le monde semble avoir entendu son nom mais sans jamais pouvoir m'en dire plus. Personne ne la connaît, personne ne sait ce qu'elle est devenue. Personne, sauf Rodrigue. Je sais que je fais erreur juste en pensant à lui, je sais qu'attendre que Jules revienne vers moi est préférable, qu'aller à la clinique d'Arès pourrait être utile, que chercher un peu plus aiderait… mais je suis un sale gosse impatient.

***

Après avoir remercié Olive pour son aide, je prends ma moto et file vers le centre. J'ai conscience qu'il ne faut pas que j'y aille, et en même temps, je ne peux pas m'en empêcher. J'ai besoin de réponses, n'importe quoi, juste un indice. Il me faut quelque chose pour tenir bon. Chaque question restée sans réponse casse quelque chose en moi. À chaque nouvelle énigme, je sens l'espoir s'effriter. Un autre que moi chercherait des jours entiers, des semaines, il ne se laisserait pas distraire, il ne perdrait pas de temps avec une femme et il questionnerait sûrement chaque habitant de Lège-Cap-Ferret. Pas moi. Je n'ai pas cette force, je suis trop faible.

– Déjà de retour ? m'accueille une voix désagréable lorsque j'entre dans la librairie.

J'ai immédiatement envie de le briser en deux, mais cette fois, il y a deux hommes avec lui. Ils ont beau être habillés comme tout le monde et passer pour des vacanciers, je ne suis pas stupide au point de ne pas savoir ce qu'ils sont vraiment. Leur regard est parlant.

– Prêt à me céder ta moto ?

– Certainement pas.

– Si tu es venu me faire perdre mon temps, tu peux partir.

– Je peux vous donner autre chose, juste, pas ma moto.

– Si l'objet a moins de valeur, ma réponse sera moins intéressante.

Cela m'est égal, je veux quelque chose, n'importe quoi. J'ai besoin d'une information, quelle qu'elle soit.

– Ton casque.

– Mon casque ?

– Oui, c'est le paiement que je veux.

Je pose mon regard sur l'objet dans ma main, un que je chéris beaucoup. Je m'apprête à refuser quand je me souviens que si je ne donne pas de moi, je n'aurai rien de lui. Alors j'accepte. Je m'approche pour poser le casque sur son comptoir, mais un de ses gorilles m'empêche d'aller plus loin. Il me prend l'objet des mains et l'emmène à l'arrière, sous le regard satisfait du vieux Rodrigue.

– Ta sœur est plus proche de toi que tu ne le crois. Et pour t'aider, laisse-moi te dire qu'il est inutile d'aller chercher des informations au Grand Crohot, elle n'y est pas.

– Comment est-ce que…

Il mime un bec d'oiseau. Bien sûr, il a des yeux et des oreilles partout. C'est probablement comme ça qu'il a eu connaissance de mon attachement pour ce casque. La veille, j'ai raconté son histoire à Danny et l'importance qu'il a pour moi depuis que Luigi l'a customisé.

Je me sens espionné et je déteste ça. Mais il y a pire, je me sens floué. Son information ne vaut pas un objet si précieux, elle ne m'avance pas.

– C'est tout ce que vous allez me donner ? demandé-je, énervé.

– C'est un échange équitable. Je t'ai dit où chercher, c'est déjà bien.

– Qu'est-ce qui me prouve que vous ne mentez pas ?

– Rien, mais je ne mens pas.

– Et comment est-ce que vous pouvez être sûr de vos informations ? Peut-être que celle que vous croyez être ma sœur ne l'est pas.

Un sourire se dessine sur ses lèvres.

– Qui crois-tu qu'elle soit venue voir lorsqu'elle est arrivée ici et qu'elle a voulu changer de nom, disparaître ?

Lui, bien sûr. Il sait qui elle est, il sait à quoi elle ressemble, il peut me mener à elle si facilement… Non, pas si facilement. Céder ma moto n'est pas facile, j'en suis même incapable.

– Vous ne me direz pas qui elle est.

– Pas contre un casque, non.

– Au moins, maintenant, je sais qu'elle est vivante… dis-je en réalisant soudain que si elle est près de moi, c'est qu'elle est en vie.

– Je n'ai pas dit ça, j'ai dit qu'elle était proche. Il y a un cimetière à Arès, si tu veux aller y faire un tour, répond-il en riant.

– Espèce d'enfoiré.

Je m'apprête à me ruer sur lui quand la deuxième montagne de muscles s'empare de moi pour me jeter dehors. Je me débats comme un fou, mais rien n'y fait, je finis dans la rue.

– Reviens me voir quand tu veux, Sandy. Contre ta photo préférée, je pourrais bien te dire quelque chose d'autre !

Sa voix s'élève sur la fin pour que je l'entende de l'extérieur. J'ai envie de le tuer. À la place, je continue à me débattre jusqu'à finir le cul au sol. Lorsque je tente de le tacler, l'homme me relève en me prenant par le col et m'envoie un direct dans le ventre, me coupant la respiration. Il me laisse là, à terre, plié en deux. La rue est assez calme pour que personne ne me remarque. J'ai appris de Danny que Lège-Cap-Ferret est une presqu'île animée, mais que Lège est plutôt terne en comparaison avec des endroits comme le Cap Ferret, Claouey ou le Petit Piquet, qui longent le bassin d'Arcachon. C'est moins fréquenté et je suis pourtant incapable d'y trouver ma sœur. J'ignore même si elle y est. Je ne sais rien de plus et j'ai perdu mon casque pour rien.

146

Rodrigue est comme une drogue. Il me donne envie de lui donner autre chose pour obtenir une nouvelle information. Et en même temps, il semble ne jamais me satisfaire pleinement. J'ai envie de retourner vers lui, encore et encore, tout en sachant qu'il ne m'apportera rien de bon. C'est un horrible sentiment que de se sentir si dépendant d'une personne néfaste.

CHAPITRE 10

Deux jours se sont écoulés avant que je me décide à raconter ma mésaventure du samedi à Danny, deux jours avant que j'ose reparler de ma sœur tout court. Le soir de ma rencontre avec Rodrigue, je suis allé la chercher et je lui ai confié ce qu'Olive m'avait dit, mais je me suis abstenu de lui avouer que j'avais aussi obtenu une information parfaitement inutile. J'étais si frustré que j'ai préféré faire comme si rien ne s'était passé afin de profiter de l'été, de Danny et de ses amis. Le dimanche, nous avons mis une raclée à Léni et Tic Tac à la belote. Puis nous avons mangé avec Olive, qui nous a raconté comment s'était passée la fête de Lège. Cette dernière a eu lieu ce même samedi soir désastreux et je n'ai eu le cœur qu'à m'oublier entre les cuisses de ma belle. Nous avons donc manqué l'événement. Il nous a aussi parlé des fêtes à venir, mais je ne suis pas sûr de pouvoir y assister puisque ma présence à Lège dépend de l'avancement de mes recherches. Après m'être fait cette réflexion, j'ai réalisé que ces fichues recherches n'avaient pas le moins du monde avancé et cela m'a donné envie de boire un peu plus pour oublier que j'étais toujours un fils bien inutile. Je crois que, ce soir-là, nous avons fini ivres et avons dormi à la belle étoile.

Le lundi, Danny, Tic Tac et moi sommes allés au marché du Cap Ferret, un incontournable, selon eux. Nous y avons passé la matinée et je dois avouer que c'était un excellent moment. J'ai enfin pu m'acheter des vêtements et cesser d'emprunter ceux de Jules ou de Léni. Ma danseuse m'a gentiment proposé les siens, mais il m'a semblé qu'ils ne m'iraient pas aussi bien qu'à elle. Enfin, le soir, nous nous sommes détendus au bord de l'eau, tous ensemble. Jules et Tic Tac nous ont rejoints un peu tardivement, le temps de terminer leur travail, mais nous avons quand même passé une excellente soirée. Jules m'a informé qu'il enquêtait sur ma sœur, mais qu'il n'avait encore rien de concluant à partager avec moi. Je m'en suis moqué, sur l'instant, je n'ai pas voulu y penser, pas à ce moment. Plus tard dans la soirée, un peu trop alcoolisés, nous avons pris un homme immobile pour un gros rocher et cela nous a beaucoup fait rire de le voir soudainement bouger. Les filles ont quand même hurlé avant. Les filles, et moi.

Le souvenir des deux derniers jours me fait sourire alors que je caresse le bras de Danny, du bout des doigts. Elle est nue, allongée contre moi, son bras traversant ma poitrine. Un mardi matin comme j'en vis rarement, pourtant le meilleur.

Elle relève la tête et me voit sourire.

– À quoi tu penses ?

– À ces deux derniers jours. C'était sympa.

– Et ça t'a changé les idées.

Je l'interroge du regard.

– Samedi soir, t'avais pas l'air dans ton assiette.

– Ça se voyait à ma tête ?

– Non, à ta manière de coucher avec moi.

Je me redresse sur les coudes, soudain inquiet d'avoir fait quelque chose de déplacé, ou pire... Je ne me souviens pas bien de ma soirée de samedi.

– Est-ce que je t'ai... forcée à quelque chose ?

Elle se met à rire.

– Certainement pas. Tu n'aurais plus rien entre les jambes, sinon.

Je ne sais pas si je dois être rassuré ou inquiet. Un peu des deux. Une douleur fantôme se fait ressentir dans mon entrejambe que je vais alors masser, ce qui fait rire Danny un peu plus.

Je retombe sur le dos et elle se remet contre moi. Je crève de chaud, et pourtant, je ne veux pas qu'elle s'écarte de moi.

– T'étais juste... ailleurs, reprend-elle.

– Égoïste ?

Sur le plan sexuel, j'entends. Elle me comprend.

– Un peu, ouais. Mais on l'est tous, parfois.

J'aime qu'elle n'attende pas de moi la perfection. Avec elle, je peux être simplement moi sans avoir peur de décevoir. C'est plaisant et cela me change de la pression que je ressens à force de vouloir être la meilleure personne possible pour mes proches, tout en étant perpétuellement la pire.

– Tu vas me dire ce qu'il s'est passé ? demande-t-elle.

– J'ai été voir Rodrigue, dis-je, sans détour.

Elle se redresse d'un coup.

– Tu ne lui as pas donné ta moto, hein ?!

– On était dessus hier, alors non, je ne la lui ai pas donnée, me moqué-je.

– C'est vrai…

– Attention à la fumette, ça crame le cerveau, dis-je en riant.

– Je sais, c'est en partie pour ça que je fume.

Elle est sérieuse. J'ai immédiatement envie de lui demander d'en dire plus, mais elle m'intime de continuer à raconter. Alors je le fais, je lui confie ce qu'il m'a dit, ce que j'ai perdu pour l'information et l'état dans lequel je me trouve depuis. Elle me rassure pour le casque en me disant qu'un des amis de Tic Tac pourra nous en prêter un et m'éviter une amende, même si ce n'est pas le mien et qu'elle comprend ma tristesse de l'avoir perdu. Puis elle revient sur les mots de Rodrigue.

– Plus proche de toi que tu ne le crois… réfléchit Danny à voix haute.

– Ça ne veut rien dire.

– Au contraire, ça peut vouloir dire beaucoup. Peut-être que Jules est sur la bonne piste avec les deux femmes du camping, en fait. La question est :

doit-on prendre sa phrase au sens premier ou est-ce que c'est une métaphore ? On doit chercher ici ou ailleurs ?

— Il a parlé d'Arès. La vieille du magasin aussi.

— Ça ne peut pas être une coïncidence… Mais c'est à une dizaine de minutes d'ici. Si dix minutes de route, c'est proche, ça complique les choses, il y a plein de villes autour de nous… On peut déjà consulter les avis de décès, remarque. T'as Internet sur ton téléphone ?

J'acquiesce et lui tends l'appareil pour qu'elle fasse des recherches. Elle se réinstalle contre moi afin que je puisse voir.

Le nom de ma sœur ne s'affiche pas sur le site.

— Tous les décès sont notés là ? demandé-je.

— Non, uniquement ceux qui sont enregistrés par un proche. Mais franchement, si elle était morte, tu ne crois pas que tes parents l'auraient su ? Même en changeant de nom, elle ne peut pas effacer qui elle est, quelqu'un aurait prévenu ta famille.

— J'en sais rien, dis-je en soupirant. Je ne sais pas comment ça marche. Je ne pensais pas que c'était si compliqué de retrouver quelqu'un.

Le silence s'installe entre nous, seulement brisé par nos deux respirations.

— Pourquoi est-ce qu'elle est partie ? me demande soudain Danny.

— Est-ce qu'on est assez intimes pour que je te raconte ma vie ? demandé-je en plaisantant.

– J'ai eu la partie la plus intime de ton corps dans ma bouche, je pense qu'on peut considérer qu'on est assez proches, non ?

– Touché.

J'inspire un grand coup et pose mon regard sur le plafond de la tente.

– Mon père était violent. Il battait ma mère. La maison était souvent pleine de cris et de larmes. Je crois qu'Alysson n'a pas pu le supporter et qu'elle est partie quand elle a pu.

– Tu lui en veux.

Ce n'est pas une question, elle affirme. Et elle a raison.

– J'avais trois ans, je me suis senti abandonné et je l'ai détestée de me laisser seul pour protéger ma mère. J'étais bien con et incapable de faire quoi que ce soit, de toute façon. Même maintenant, je ne suis pas foutu de donner à ma mère le rein dont elle a besoin.

Les yeux de ma danseuse m'interrogent.

– Ma mère a besoin d'une transplantation rénale, et moi, j'ai une malformation. Mes reins sont accrochés ensemble, je ne peux pas lui en donner un sans mourir. C'est pour ça que je cherche ma sœur.

– Je comprends mieux…

– Et c'est aussi pour ça que je la déteste. Elle peut sauver ma mère alors que je reste inutile.

Danny ne me juge pas. Elle ne me réconforte pas non plus. Elle ne m'offre aucun mot vide de sens. Elle se contente de m'écouter. Alors je parle.

– J'ai été un fils raté toute ma vie. Encore aux funérailles, je me suis tenu là, à côté d'elle, incapable de la comprendre, incapable de me comprendre, moi.

– On ne peut jamais comprendre totalement les autres, parfois se comprendre soi-même est déjà difficile, mais on peut essayer de faire au mieux.

– Clément dit ça aussi.

– Clément est intelligent, répond-elle.

– Tu lui diras demain, ça sera un bon début de relation.

Je souris à l'idée de cette rencontre. Pour une raison inconnue, j'espère qu'elle va bien se passer. Pourquoi ? Je n'en sais rien. Jamais avant je n'ai accordé d'importance à l'impression que laissaient mes conquêtes sur mes amis, car je savais qu'elles ne partageraient pas ma vie, juste mon lit. Il n'est pas prévu que Danny et moi allions plus loin, pourtant je veux que Clément l'apprécie. Je ne le comprends pas, mais cela m'est égal. Il y a bien des mystères, bien des choses que je ne parviens pas à saisir.

– Et toi, tes parents ? demandé-je après quelques minutes.

Je veux en savoir plus sur elle. En réalité, je ne sais rien de Danny. Je veux qu'elle me dise quelque chose, n'importe quoi la concernant.

– J'en sais rien… Je ne les connais pas. Je ne sais rien de ma famille. En fait, je n'en ai pas.

– Comment ça ?

Elle se tourne pour fouiller à côté du matelas. Puis elle me tend une photo en noir et blanc.

– Elle, c'est ma mère. Et là, dit-elle en pointant un bébé du doigt, c'est moi.

Elle me tend une deuxième photo. Cette fois, elle est en couleurs. C'est une jeune fille, une adolescente en tenue de ballerine, qui ressemble énormément à Danny, mais qui n'est pas elle, j'en suis certain.

– C'est ma mère, me confirme-t-elle.

Il y a beaucoup d'émotion dans sa voix.

– Elle est très belle, dis-je. Tu es son portrait craché. C'est d'elle que tu tiens ton amour pour la danse ?

– Je ne sais pas… J'ignore si c'est une passion à moi, si je l'ai héritée d'elle ou si je me suis contentée de la copier, répond-elle d'une voix plus sombre. Je crois que je voulais me rapprocher d'elle…

Je continue à regarder les photos.

– C'est tout ce que j'ai de mon passé. Deux photos, quelques cartes postales et des chaussons de danse.

Je me surprends à vouloir la voir danser sur du classique. Ce n'est pas mon genre préféré, mais j'ai l'intime conviction que, chaussée de ses pointes, elle réussirait à me le faire aimer.

– C'est pour ça que je fume, c'est pour ça que j'aime que ça me crame le cerveau, dit-elle, en écho aux mots échangés plus tôt. À chaque joint, j'oublie que je n'ai ni famille, ni foyer.

155

Au lieu de la réconforter, je me confie à mon tour.

— Je fume pour oublier que j'ai laissé ma mère se faire frapper par mon père, pendant vingt-cinq ans. Je fume parce que je suis un mauvais fils.

— Et moi parce que je n'ai pas eu l'occasion d'être une bonne fille.

— On est complètement foutus.

— Pas encore totalement, dit-elle en riant.

Nous ne parlons pas des raisons qui nous poussent à boire ou à nous perdre dans les bras d'inconnus. Je suis sûr que les miennes sont similaires aux siennes mais différentes à la fois, un peu comme celles qui nous incitent à fumer. C'est cette quête de sensations qui finit toujours par nous donner l'impression d'être morts au réveil. Chaque soir, il faut boire encore pour oublier que le bien-être ressenti la veille a été éphémère. Puis on efface la pensée que l'alcool n'arrange rien, jusqu'au lendemain qui nous le rappelle. Alors, pour masquer la déception, nous buvons encore. Un terrible cercle vieux.

— Tu as toujours vécu à Lège ? demandé-je.

— Non, seulement depuis mes vingt ans.

J'ai envie de lui demander de me parler un peu plus de son passé, mais j'ai le sentiment que cela serait trop pour une seule journée. Elle ne m'aime pas assez pour me parler de ça.

— T'as quel âge, au fait ? demandé-je.

Elle se met à rire. Il y a de quoi. Nous faisons vraiment tout à l'envers.

– J'aurai vingt-six ans en novembre.

– Tu as presque un an de plus que moi. J'ai eu vingt-cinq ans en avril.

– Gamin, se moque-t-elle.

Je ris avec elle.

– Comment t'as fini chez Olive ? Il m'a dit qu'il avait construit une dépendance pour toi.

– En arrivant à Lège-Cap-Ferret, je cherchais un boulot et il cherchait une serveuse pour remplacer sa femme qui venait de le quitter. Il était vraiment désespéré.

– Elle est décédée ?

– Non, elle a divorcé. Elle s'est barrée avec son meilleur ami.

Sa voix se fait plus triste, mais un peu énervée aussi. L'idée de savoir Olive malheureux l'affecte beaucoup, je le vois.

– J'ai accepté de travailler pour lui, mais j'ai refusé de vivre sous son toit. Après m'être retrouvée en famille d'accueil et en foyer, je ne voulais plus être la responsabilité de qui que ce soit. J'avais besoin de mon indépendance. Et en même temps, je ne voulais pas être seule. Alors j'ai préféré aller au camping.

– C'est là que tu as rencontré Lily.

Elle acquiesce.

– Lily a été comme une mère. Elle aussi m'a proposé de vivre chez elle, mais j'ai refusé. Quand j'ai appris que le camping n'ouvrait pas toute l'année, j'ai préféré aller chez Olive qui m'avait tendu la main en premier, je ne voulais pas le blesser.

Danny a une attitude détachée, mais elle se soucie réellement des gens qui l'entourent. Je l'ai vu à sa façon de se comporter avec ses proches.

– Depuis, je vis ici l'été et chez lui le reste du temps, finit-elle.

– Ils sont ta famille.

Elle lève la tête vers moi, surprise. Puis elle se met à réfléchir à ce que je viens de dire.

– C'est vrai. Olive est comme un grand-père, Lily comme une mère – même si elle est peut-être un peu jeune pour ça –, et mes amis sont comme des frères et sœurs… Oui, tu as raison.

Je passe ma main dans ses longs cheveux et descends son visage vers le mien.

– J'ai toujours raison, murmuré-je avant de l'embrasser.

Elle sourit contre mes lèvres. Puis, à la fin du baiser, elle pose ses mains sur ma poitrine et repose sa tête dessus.

– T'as une famille cool, dis-je en lui caressant les cheveux.

– Je trouve aussi.

Le silence s'installe et ma danseuse ferme les yeux sous l'effet de mon massage crânien. Moi, je veux encore parler.

– Tu dois vraiment être attachée à Lège-Cap-Ferret, dis-je.

– Pas vraiment.

Sa réponse m'étonne, surtout considérant ce que Léni m'a dit.

— Je suis attachée aux gens qui y vivent, mais je n'ai aucun sentiment particulier pour l'endroit. C'est un coin un peu trop pompeux pour moi, je ne m'y sens pas à l'aise.

— Pourquoi tu ne pars pas ?

— Parce que j'ai peur du changement, répond-elle avec honnêteté.

Je ne la comprends que trop bien. J'admire Luigi pour sa capacité à se réinventer chaque jour quand je suis trop effrayé pour changer quoi que ce soit, même ce qui ne va pas. Les seuls changement, avec moi, ce sont les femmes qui partagent mes draps.

Nous passons presque la journée entière à parler de tout et de rien, surtout de nous. Nous discutons avec facilité, comme si nous nous connaissions depuis toujours. Nous ressentons ce lien étonnant qui me surprend depuis notre première rencontre et nous le resserrons. J'ai l'impression d'avoir trouvé mon double au féminin et je suis persuadé qu'elle pense la même chose que moi. Mais aucun de nous ne le mentionne.

Entre quelques confidences, nous nous envoyons en l'air pour oublier que nous sommes vraiment atteints. Le sexe, c'est aussi une drogue. Pourtant, avec Danny, c'est une drogue qui me semble plus douce que les autres fois où j'en ai consommé. Plus douce, mais plus intense.

CHAPITRE 11

J'ai passé la journée d'hier à traîner au lit avec Danny, et ce malgré la chaleur étouffante ; me réveiller seul après de si bons moments est donc assez triste. Heureusement, je sais que Clément arrive. Cela suffit à me redonner le sourire.

J'appelle ma mère en me rendant vers les douches du camping, mais j'évite de lui parler de mes recherches infructueuses. Elle ne me demande rien à ce sujet, elle préfère m'interroger sur les paysages que je suis incapable de lui décrire puisque je n'en ai vu aucun de jour, et sur Danny, dont Lara lui a parlé. Je n'ai pas plus à dire que les autres fois où je l'ai appelée. Ce coup de fil quasi quotidien est plus là pour me rassurer sur la santé de ma mère que pour l'informer de mon avancée. J'espère bien lui donner une bonne nouvelle prochainement, mais pour cela, je sais que je vais devoir rendre une nouvelle visite à Rodrigue et cela ne m'enchante pas... À moins que Jules ne soit plus rapide et n'ait de bonnes nouvelles pour moi.

Lorsque je vois son visage en revenant à notre emplacement, je prie pour que cela soit le cas, pour qu'il me sauve de ce besoin urgent de retourner voir l'homme détestable qui semble tout savoir sur ma sœur mais ne veut rien me dire.

– Hey, dis-je.

– Salut, Sandy.

Il ne s'embarrasse pas d'autres formules de politesse et s'attaque immédiatement au sujet qui m'intéresse. Jules sait ce que je veux, je lui en suis reconnaissant.

– Pour Alicia, c'est mort. J'ai pu en apprendre plus en partageant un cigare avec son mari – il adore ceux que mon père ramène de ses voyages –, ils ont toujours vécu dans la capitale. Il l'a connue là-bas, il y a plus de vingt ans.

– Et l'autre ?

– Ali, c'est une autre histoire. Elle ne dit son âge à personne et je n'arrive pas à savoir si elle a vraiment quarante ans, elle fait quand même un peu jeune… Mais Lily a trente-neuf ans et elle en fait dix de moins, alors bon… Plus rien ne m'étonne, maintenant. En tout cas, tout le reste colle. Elle est arrivée ici il y a une quinzaine d'années, d'après mon paternel. Il ne sait pas d'où elle a débarqué, mais elle n'était pas là avant.

Ça pourrait donc être elle… Il y a une chance pour que ce soit ma sœur. Je dois la voir, peut-être que son visage me parlera.

– Elle travaille, en ce moment ?

161

— Elle est en repos, elle reprend demain soir, tu pourras la voir à ce moment-là.

— Merci, lui dis-je.

— Avec plaisir. Tu veux que je creuse encore ? Tu as d'autres infos ? Le vieux fou t'as aidé ?

— Pas vraiment… Mais si tu peux, essaye de voir si cette Ali a un lien avec Arès, la clinique, plus précisément.

— La clinique d'Arès ?

Je hoche la tête et Jules me répond de la même façon. Je lui suis profondément reconnaissant pour son aide, il n'imagine pas à quel point.

— Je te revaudrai ça, dis-je.

— Si tu aimais les hommes, tu aurais facilement pu me rendre la pareille…

Cela me fait rire et, à défaut de pouvoir lui donner ce qu'il veut, je lui serre la main avec force et sincérité. Il a fait énormément pour moi en peu de temps. Si je pouvais lui donner plus d'informations, alors peut-être qu'il pourrait finalement confirmer qu'Ali est Alysson. Pour cela, je dois retourner voir Rodrigue… Demain. Ce soir, je m'accorde un jour de répit, une journée sans problème de reins, sans père violent, sans passé déchirant, sans tourment émotionnel… Je l'espère, en tout cas.

Conscient qu'il me faudra facilement quarante minutes pour me rendre au Cap Ferret avec cette unique route bondée de vacanciers, je pars au plus tôt, ce qui veut dire : pas loin de midi. Je salue Lily d'un signe de tête, et en dépit du casque, elle n'a aucun mal à me reconnaître. Elle me sourit et me fait un salut de la main.

Si elle m'a accueilli très froidement en me voyant sans casque sur ma moto, Danny derrière moi, j'ai ensuite appris à me faire apprécier d'elle et elle a fait de même. Je l'aime maintenant beaucoup. Elle est douce et ses sourires font fondre mon cœur. Je suis bien faible face aux femmes, toutes, sans exception.

Quand j'arrive au Cap Ferret, je vois rapidement la différence avec Lège. L'endroit est rempli et vivant. Toutes les places de parking sont prises et je me félicite de préférer Haley aux quatre-roues. Je peux aisément me garer près de la boutique éphémère dans laquelle va se trouver le salon estival de mon meilleur ami. Il est vraiment bien situé : sur un boulevard commercial, à deux pas du bassin et pas très loin non plus de l'océan.

Le commerce est fermé, il ne commence pas à travailler avant le week-end, et je dois frapper pour qu'il vienne m'ouvrir. Je souris en le voyant à travers la vitre. Il a un visage aussi radieux que le mien.

C'est plaisant de se revoir après seulement une semaine. Habituellement, quand nous nous quittons, il faut attendre des mois avant notre prochaine rencontre. C'est un calvaire pour moi de voir si peu souvent mes amis.

– T'as déjà tout installé ? demandé-je en l'embrassant, surpris de voir tout en place.

– Je suis arrivé tôt ce matin, ils m'ont livré en fin de matinée et voilà, tout est prêt.

– T'es bien, là.

Il acquiesce, les bras croisés sur la poitrine, le regard posé sur son salon temporaire.

– T'as mangé ? demandé-je à mon ami.

– Pas encore. J'ai commandé des pizzas. Elles vont pas tarder à arriver, je pense.

Au même moment, on entend toquer contre la vitre. C'est la livraison. Clément ouvre la porte et je découvre un visage familier sous le casque du livreur.

– Tic Tac ?

– Hey, Sandy !

– Je croyais que tu bossais dans une cuisine ?

– Normalement, oui, je fais les pizzas, mais une saisonnière nous a lâchés et du coup je fais aussi les livraisons, en ce moment.

Il a l'air d'adorer ça. Encore qu'il est difficile d'en être sûr, ce garçon sourit en permanence.

– Je te présente Clément, mon meilleur ami.

Tic Tac lui serre la main.

– Tu viens boire un verre avec nous, ce soir ? lui demande-t-il, sans s'embarrasser des formules d'usage.

Ce groupe d'amis est du genre à accueillir tout le monde. Pour eux, une personne de plus, cela veut dire plus de chance de passer un bon moment.

– Avec plaisir, répond Clément, sincère.

– Super ! Toute la bande sera là.

– Danny bosse, non ? demandé-je.

– Ouais, on va aller boire dans son bar, dit Tic Tac en riant.

C'est un plan qui me plaît assez.

– Je dois filer, j'ai d'autres livraisons. À ce soir !

Le jeune homme nous quitte sur un salut enthousiaste de la main.

– Lui, c'est le gamin attachant dont tu nous a parlé. Et Danny, la fille qui partage ton lit ?

– Je squatte le sien, en fait. Mais ouais, c'est ça.

– La soirée promet d'être intéressante, dit Clément.

– T'avais pas prévu de voir ton copain ? Il peut venir, s'il veut, plus on est de fous, plus on rit.

Mon ami perd son sourire et je comprends immédiatement que quelque chose ne va pas.

– Je crois qu'il est temps que tu me parles de lui, tu ne crois pas ? demandé-je.

Il soupire. C'est une oreille excellente, mais il déteste parler de sa vie et de ses problèmes. Tout ce que je sais de lui, je l'ai appris en l'observant. Je sais qu'il fume pour éloigner ses cauchemars la nuit et les supporter la journée, je sais qu'il aime beaucoup la douceur dont fait preuve ma mère, je sais qu'il nous aime, ses amis, plus que tout, Violette et moi en particulier, et je sais qu'il est sacrément amoureux de ce mec pour être dans un tel état à cause de lui. Personne n'atteint vraiment Clément à moins d'être installé dans son cœur.

Nous nous asseyons pour manger et il faut deux bonnes parts de pizza à mon ami avant qu'il se décide à parler.

— Il s'appelle Seven. Et je t'interdis de faire une blague, ajoute-t-il quand j'ouvre la bouche.

Parfois, il n'est pas drôle.

— Il est Réunionnais et il est écrivain. Il voyage beaucoup pour l'inspiration, c'est comme ça que nos chemins se sont croisés.

— T'as pas peur de finir dans un de ses livres ? Je me méfie des écrivains, ils nous utilisent !

Cela a le mérite de le faire sourire.

— On a vite accroché, lui et moi, reprend-il, et on a commencé à se fréquenter. C'est là que j'ai adopté le concept de boutiques éphémères, pour pouvoir aller de ville en ville avec lui.

— Attends, t'as commencé à faire ça, y'a…

— Trois ans, ouais.

— C'est carrément sérieux, toi et lui. Et c'est seulement maintenant que j'apprends son existence ? Je sais que t'aimes garder ta vie privée pour toi, mais là, t'as fait fort.

— C'est pas si sérieux.

— Pas si sérieux ? Je trouve que le suivre dans toute la France pendant trois ans, c'est sérieux.

— Pas pour lui, apparemment.

On arrive au cœur du problème.

— Il a quelqu'un avec qui il partage déjà sa vie, un appartement à Paris, une relation…

Je comprends ce qui ne va pas.

– Habituellement, elle reste à la capitale, mais là, elle est venue pour la semaine. Il doit être avec elle quelque part en ce moment. Peut-être qu'il lui fait l'amour dans la maison hors de prix qu'il a louée.

J'entends la jalousie dans sa voix.

– Peut-être qu'il pense à toi en le faisant.

– Ce serait encore pire…

Clément soupire et repousse la boîte à pizza.

– Voilà, tu sais, conclut-il.

Je sais surtout qu'il me cache quelque chose. L'histoire n'est pas si simple, mais je n'insiste pas, il me parlera quand il en aura envie.

– Si c'est ça l'amour, je passe mon tour. Ça te donne une mine bien sombre, dis-je pour détendre l'atmosphère.

– Tu peux parler, t'as vu ta gueule ?

– Quoi ma gueule ?

Je me retiens de chanter « qu'est-ce qu'elle a ma gueule ».

– Combien tu fumes par jour ? T'as les yeux explosés.

– Pas plus que d'habitude, mens-je.

– Fais gaffe, Sandy.

Il y a de l'inquiétude dans sa voix. Il ne parle pas seulement de ma consommation, il m'a déjà fait part de sa pensée au sujet de Rodrigue quand je lui ai raconté l'histoire. Mais je n'ai pas besoin qu'il me le dise, je sais que c'est un lien dangereux et que je dois faire attention. Je le sais, pourtant je ne peux m'empêcher de continuer. Je n'y peux rien, il

167

m'attire, il m'appelle, il m'envoûte. Il est comme la flamme que tout homme cherche dans les nuits d'hiver. Il me fait du bien tout en me faisant du mal et j'oublie tout le négatif pour quelques secondes de positif. Je suis faible face à lui parce qu'il est la clé de tout, il a ce que je cherche désespérément à obtenir. Et moi, je ne sais pas me passer de mes drogues : le sexe, l'alcool, le cannabis, les femmes… et maintenant, Rodrigue et ses connaissances sur ma sœur. Je suis un putain de camé.

***

Danny arrive, accompagnée de Jules, qui a proposé de l'emmener avant d'aller travailler. Je ne peux m'empêcher de sourire quand je vois leur visage apparaître derrière la vitre. Je quitte mon fauteuil pour aller leur ouvrir la porte, Clément sur mes talons. Ma belle lève un pack de bière en l'air.

– Il se pourrait que je sois amoureux, dit mon meilleur ami.

– C'est moi qui les ai payées, répond Jules.

– Encore mieux.

En voyant le sourire charmeur de Clément, je note dans un coin de mon esprit de le prévenir que Jules et lui ont beau partager le même goût pour les hommes, ils ne sont certainement pas faits l'un pour l'autre. Et puis, il y a Seven.

Jules ne reste pas longtemps, il doit aller travailler, mais Danny est là jusqu'au soir. Tic Tac doit la récupérer en fin de journée pour la ramener à Lège, où elle prendra son service au bar.

– Tu as un style vraiment unique, dit Danny en feuilletant le catalogue de Clément.

– Merci, répond-il. Qui a fait les tiens ?

– Une vieille tatoueuse qui exerçait ici avant. Elle est décédée il y a deux ans.

– Tu ne t'es pas fait tatouer depuis ? demandé-je, choqué qu'elle ait pu se passer de la sensation pendant si longtemps.

Elle secoue la tête.

– Laisse-moi te marquer, dis-je.

– Je ne suis pas sûre de vouloir prendre le risque, répond-elle, amusée.

– Je vais te faire un truc cool. C'est promis, dis-je, sérieux.

Aux regards de mon ami et de Danny, je sais que j'ai dit le mot interdit.

– Non, mais je vous assure, cette fois, je vais tenir ma promesse. Je ferai pas n'importe quoi !

Je ne sais pas si c'est ma conviction ou juste son envie folle de me laisser poser ma marque sur elle, mais elle accepte. J'en suis heureux, je veux vraiment graver sa peau, m'ancrer en elle éternellement.

Malheureusement, je n'ai pas acquis de talent au cours de la nuit, et ce qui devait être une fleur aussi majestueuse qu'elle ressemble finalement à… je ne saurais dire à quoi. Cela ne ressemble à rien.

De toute évidence, il ne suffit pas d'avoir une image en tête pour réussir à la reproduire.

— Je vais te tuer, dit Danny en voyant la catastrophe.

— C'est pas si mal, tenté-je de la rassurer.

— Je ne te pensais pas menteur... dit Clément.

— « Tout le monde ment, moi le premier ! » dis-je, presque par automatisme.

— Tu ne changeras jamais, toujours à citer des séries, rit mon ami, insensible au désespoir de ma danseuse.

— Encore une de tes séries à la con ? s'énerve-t-elle.

— Comment ça, « à la con » ? On parle de *Docteur House*, là...

Elle soupire et m'ignore. J'ai l'impression de voir Cookie. C'est sa solution : m'ignorer quand je fais l'idiot.

— Dis-moi que tu peux faire quelque chose, supplie-t-elle Clément.

Il lui sourit, parfaitement serein.

— Bien sûr que je peux. Sinon, je ne l'aurais pas laissé faire.

— Tu savais que t'allais devoir passer derrière moi ?

— Combien de fois j'ai dû rattraper tes conneries ?

Il marque un point. Je suis incapable de les compter. Je hausse les épaules.

— Allez, sors de là, dit-il, en me poussant.

Il y passe plusieurs heures, presque tout l'après-midi, en fait, mais il transforme mon raté en une pièce magnifique, à l'image de son talent. En fin de journée, une splendide tête de loup orne le devant de la cuisse de Danny. Elle a maintenant les deux cuisses tatouées et ça lui va à la perfection.

Quand Clément termine et qu'elle veut se lever, je l'en empêche d'une main sur le genou. Je suis fasciné par ce nouveau tatouage qui cache le mien. Je suis sur sa peau, pour toujours, caché sous une œuvre d'art. Mes doigts en font le tour avec délicatesse, provoquant des frissons sur sa peau et sur la mienne. En plongeant mon regard dans le sien, je comprends qu'elle a les mêmes envies que moi et qu'elle a tiré grand plaisir à se faire tatouer. Nous sommes tellement semblables.

– Ouais, c'est ce que je pensais, dit Clément, répondant presque à mon affirmation silencieuse.

Ce n'est pas un loup, sur sa cuisse, c'est une louve. C'est elle, son animal. Mon ami a su, à ce que je lui ai dit et à ces quelques échanges, qu'elle et moi nous sommes les mêmes. Alors si je suis un loup, elle est forcément une louve.

Je suis fou de ce tatouage. Et quand je la laisse enfin se lever pour aller se regarder dans le miroir, je vois qu'elle l'aime autant que moi.

– Incroyable…

Clément est très fier de son travail, je le vois. Et il a de quoi.

– En te voyant, je me suis dit que les gens viendraient dans ton salon pour ta belle gueule, reprend-elle, mais c'est clairement ton talent qui va les attirer.

– Les deux. Tu n'imagines pas le nombre de clientes qui rêvent d'être celle qui le rendra hétéro, dis-je en posant la main sur l'épaule de mon ami.

Danny hoche la tête, signe qu'elle comprend pourquoi. Cela fait sourire Clément qui me donne une tape amicale dans le dos avant de se détacher et de se diriger vers sa bière.

– Combien je te dois ? demande ma danseuse.

– C'est cadeau. Pour m'excuser de t'avoir laissée flipper sous les doigts de Sandy.

Elle rit et quand elle apprend qu'il sera avec nous le soir, elle lui promet ses consommations gratuites.

Le contact est bien passé entre eux deux, j'en suis vraiment heureux.

Nous passons les dernières heures de la journée à traîner dans les rues, nous nourrissant de glaces et nous abreuvant de bières fraîches. Puis Tic Tac récupère Danny pour l'emmener au camping afin qu'elle se prépare pour le travail. Elle part, sans oublier de m'embrasser avec une passion qui témoigne de l'envie que j'ai notée plus tôt.

– L'été s'annonce chaud, dit mon ami.

Il a tellement raison.

***

Clément et moi arrivons ensemble au bar. Nous faisons forte impression. Deux beaux garçons qui débarquent à dos de motos plus belles encore qu'eux, ce n'est pas un spectacle qui laisse indifférent. Je crois que nos bécanes séduisent plus que nous, elles sont magnifiques, c'est un fait.

— C'est ce que j'appelle une arrivée tout en style, dit Léni, en me serrant la main.

— On fait de notre mieux, réponds-je. Léni, je te présente Clément, mon meilleur ami.

— Enchanté, répond le videur en lui serrant également la main.

— De même.

— Les autres sont déjà là. Table du fond.

Il me montre ladite table du doigt.

— Tu viens boire avec nous ? lui demandé-je.

— Je fais la fermeture, je ne peux pas. Les barmans et les serveurs sont autorisés à boire un verre ou deux, pas les vigiles.

— T'as choisi le mauvais job.

— Regarde ma carrure, je suis fait pour ça, répond-il en riant.

Il a raison. Il est plus que bien bâti.

Je lui tape sur l'épaule et entre rejoindre la petite bande. Tic Tac, toujours enthousiaste, nous invite à nous installer. Jules tire la chaise à côté de lui et, d'un regard, il la propose à Clément. Cela fait sourire Nicky, qui sait exactement ce que veut son petit ami. Je le sais aussi. Alors, par précaution, je prends place à côté d'eux.

Danny ne met pas longtemps à venir à notre rencontre. Elle prend la commande, et moi, je prends le temps de la regarder de haut en bas pour ensuite la déshabiller mentalement. Je suis toujours aussi excité après l'affaire du tatouage. Et elle est tellement belle avec ce mini-short et ce haut débraillé que j'en perds la parole. Même lorsqu'elle est repartie derrière le bar, mes yeux restent bloqués sur l'endroit où elle s'est tenue.

J'entends vaguement mes amis discuter entre eux et faire les présentations. En fond, il y a un bon blues fort plaisant, totalement le style que Riley chanterait, et je sens que la soirée va être sympa.

Elle l'est les premières heures. Nous buvons plus que nécessaire, surtout Tic Tac, nous discutons beaucoup et emplissons le bar de nos éclats de rire. Puis une silhouette fait son apparition et le fait qu'elle ne soit pas seule pose problème. C'est Seven. Je reconnais le bel homme que j'ai brièvement vu à Toulouse, et à la tension que je perçois chez Clément, je sais que la femme à côté de lui est la petite amie dont il m'a parlé.

Je ne suis pas le seul à sentir un changement. Jules, particulièrement attentif à mon ami, tourne la tête vers les nouveaux arrivants, puis revient vers nous.

— C'est qui ? demande Nicky, après avoir fait de même.

— Le mec avec qui j'ai une relation, répond-il.

— À ta tête, je dirais que ce n'est pas comme Nicky et moi, pas un accord entre vous, dit Jules.

— Non. Je ne suis pas d'accord pour le partager.

Il avale sa bière et quand il lève la tête, son regard croise celui de Seven. Je devine l'énervement en lui à la manière dont son doigt tape sur la table.

Le couple va s'installer plus loin, rejoignant des amis.

Je suis énervé aussi, je déteste l'idée que quelqu'un fasse du mal à Clément. Je ne comprends même pas qu'on puisse lui préférer une autre personne, même une femme. Et Dieu sait que je les aime.

— Viens danser, propose Jules à mon ami.

— Je ne suis pas bon danseur.

— Tu auras juste à te coller à moi et à me laisser guider, ça devrait aller, dit-il en riant.

Clément hésite. Il sait bien ce que Jules cherche à faire, à rendre Seven jaloux, mais ce n'est pas son genre. Pour autant, il mérite qu'on lui rende la monnaie de sa pièce. Même moi, je le pense. Il doit finalement être de mon avis car il se lève et part danser.

Si j'ai initialement approuvé l'initiative, lorsque cela devient un peu trop intense, que les mains se font plus intimes et que leurs lèvres finissent par se rencontrer, cela me plaît moins. C'est idiot, je passe de femme en femme, pourtant je n'aime pas l'idée que Clément fasse ça. Ce n'est pas un problème personnel, je sais juste que ce n'est pas lui. Il ne papillonne pas, il ne s'amuse pas comme ça. Ma seule consolation est l'expression de Seven lorsqu'il les voit s'embrasser. Il ressent enfin ce que mon ami vit apparemment depuis trois ans.

La punition est légère, bien trop à mon goût. Il a de la chance que Lara ne soit pas là, elle peut faire preuve d'une grande créativité. Et si elle s'associe à Riley et Violette – pourtant deux des plus gentilles femmes au monde –, cela peut très mal finir… Elles n'auraient pas épargné les sentiments de cet homme.

Je suis tiré de ma contemplation par une jolie Asiatique qui s'installe à la place de Clément. Je la reconnais immédiatement, c'est la caissière que j'ai rencontrée quelques jours plus tôt. Je juge son état d'ébriété tout aussi rapidement. Lorsqu'elle passe son bras autour de mon cou, je comprends. Elle m'a semblé plutôt timide et je devine que l'alcool la rend plus entreprenante. J'ai un mal fou à saisir ce qu'elle me raconte. Je comprends quelques mots : cinéma, *Grease* – qui a sonné comme « graisse » –, plein air, vendredi et film. Le plus idiot des hommes pourrait reformer l'information. *Grease* est diffusé au cinéma en plein air, vendredi. Je sais ce que Danny et moi allons faire de cette soirée ! C'est son film préféré, et moi, je ne l'ai toujours pas vu. J'espère qu'elle ne travaillera pas.

Celle qui hante mes pensées apparaît soudain. Elle dépose un verre devant moi et un devant la caissière, presque allongée sur moi. Puis, sans un regard, elle repart. La femme est vraiment mal en point. Je l'aide à se redresser et je suis rassuré de voir deux de ses amies venir la chercher. Elle tente de bafouiller quelque chose que je ne comprends toujours pas, puis elle boit son verre cul sec avant de partir, appuyée sur ses amies. Elle va avoir une belle gueule de bois, demain.

– Elle avait l'air bien bourrée, dit Nicky.

– Elle avait surtout l'air de vouloir que Sandy la bourre, dit Tic Tac, lui aussi ivre mort.

– Quelle finesse, mon ami ! rit Léni, qui est venu discuter un peu.

– Empêchez le gosse de boire, dis-je, en riant à mon tour.

J'avale mon verre puis me lève tandis que Tic Tac raconte à qui veut l'entendre qu'il n'y a pas de mal à avoir des relations sans lendemain, que même si lui se préserve, il ne juge pas les autres. Je le laisse continuer son monologue d'homme trop alcoolisé et rejoint Danny qui vient de déposer son plateau sur le bar.

– J'ai entendu dire qu'ils diffusaient *Grease*, vendredi soir, dis-je.

– Je sais, c'est une diffusion annuelle. J'ai toujours ma soirée pour aller le voir.

– Tu comptais y aller sans moi ? demandé-je, taquin.

– Non, je comptais bien t'y emmener. Histoire que tu te cultives un peu, dit-elle, souriant malgré elle.

– Dit celle qui ne connaît aucune série télé !

Je sens que quelque chose ne va pas et je me doute que cela a un rapport avec la jolie fille qui s'est installée à notre table. Danny et moi avons beau être du genre à papillonner, il a été convenu

177

que nous resterions exclusifs le temps de notre relation.

Quand elle part sans un mot pour emprunter une porte de service, je la suis. Je lui attrape le bras.

— T'es jalouse ? demandé-je, de but en blanc.

— Non.

— Tant mieux, dis-je.

— Mais ça veut pas dire que je ne suis pas énervée.

Je m'en doutais un peu. Son visage est assez simple à lire.

— J'ai craché dans son verre.

— Qu…

Je souris.

— Et dans le tien.

Cette fois, je ris, à gorge déployée. C'est tellement plus amusant qu'une crise de jalousie.

Mon rire la fait rire aussi.

— Je crois que je tombe amoureux, dis-je, toujours sur le ton de la plaisanterie.

— Ne dis pas ça.

Elle, elle est sérieuse. Elle ne rit plus, sa voix est sombre et froide.

— Quoi ?

— Ne parle pas d'amour. Si tu ne le penses pas, ne le dis pas.

— Et si je le pense ? demandé-je en me rapprochant d'elle, devenant sérieux à mon tour.

— Ne le dis pas quand même. Pas quand tu sais qu'on finira quand même par s'abandonner.

Comme l'a fait sa mère, comme d'autres types l'ont sûrement fait avant moi. Je ne suis qu'une victime de son passé. Pas autorisé à l'aimer parce que d'autres l'ont déçue.

J'approche ma bouche de son oreille.

— Mais tu sais que je le pense, dis-je à voix basse.

— Tu ne devrais pas. Tu ne resteras pas et je ne partirai pas. Où est-ce que tu veux faire place à l'amour dans tout ça ?

Elle marque un point.

— Pourtant, tu sais que ce qu'on ressent, c'est le début de quelque chose. Tu ne peux pas le nier.

— Si, je peux.

— Alors quoi, tu veux juste que je continue à te baiser, sans jamais te faire l'amour ? dis-je, sentant la colère me gagner.

Je suis énervé contre elle, mais aussi contre moi.

— Ouais, et parfois, c'est moi qui te baiserai, répond-elle, provocatrice.

La discussion me met hors de moi. Je sais qu'elle a raison, nous n'avons pas d'avenir, elle et moi. Je sais aussi que ses mots ne sont que le résultat d'un passé aussi ravagé que le mien. Malgré tout, je sens le feu brûler en moi. Je lui en veux de m'empêcher d'exprimer des sentiments que je ressens pourtant et que je sais réciproques. Je lui en veux de ne pas me permettre de l'aimer. Je m'en veux de n'avoir rien à lui offrir. Je m'en veux de ne pas fonctionner comme tout le monde.

Je mets cette colère à profit. Comme elle me l'a demandé, je la baise avec force. Dans le vestiaire des employés, je la prends contre les casiers, tirant sur ses cheveux jusqu'à la faire gémir de plaisir et de douleur mêlés. Je ravage son cou de mes baisers et marque son corps en divers endroits. Si je ne peux avoir son amour, je veux son envie et sa passion, entièrement. Je la veux mienne. Je la veux brisée comme mon cœur, en miettes comme mon âme. Je la veux exactement comme elle me veut.

Deux êtres dévastés, voilà ce que nous sommes. Des âmes égarées qui ont la chance de se retrouver, mais qui ne s'en laissent pas la possibilité.

CHAPITRE 12

Je me réveille dans les bras de Danny, en sueur, comme toujours. Mais je m'en moque, j'aime la sentir contre moi, c'est devenu une de mes sensations préférées. Depuis que je suis à Lège, je découvre le plaisir de me réveiller à côté d'une autre personne. Pas n'importe laquelle, pas une dont on ne se soucie pas : une qui compte pour nous. Parce que, oui, Danny compte pour moi et je compte pour elle, quoi qu'elle ait pu dire la veille, quoi que nous ayons pu faire. Je le sais, elle le sait. Tout comme je sais que je ne dois pas lui reparler de mes sentiments ou des siens. Mais je n'ai pas besoin de le faire, nos actes sont assez parlants. Tant pis si nous nous interdisons de mettre des mots sur nos émotions, elles sont malgré tout bien réelles. Pour le moment, je m'estime capable de contenir la bête en moi.

Je la sens bouger doucement, m'étreindre un peu plus. Elle est particulièrement câline le matin et cela rend mes réveils bien plus doux. Je glisse mes doigts dans ses cheveux emmêlés, la faisant grimacer puis ouvrir les yeux.

– Sauvage, m'accuse-t-elle.

– T'aimes bien, habituellement.

Cela la fait rire.

Comme un chat, elle s'étire puis revient se coller à moi. Ses cheveux en désordre et les restes de maquillage sous ses yeux n'entachent en rien sa beauté. Je pourrais la regarder des heures et le sentiment est aussi revigorant qu'effrayant.

– On fait quoi aujourd'hui ?

– Je voudrais passer au bar du camping, juste voir si le visage d'Ali me parle.

– Elle n'y sera que ce soir. On fait quoi en attendant ?

– Je pensais aller voir Rodrigue, dis-je.

Elle ne me juge pas pour cette nouvelle drogue que je consomme avec encore un semblant de modération. Elle sait que j'ai besoin de retrouver ma sœur et qu'il est ma seule véritable option. Jules a beau avancer, si je ne lui donne pas plus d'informations, il ne peut rien confirmer.

– Alors tu vas lui donner ta photo ?

Je hoche la tête. Cela me fend le cœur de devoir m'en séparer, même si je peux la réimprimer. J'y suis extrêmement attaché et l'idée de ne plus l'avoir avec moi, de la savoir avec ce vieux fou, me fait plus de mal que je ne le croyais possible.

Danny se redresse, nue comme au jour de sa naissance, et je ne me prive pas de la regarder.

Elle enfile un débardeur et un short, puis elle met ses bottes de cow-girl qu'elle a fini par adopter, en souvenir des belles nuits que nous avons passées ensemble.

— Tu sors à poil ou tu te décides à mettre un truc ? demande-t-elle en voyant que je n'ai pas bougé.

— Je vais m'habiller, je ne voudrais pas que tu mettes le feu aux tentes des femmes qui me regarderaient trop longtemps.

Je fais référence à sa jalousie de la veille, ce qui la fait rire. J'enfile un bermuda et une paire de claquettes puis la suis hors de la tente.

Je sens immédiatement l'odeur du shit. Clément est en train de fumer à notre table.

— T'as dormi ici ? lui demandé-je.

— Ouais, Léni m'a prêté sa tente. Il a découché. J'étais trop crevé pour conduire jusqu'au Cap Ferret.

Je suis rassuré d'apprendre qu'il n'a pas dormi avec Jules. C'est idiot, mais l'état de mon ami m'inquiète. Je vois bien que ses problèmes avec Seven l'affectent. Les autres ne peuvent pas s'en douter, il faut connaître Clément pour remarquer les signes.

Même si je comprends qu'il y a plus que ce qu'il m'a raconté, je ne peux l'interroger. Je sais qu'il n'aime pas qu'on le force à parler. Je ne peux qu'attendre qu'il se décide à s'ouvrir plus encore à moi.

— Tu vas faire quoi de ta journée ? lui demandé-je à la place.

– Je pense aller faire quelques achats. Je suis venu avec le strict minimum, je vais manquer de nourriture. Sans parler de la bière, ajoute-t-il en riant.

C'est l'inconvénient de se déplacer à moto. Certains ont des coffres, des possibilités d'attaches ou même un side-car, comme Pat', mais les nôtres n'ont rien de tout ça. Clément monte une moto sportive qui ne permet le transport d'aucun bagage. Ce n'est pas son seul défaut, elle est aussi très dure à manier à basse vitesse, ce qui fatigue davantage son conducteur, mais elle lui offre une sensation de conduite exceptionnelle lorsque nous partons pour de longs trajets. Et puis, il n'est pas rare qu'il la fasse rugir sur les circuits pour se défouler. Elle lui convient très bien avec ses défauts.

– Et vous deux ? demande Clément.

Il y avait elle, il y avait moi, et puis soudain, il y a nous. Je ne sais pas à quel moment les gens ont commencé à nous considérer comme formant un tout, mais c'est assez plaisant.

J'embrasse Danny, qui part ensuite chercher des affaires pour que nous puissions aller nous doucher.

– On va aller voir Rodrigue, réponds-je finalement.

Mon ami ne dit rien, mais je vois à son visage qu'il n'aime pas vraiment ça. Et quand je tends la main pour qu'il fasse tourner son joint, l'inquiétude se fait plus présente encore sur ses traits.

– Fais attention, Sandy. Je te trouve vraiment pas en forme.

– C'est pareil pour toi.

Nous échangeons un long regard, aucun ne voulant lâcher. Puis Clément soupire. Il me cède toujours tout, même ça. Il sait qu'il ne peut pas m'empêcher de faire ce que je veux. Il me connaît trop pour s'imaginer le contraire. Alors il me tend le joint.

**

J'inspire un grand coup avant d'entrer dans cette fichue librairie, Danny sur mes talons.

– Sandy, cela faisait longtemps, m'accueille Rodrigue, moqueur. Toi aussi, ma petite ballerine.

Connard.

Je ne lui fais pas le plaisir de répondre. Je m'avance vers lui et prends mon pied en voyant son visage changer. Ses gorilles ne sont pas là, aujourd'hui, et il serait chose aisée pour moi de l'écraser comme la merde qu'il est. Mais je me contente de poser ma précieuse photo sur son comptoir. Il souffle, rassuré.

– Je ne peux que te conseiller de suivre l'éléphant. Il te guidera vers ta sœur.

– L'éléphant ? demandé-je.

Il sourit.

Je me tourne vers Danny qui hausse les épaules, me faisant comprendre qu'elle n'a pas la moindre idée de ce dont il parle.

– Est-ce que vous parlez toujours en énigmes et en devinettes ? m'agacé-je.

– Quand le client ne veut pas payer, oui. Si tu voulais une réponse claire, il fallait me céder ta moto la première fois. Et si tu as besoin de plus d'informations, continue-t-il, en se penchant vers moi, je pourrais être généreux pour une danse de ta belle et jeune amie, ici présente.

Il termine sa tirade dans un sourire pervers qui me fait voir rouge. Je me vois lui casser les doigts, un par un. J'éclaterais bien son visage de singe contre le mur, mais Danny se met entre lui et moi. C'est mieux, il aurait certainement envoyé ses molosses le venger. Cela m'aurait quand même fait du bien…

Je suis fou à l'idée que ma danseuse puisse pratiquer son art pour cet homme répugnant.

– Viens, Sandy. Ça n'en vaut pas la peine.

Elle a raison, mais cela ne me calme pas. Malgré tout, je la suis hors de la boutique. Puis je me détache d'elle, par peur de la blesser dans mon énervement, et je me mets à cogner le mur du poing. Je me sens tellement énervé… Chaque fois que je viens voir ce type, je finis dans un état pitoyable. Et chaque fois, j'ai envie d'y retourner. Je suis l'abeille et il est la fleur, même s'il n'en a pas l'apparence. C'est plus fort que moi. Alors, pour oublier cette dépendance, je prends le visage de Danny entre mes mains et je l'embrasse. J'ai besoin d'elle, de sa chaleur, de sa passion, de son réconfort, d'elle, tout simplement. Et elle se donne à moi. Elle me donne tout ce qu'elle a à me donner, son baiser m'offre tout ce dont j'ai besoin. Quand nos lèvres se détachent, nous nous retrouvons à bout de souffle. Ce n'est pas le manque d'air, c'est le trop-plein de sentiments. Nous ressentons trop, trop fort, et nous sommes si plein d'émotions que nous manquons de place pour l'oxygène.

Depuis que je suis sorti de cette librairie, j'ai envie de fumer, boire et baiser. N'importe quoi pour oublier ma frustration de n'avoir toujours rien d'intéressant. Je me dépouille de ce que j'ai de plus précieux, il s'approprie mes biens comme s'ils n'avaient aucune valeur et pour finir, je ne gagne rien au change. Rodrigue me prend pour un con et je le laisse faire parce que je suis persuadé qu'il est la clé de cette histoire, et mes déceptions ne parviennent pas à me convaincre du contraire.

Tout contre les lèvres de Danny, j'inspire et expire avec difficulté. J'ignore si c'est l'énervement ou ce qu'elle fait de moi.

– Ne baisse pas les bras, on va trouver, dit-elle à voix basse, avant de m'embrasser tendrement.

Elle est tellement plus forte que moi, tellement plus courageuse et acharnée. Mais elle n'a jamais mis la même ardeur à retrouver sa famille, je le sais. Elle fait tout ça pour moi, juste pour moi.

Mon cœur est dans un tel état… Je n'ose dire ce que je ressens, je n'ose y penser. Ce qu'il y a en moi pour cette femme, c'est inhumain. Qu'a-t-elle fait de moi ? Qu'ai-je fait d'elle ? Parce qu'il est évident que ses sentiments font écho aux miens. Je ne suis pas aveugle.

Je me trompais, j'ai besoin d'exprimer mes sentiments. Cette bête qui me ronge de l'intérieur, j'ai bien trop de mal à la contenir.

Avec grande difficulté, je me détache d'elle. Si je ne fais pas un effort, je sais que je suis capable de rester ici, contre elle, éternellement. Je pourrais en oublier mes problèmes, ma recherche, ma mère… Et ça, je ne peux l'accepter.

Nous rentrons au camping comme nous l'avons quitté : à pied. J'ai laissé Haley sous la surveillance de Tic Tac parce que son ami est parti avec les casques et que je ne veux pas prendre le risque de me faire arrêter. Je n'en suis pas fâché, marcher main dans la main avec Danny est loin d'être déplaisant. Une clope à ma droite, une à sa gauche, nos mains libres l'une contre l'autre. C'est assez proche de ce que, moi, j'appelle le bonheur. S'il n'y avait pas cette putain d'ombre au tableau, tout serait parfait.

– J'ai beau réfléchir, je ne vois pas ce que cette histoire d'éléphant peut être, me dit soudain ma danseuse.

Nous marchons depuis quinze minutes et pas une seconde elle n'a cessé d'y penser, je le sais. Décidément, elle fait tout pour me rendre fou d'elle. Comment tenir mes résolutions quand elle se montre si parfaite pour moi ?

Je m'arrête, lâche sa main pour me saisir de sa tête et lui dévore la bouche. Je la sens s'accrocher à mon tee-shirt, faire écho à ma passion. Nos émotions s'échappent, elles sont certainement visibles de tous. Je les ressens avec tant d'intensité qu'il me semble impossible qu'il en soit autrement. C'est si puissant. C'est même trop fort pour que je puisse me retenir. L'embrasser est une bien misérable façon d'exprimer mes sentiments. Ce qu'il y a en moi, c'est bien plus dévastateur que ça.

Le baiser prend fin, mais la flamme dans ma poitrine continue à flamber. Danny doit en voir le rouge dans mes yeux.

– Ne le dis pas, chuchote-t-elle.

Elle sait, elle sait que les mots sont au bord de mes lèvres. Ils me brûlent la langue, me ravagent de l'intérieur. Je ressens le besoin de les hurler, mais elle me l'interdit.

Je me retiens et me recule, à contrecœur. Puis nous reprenons notre marche.

– Il y a un zoo par ici ? demandé-je, après quelques minutes de silence.

– Celui du bassin d'Arcachon, mais c'est à une heure de route.

– Trop loin. C'est quelque chose ici.

– Quoi donc ? demande une voix derrière nous. C'est Lily qui revient des courses.

– Est-ce qu'il y a quelque chose à Lège qui ait un rapport avec un éléphant ? lui demandé-je.

– Un éléphant ?

Je hoche la tête et elle écarquille les yeux.

– Tu as de drôles de questions, Sandy… Est-ce que tu as encore fumé ? demande-t-elle, inquiète.

Danny se met à rire à côté de moi, me faisant sourire à mon tour.

– Non, c'est une question sérieuse.

Lily pose son sac de courses et se met à réfléchir. Mais rien ne semble lui venir.

– Un cirque, peut-être ? tenté-je.

– Je pense que c'est quelque chose de permanent, me répond Danny. Une statue, un emblème, un truc comme ça ?

– Je ne vois pas, dit Lily, sincèrement désolée.

– Ce n'est pas grave, dis-je.

Je le pense. Au point où j'en suis, rien n'est grave. J'ai bien peu d'espoir. Les énigmes du vieux Rodrigue me rendent dingue et j'espère avoir une révélation, le soir, en voyant Ali. Je prie pour qu'elle soit ma sœur, je l'espère tellement…

Notant que les portes arrière du pick-up de Lily sont ouvertes et la voyant décharger avec peine, sa vieille douleur à la jambe la lançant sûrement, je m'approche pour l'aider. Ses achats ne ressemblent pas aux fournitures habituelles.

– C'est pour le film, demain, me dit-elle en voyant ma tête surprise.

– Tu y vas avec une armée ? demandé-je, rieur.

– Non, juste avec deux amis. J'ai pris aussi pour vous, idiot.

Elle me sourit et secoue la tête comme si j'étais vraiment bête de ne pas avoir déduit tout cela sans son aide. Et elle a raison, c'était presque évident. Il est question de Lily ; elle pense toujours aux autres, à nous en particulier. C'est la première chose que j'ai apprise à son sujet et c'est l'une des raisons qui m'a fait l'apprécier. Ça, et sa beauté, parce que je suis faible devant les belles femmes, surtout celles qui ont le cœur sur la main.

Je me mets soudain à penser à une autre femme qui a un cœur beaucoup trop gros pour son corps : ma mère. Ma mère qui a de l'amour pour chacun de mes amis, plus encore pour moi, qui en a toujours eu pour tous et même pour un homme incapable de l'aimer assez. Ma mère qui aime encore et toujours, même quand il n'y a rien à aimer. Elle est merveilleuse.

Souriant à cette pensée aussi belle que douloureuse, je me mets à décharger les courses. Je sors le pop-corn, les bières, les chips et toutes les autres choses délicieuses mais très mauvaises pour la santé que Lily a achetées. En passant à côté d'elle, je l'embrasse sur la tempe, m'enivrant de son doux parfum, et lui souris. Je lis aussi bien la surprise que l'affection dans son regard et j'en suis heureux.

Rien ne va en matière de recherches, mais le plan humain est parfait. J'ai rencontré des gens merveilleux, ici, et j'ai assez aimé pour ne plus avoir à le faire pendant des années.

Le soir, après avoir parlé de l'histoire de l'éléphant à Jules – qui n'a pas plus d'idées que nous mais a promis de chercher un peu plus de son côté —, Danny et moi nous rendons au bar du camping. C'est un endroit assez sympa et familial, même les enfants sont là. Il y a des tables de billard, des flippers et d'autres jeux pour se divertir. Mais je ne suis pas là pour m'amuser, je veux juste voir Ali.

— Elle est là, me dit ma danseuse.

Je regarde dans la direction qu'elle m'indique, et je la vois. Elle est jolie, a les cheveux foncés, la peau bronzée et ses yeux semblent être marron. Son physique est plutôt commun, elle n'a pas de signe particulier, rien qui pourrait m'aider à savoir si c'est elle. Mais comme je ne me souviens de rien au sujet d'Alysson…

— Tu ressens quelque chose ?

Je secoue la tête. Je ne ressens rien, absolument rien. Cela ne peut pas être ma sœur, si ? Je n'en sais rien, je ne l'ai pas vue depuis quinze ans, comment savoir…

J'ai envie de lui demander directement, mais je sais qu'y aller de front n'est pas la solution. Danny me l'a bien fait comprendre et elle a raison : si ma sœur se cache, c'est forcément de notre famille. Lui dire qui je suis n'aidera pas.

Je soupire.

— Partons, Danny.

Elle n'essaye pas de me faire changer d'avis. À la place, ce soir-là, elle tente de me faire oublier ma fatigue morale et ma déception en m'adorant physiquement. Elle le fait encore et encore, après chacune de nos discussions et de nos recherches sur ma sœur, comme pour me rappeler qu'elle est là.

Elle me fait l'aimer plus encore chaque fois.

***

Le vendredi, nous arrêtons de nous acharner à questionner Google sur un potentiel éléphant à Lège-Cap-Ferret. Nous avons eu beau faire toutes les recherches possible, rien ne nous est apparu. Et s'il est envisageable de questionner les habitants au sujet de ma sœur, il me semble ridicule de le faire au sujet d'une bête à trompe. J'en suis donc toujours au même point, celui où je n'ai absolument rien. Jules n'a rien trouvé non plus au sujet d'Ali et Arès, et tant que je ne lui donne pas plus d'informations, il est bloqué lui aussi. Je suis fatigué de chercher et de n'avoir aucune bonne nouvelle à donner à ma mère au téléphone, alors je m'autorise une pause, une toute petite.

Je suis prêt à mettre tout cela de côté pour profiter de la soirée cinéma, mais c'est uniquement parce que j'ai avec moi toutes les drogues nécessaires pour me faire oublier la boule douloureuse dans mon estomac : clope, joint, bière et Danny.

Lily nous dépose ; ni ma petite amie ni moi n'avons le permis voiture. Une fois sur place, elle nous laisse son pick-up et part rejoindre ses amis. Nous installons les couvertures à l'arrière, prenons à boire et à manger et nous jetons dans notre petit espace aménagé. Au loin, nous voyons Jules et Clément sur le toit de la vieille 106 du premier, puis Léni et Tic Tac sur des chaises pliantes, juste devant.

– Elle est où Nicky ? crié-je depuis notre emplacement.

– Elle bosse, répond Tic Tac, en hurlant lui aussi.

Je fais ensuite des signes à Clément, tentant de discuter plus ou moins discrètement. C'est une bonne idée, mais nous ne nous comprenons pas très bien, ce qui nous fait beaucoup rire.

J'adore cette ambiance estivale. Les gens sont heureux et j'en tire un vrai plaisir. J'ai beau être venu pour une raison précise, plus les jours passent et plus j'ai l'impression que ce séjour n'est plus uniquement pour Alysson ou pour ma mère. Il est aussi bénéfique pour moi, il me change. Mais cette pensée me donne l'impression d'être égoïste, de ne plus penser assez à ma famille, et je m'en culpabilise. Alors je prétends que tout ça n'existe pas et je mise sur l'alcool pour me faire oublier que je n'ai rien sur Alysson. À force de faire semblant, je me dis que j'arriverai à me convaincre. Un jour je veux oublier, un jour je me l'interdis… je suis toujours ainsi, tiraillé entre des émotions contraires et incapable de les endurer. Combien de fois ai-je décidé d'arrêter de fumer ? Combien de fois ai-je dit « le dernier verre » ? Je ne sais pas prendre de décision et m'y tenir et je ne sais pas si j'arriverai un jour à mettre de l'ordre dans ma vie. Ce soir, je veux juste oublier et m'éclater.

Quand les enceintes se mettent en marche et que l'écran s'éclaire, Danny me tire le bras pour que je cesse de faire le con avec Clément et que je m'allonge à côté d'elle. *Grease* est son film préféré et cette diffusion en plein air est un rendez-vous annuel qu'elle ne manque sous aucun prétexte. Je n'ai pas intérêt à le lui gâcher. Mais je suis tellement pris par le film que je n'ai même pas envie de l'embêter. *Grease* est un chef-d'œuvre ! Je suis plutôt accro aux séries, mais je regrette de ne pas m'être plus intéressé au cinéma. J'adore cette projection et je trouve Travolta terriblement classe en Danny Zuko. Je suis certain que Clément et Jules sont tombés amoureux de lui. Ou retombés. Je suis sûrement l'un des rares êtres humains à n'avoir jamais vu ce film.

Mais c'est maintenant chose faite.

– Alors, t'as aimé ? me demande Danny.

– Si j'ai aimé ? J'ai adoré.

– J'ai vu que t'étais captivé, dit-elle en riant.

– T'as eu le temps de me regarder ?

– Ouais, quand Travolta n'était pas à l'écran.

– Avoue que tu ne regardes que pour lui.

– Non, Olivia aussi est canon. J'aime bien les blondinettes, dit-elle en passant sa main dans mes cheveux.

– Je suis châtain, réponds-je, un sourire aux lèvres. Pourquoi tout le monde s'acharne à dire que je suis blond ?

Elle se met à rire.

– Plus sérieusement, dit-elle ensuite, je suis contente que tu aies aimé. Tout est génial dans ce film : le message, les acteurs, les costumes, la musique, la danse, l'époque... J'aime tout dans *Grease* !

Elle est si passionnée que je ne peux pas me moquer d'elle. Et puis, je la comprends. Il est vraiment génial. J'ai presque envie de le revoir.

J'avale quelques pop-corn en regardant la foule partir peu à peu. De nombreuses voitures sont arrivées après nous et nous ne pouvons pas sortir du parking avant eux. C'est le problème des cinémas en plein air. Encore que ce n'en est pas un pour moi qui pourrais passer la nuit à l'arrière du pick-up de Lily, Danny collée contre moi, et vivre un moment parfait.

– J'arrive toujours pas à croire que tu n'avais encore jamais vu *Grease* avant ce soir...

– Et moi, je n'arrive pas à croire que tu n'aies jamais vu *Friends* ou *Game of Thrones*.

– Touché, dit-elle en riant.

– D'ailleurs, pour te remercier de m'avoir ouvert les yeux sur la beauté de ce film, j'ai un cadeau pour toi.

Elle hausse un sourcil, l'air interrogateur, alors que je lève les hanches pour attraper quelque chose dans ma poche arrière. J'avais préparé ça avant de partir.

Je lui tends un papier. Elle le déplie et me jette un regard perplexe.

– Mes identifiants Netflix. Tu ne peux pas rester dans cette situation, il faut que tu rattrapes ton retard sur les séries.

– T'es con, dit-elle en riant.

– Rassure-moi, t'as un ordinateur, hein ? la taquiné-je.

Elle me pousse et range le papier dans sa poche. Je veux l'asticoter un peu plus, mais Lily nous rejoint. Cela se dégage peu à peu derrière nous et nous allons pouvoir partir. Alors j'embrasse Danny rapidement et me relève pour faire signe à nos amis. Je montre une bouteille de bière et les pouces qui se lèvent en retour sont assez clairs. Nous allons continuer la soirée.

CHAPITRE 13

Le bar où travaillent Danny et Léni est devenu notre point de ralliement. Mais c'est rare que nous puissions tous nous y retrouver en tant que clients. Généralement, il y en a toujours un ou deux qui bossent. Ce sont les contraintes du poste de saisonnier : les horaires sont changeants et peu arrangeants. Nicky nous a rejoints et pour une fois que nous pouvons tous nous asseoir autour d'un verre – puis deux, puis trois… –, nous ne manquons pas de trinquer et d'en profiter.

Les premières heures de la nuit sont consacrées à l'histoire d'amour naissante de Tic Tac. Il parle de sa belle avec un tel sourire qu'il est impossible de ne pas percevoir l'intensité de ses sentiments. C'est un garçon naturellement jovial et lumineux, mais parler de cette fille accentue encore plus ces traits. C'est dire combien elle le rend heureux. Et un Tic Tac heureux, c'est un groupe d'amis joyeux.

Après quelques verres, c'est Léni qui se décide à parler un peu plus de sa situation amoureuse.

Du genre discret sur sa vie privée, il passe plus de temps à écouter et à rire de nos histoires qu'à raconter la sienne. Nous sommes donc tous pendus à ses lèvres. Il avoue être amoureux de la même femme depuis plusieurs années et être incapable d'en aimer une autre et Danny est surprise qu'il ne lui ait jamais parlé d'elle. Mais il refuse de nous en dire plus. Nous ne parvenons pas à lui en tirer davantage, malgré l'alcool qui embrume son esprit souvent si clair.

La discussion est ensuite menée par Nicky qui, elle, nous en dit bien plus que nous ne le voulons. J'apprends des choses sur Danny et ce couple libéré que je ne suis pas sûr d'aimer. D'un côté, je trouve cela excitant, de l'autre, je n'aime pas l'imaginer dans les bras d'autres personnes que moi, même d'une femme aussi charmante.

— C'est quoi cette bombe, dit soudain Nicky, alors que Jules continue leur histoire.

Elle parle sûrement d'une femme qui vient d'arriver. Danny regarde dans la même direction que son amie, et moi, je me mets à regarder Danny qui écarquille les yeux.

— Sandy, tu devrais jeter un œil, me dit-elle, sans détourner le regard.

— Tu sais bien que je ne vois que toi, réponds-je, charmeur.

— Sois pas con.

Elle rit et pose ses doigts sur mon menton pour me forcer à tourner la tête. Je vois Clément se lever juste avant de remarquer la superbe créature qui vient d'entrer.

Riley.

J'écarquille les yeux à mon tour et mon cœur manque un battement. Si mon meilleur ami ne s'était pas levé pour courir vers elle, je croirais à un mirage. Mais elle est bien réelle, et quand j'en prends conscience, je me lève à mon tour et me précipite vers eux.

Clément la tient dans ses bras, alors je les prends tous les deux contre moi. L'émotion est trop forte ; elle m'a tellement manqué… J'ai l'impression de soudain mieux respirer, comme si j'avais manqué d'air en son absence. Au fond, c'était peut-être le cas.

— J'en déduis que vous êtes heureux de me voir, dit-elle en riant, de cette voix délicieuse qui me rend chaque fois fou.

— Tu en doutais ? demande Clément en la relâchant pour embrasser son front.

Moi, je ne peux pas parler. J'ai envie de pleurer. Mon amitié pour ces personnes est trop puissante et ma dépendance l'est plus encore. Les larmes qui montent, je ne sais pas si elles sont positives ou non. Tout ce que je sais, c'est que j'ai besoin de serrer Riley un peu plus fort contre moi. Alors je le fais.

— Qu'est-ce que tu fais là ? parviens-je finalement à demander.

— Je t'avais promis que je viendrais.

— Et toi, tu tiens toujours tes promesses, dis-je.

— Toujours.

Nous sommes très différents sur ce point.

– Tu savais ? demandé-je à Clément.

Il sourit.

Il savait.

– Je lui ai demandé de m'héberger pour la nuit, précise Riley.

– Tu ne restes que ce soir ?

Mon cœur prend un nouveau coup, plus douloureux et plus difficile à supporter.

– Oui, je repars demain matin, trésor. Je vais chez toi. Je passe voir ta famille puis Lara et Luigi.

J'ai soudain le mal du pays. Je veux rentrer, mais je n'en ai pas le droit. Je n'ai encore rien fait pour aider ma mère. Et puis, il y a quelqu'un, ici, quelqu'un que je ne veux pas quitter… Ce quelqu'un apparaît à mes côtés et glisse sa main dans la mienne.

Ma jolie Danny.

C'est exactement ce dont j'avais besoin pour ne pas couler. Quel enfant. Je suis incapable de tenir seul debout. L'alcool ne fait qu'élargir le trou dans ma poitrine, un trou creusé par le manque de mes proches. Heureusement que Clément est là et que ma danseuse ne me quitte pas. Je me sens faible. J'ai besoin d'une autre drogue. Pas de l'alcool, autre chose. Je me demande soudain si Clément a quelque chose à fumer sur lui, mais je le sais trop responsable pour consommer avant de conduire. Je vais donc devoir trouver autre chose.

Ignorant le combat intérieur que je suis en train de mener, Danny se présente et Riley fait de même.

Puis la première demande à la seconde ce qu'elle veut boire.

— Tu ne vas pas cracher dans mon verre, hein ? s'inquiète faussement mon amie, en souriant.

— Je ne suis pas de service.

Danny accompagne ses mots d'un clin d'œil et cela nous fait tous rire, moi inclus. Elle a cette capacité de m'apaiser. Le plus souvent, elle embrase mon corps, mais il est fréquent que je me sente juste serein en sa présence sans forcément m'en rendre compte sur l'instant. Et à l'inverse, ses absences me rendent nerveux. Quand elle part commander pour Riley, je le sens. Si c'est ça aimer, avoir le cœur qui joue au yo-yo avec mes sentiments, je ne suis plus certain de vouloir tomber amoureux. Je m'oublie plus facilement quand je n'ai pas à me préoccuper des drôles de messages qu'envoie ce putain de cœur – que je croyais oublié – à mon cerveau.

— Elle me plaît bien, dit mon amie en souriant.

— À moi aussi, réponds-je en soupirant.

Elle me plaît même trop et elle ne me laisse même pas le lui dire.

J'ai besoin de boire un verre de plus. Ou une bouteille. Il me faut au moins ça.

Riley me tire par la main pour que je les suive, Clément et elle, jusqu'à notre table. Je vois à son regard qu'elle a perçu le tumulte d'émotions en moi, mais elle s'abstient de dire quoi que ce soit. Elle sait comment me prendre : surtout pas de front.

Nicky tire une chaise pour la nouvelle arrivante, toujours incapable de détacher son regard d'elle. Les lèvres rouges, un corps plantureux, Riley est une pin-up magnifique. Et elle est plus belle encore quand elle se met à chanter. Il vaut peut-être mieux qu'ils l'ignorent, ils sont déjà tous en admiration. Les questions fusent, notamment du côté de Tic Tac, qui a déjà un peu trop bu. L'alcool a un réel effet désinhibant sur lui. C'est plutôt amusant.

– Tu dois être Tic Tac, déclare Riley.

– Oui ! répond-il, enthousiaste. S'dy t'a parlé de moi ?

La moitié de mon prénom a été mangée. J'imagine sa bouche pâteuse et cela me fait rire. Je n'y peux rien, son côté candide m'amuse toujours.

Danny dépose son verre de Rio devant mon amie, un cocktail sans alcool aux couleurs du soleil, puis elle vient se rasseoir à côté de moi. J'entoure ses épaules de mon bras.

La discussion prend vite un autre tournant et passe sur un sujet inévitable, au regard de l'attirance évidente qu'a Nicky pour Riley.

– Tu as une petite amie ? lui demande-t-elle.

Si la plupart des gens demandent systématiquement aux hommes s'ils ont une petite amie et aux femmes un petit ami, ce groupe d'amis aux sexualités variées ne présume de rien et se contente de demander ce qui les intéresse. Ce n'est peut-être pas plus mal.

– Non, je ne suis pas attirée par les femmes, répond mon amie.

– Hétérosexuelle ? Quel dommage…

– Ça dépend pour qui, ajoute Jules.

– Les hommes me laissent indifférente, eux aussi, corrige Riley en riant.

– Ni romantiquement, ni sexuellement ? veut s'assurer Nicky.

– Ni l'un, ni l'autre. Désolée.

Mon amie a un visage contrit, elle a bien perçu le désir chez ce couple dont je lui avais parlé, mais elle est asexuelle, c'est sans issue pour les deux tourtereaux.

– Tu es zoophile ? demande soudain Tic Tac.

J'en recrache ma gorgée sur la table. Riley, elle, explose d'un rire sincère qui lui fait monter les larmes yeux. Léni pousse son cadet d'un coup dans l'épaule et Jules lui tape sur la tête. Mais Thomas a un visage qui semble dire « Quoi ? Qu'est-ce que j'ai dit ? » qui rend le tout plus drôle encore. Toute la table rit ou sourit. Tous sauf moi, qui tente de calmer la douleur infligée par l'alcool qui m'est ressorti par le nez.

– J'adore les animaux, mais pas de cette manière, parvient finalement à dire Riley. Je suis juste asexuelle.

– Tu n'aimes personne, alors ? demande Tic Tac, d'une voix dépourvue de jugement, mais pleine d'une curiosité sincère.

– Pas de cette matière, non. J'ai beaucoup d'amour, pour beaucoup de monde, dit-elle en regardant vers Clément et moi, mais pas d'amour romantique ou de désir sexuel.

Le concept est apparemment nouveau pour notre jeune ami. Il pose ensuite de nombreuses questions auxquelles Riley n'hésite pas à répondre. Elle le fait avec plaisir, même. Je ne suis pas sûr que Tic Tac s'en souviendra demain, mais cela fait du bien de voir quelqu'un chercher à comprendre au lieu de passer immédiatement au jugement. Je ne compte plus le nombre de gens avec qui je me suis embrouillé, parfois plus, juste parce qu'ils ont pensé mieux connaître Riley qu'elle-même.

Finalement, Danny coupe l'interrogatoire de notre jeune ami, dont la moue boudeuse me fait sourire.

– Sandy m'a dit que tu chantais. Est-ce que tu te limites à un genre en particulier ou tu touches à tout ?

– J'ai une préférence pour le blues, mais je chante à peu près tous les genres musicaux. Pourquoi ?

– Ça te dit de chanter ce soir ?

Les sourires qui se dessinent sur les lèvres des deux femmes sont entendus et promettent une fin de soirée mémorable. Une part de moi se doute, ou espère, qu'il sera question de la voix de Riley et de la danse de Danny, mais je n'ose presque pas l'espérer.

Mon souhait silencieux est pourtant exaucé.

Les deux femmes nous quittent et, après quelques minutes qui me semblent être des heures, la scène s'éclaire finalement pour nous montrer ces deux divines créatures. Des sons de guitare se font entendre, des castagnettes également. Dans le fond, je vois des musiciens. C'est le groupe espagnol qui a ouvert plusieurs soirées au bar, je le reconnais à la voix gitane qui s'élève dans les airs. Danny commence à danser, frappant des mains au rythme de la musique. Puis celui-ci change quand la voix de Riley se fait entendre. Un cri, puis des mots arabes. D'hispanique, nous passons à oriental. Danny se met à se mouvoir différemment, elle tourne autour de sa fidèle barre, elle fait bouger une étole autour d'elle, puis autour de Riley dont la voix s'élève dans les air, accompagnée de celle de l'autre chanteur. Je reconnais finalement le groupe qu'ils reprennent, un groupe gypsy franco-israélien bien connu. Leur performance est excellente, pleine de sensualité et pleine de vie. Nous nous mettons tous à bouger au rythme de la voix de Riley et des déhanchés de Danny. Les deux femmes brillent et je suis en admiration, comme la plupart des gens présents. Je n'arrive pas à détacher mes yeux de la scène, pas même pour faire une vidéo, je suis envoûté.

Certains dépassent malheureusement le stade de l'admiration. Un des spectateurs se met à faire des gestes obscènes. Il est tout d'abord ignoré, ce qu'il n'apprécie pas, puis je le vois monter sur scène et danser devant Riley. Mon amie recule, mais l'homme s'avance et lui met une main aux fesses. Elle le gifle immédiatement.

Le fou, il ne tient pas à sa vie.

Clément et moi nous levons d'un coup, prêts à sauter sur la scène, nous aussi. Riley vient de marcher sur la dignité du type et sa colère est perceptible de là où je me trouve. Je sens que ça va dégénérer.

Il la prend par le bras avec force, et nous n'avons que le temps de voir rouge car quelqu'un saute sur lui avant nous : Danny.

Elle le fait tomber de la scène et, à cheval sur lui, lui envoie un direct du droit dans la mâchoire. J'écarquille les yeux, surpris. Un peu excité aussi, je dois l'avouer. Je le suis moins quand j'aperçois deux hommes qui s'approchent pour venir aider leur ami incapable de se défendre contre ma belle.

Cette fois, tout le monde se lève de table. Cela devient un magnifique capharnaüm quand Danny reçoit un coup au visage. J'ai à peine le temps de voir le chanteur du groupe tirer Riley vers l'arrière que je me jette dans le tas, Clément et Léni à ma suite.

L'excitation monte en moi, la colère aussi, et puis toute la rage accumulée au fil des jours. Quand mon poing heurte un premier visage et que j'entends le nez de ma victime se briser, j'inspire un grand coup, comme libéré d'une tension douloureuse. Et quand je reçois un coup en retour, je souris. Je me sens vivant, j'aime cette douleur, j'aime les moments comme ça. Je suis complètement atteint.

Je crois qu'ils sont finalement une dizaine et nous seulement quatre, mais chacun de nous compte pour deux. Léni, même, pour trois. C'est bon de me battre avec Clément qui bouge en parfait accord avec moi, et Danny est terriblement excitante. Et seulement à la fin, une fois les types évacués par les collègues de Léni et Danny, je remarque mon amie sur scène. Elle soupire. Elle a beau avoir l'habitude, cela ne l'empêche pas de nous voir comme des gamins incapables de se tenir, toujours prêts à se battre. Je vois également à ce moment que Jules est encore à la table, luttant pour tenir un Tic Tac ivre, prêt à en découdre, et une Nicky hystérique. Les deux auraient posé plus de problèmes qu'ils n'auraient apporté de solutions s'ils étaient intervenus. Je n'envie pas Jules, qui a eu la lourde mission de les empêcher de nous rejoindre.

Nous finissons la soirée à l'arrière du bar, Riley soignant nos blessures, appuyant parfois plus fort, juste pour nous punir. Elle ne se prive pas d'agir de la même manière avec Danny qui porte autant de marques que nous, peut-être même plus.

La situation me fait rire, pas seulement moi, nous nous mettons tous à rire. Dieu que c'est bon. C'est ce dont j'avais besoin. Me battre un peu, avec Clément, en plus. Nous ne l'avions pas fait depuis longtemps, depuis une embrouille idiote avec des routiers, sur une aire de repos. C'est jouissif et je crois qu'il en avait autant besoin que moi. C'est encore meilleur avec Danny. Je ne pensais pas qu'il pouvait être si plaisant de voir une femme se battre de la sorte. Mais ça l'est, et une fois que nous sommes seuls, je lui montre à ma manière à quel point j'ai aimé la voir boxer et danser.

C'était notre dernière soirée calme, selon ma définition. Après ça, les choses allaient se dégrader et je savais que plus rien ne serait jamais pareil.

CHAPITRE 14

Riley nous quitte après seulement une nuit, comme prévu. Je voudrais mettre en bouteille tous ses mots et ses gestes tendres pour pouvoir la rouvrir dans les moments difficiles. Mais je dois me contenter de la serrer fort contre moi, de lui demander de prendre soin d'elle et d'espérer qu'elle embrasse mes proches à ma place. Je ne lui parle pas de mes recherches infructueuses, Clément ne lui raconte pas ses déboires amoureux, et pourtant, elle sait que quelque chose ne va pas. Elle nous demande de faire attention, me prend des mains les vêtements pour bébé que j'ai achetés par obligation et que je lui ai demandé de donner à Lara, et elle nous quitte. Elle nous laisse là, mon meilleur ami et moi, deux âmes en perdition à qui elle manque déjà.

Elle a raison sur un point, nous ne sommes pas bien. Clément mène un combat amoureux compliqué et je mène des recherches qui ne semblent pas vouloir avancer. Je suis au point mort, incapable de fournir plus d'informations à Jules pour qu'il continue son enquête. Je me sens inutile, comme toujours.

L'affaire prend un autre tournant quand, le jeudi suivant, Danny revient au camping, excitée comme jamais encore je ne l'ai vue l'être.

– Sandy !

J'aime toujours autant sa façon de prononcer mon nom. Ça me donne des envies inavouables.

– Oui, étoile de mes nuits ? dis-je, aussi charmeur que ridicule, sans pour autant poser les cartes que je tiens.

Léni, Tic Tac, Nicky et moi sommes en train de faire une partie de belote. C'est décidément une de nos activités préférées.

– Je sais ce que c'est. L'éléphant, je sais ce que ça veut dire !

Je me lève d'un coup, lâchant mes cartes et poussant ma partenaire à se plaindre parce qu'elle avait un jeu extraordinaire et que moi je viens de fausser la partie. Je m'en moque totalement.

– Il y a une boutique de bijoux à Lège, des bijoux en ivoire végétal.

Ivoire, éléphant… Rodrigue est vraiment parti chercher loin. Mais ça lui ressemble assez et il y a donc de fortes chances pour que cela soit la solution à son énigme absurde.

Je sens l'espoir me traverser. Je prends le visage de Danny entre mes mains et l'embrasse avec fougue, la faisant sourire contre mes lèvres.

– Tu es la meilleure.

– Je sais, répond-elle en riant.

J'attrape les casques que l'ami de Tic Tac nous a prêtés et en tends un à Danny.

– Hey, tu vas pas me lâcher à vingt points de la victoire, quand même, s'insurge Nicky.

– Désolée, beauté. Une urgence.

Elle jette ses cartes sur la table, irritée. Mon abandon fait le bonheur de Léni et Tic Tac qui s'empressent de tendre la bassine de vaisselle à la jeune femme. Nous avons joué les corvées de la fin de semaine.

Je file avant que Nicky explose, entraînant Danny à ma suite, mais je sais que notre amie me le fera payer. Bien, je vais être assigné à la vaisselle jusqu'à dimanche, c'est noté.

Nous prenons la fuite sur ma belle Haley. J'exulte, je suis tellement heureux d'avoir une nouvelle piste, un nouvel endroit où chercher. L'espoir me gagne de nouveau et sentir vibrer ma moto entre mes cuisses ne fait que m'exciter davantage. Je reprends soudain vie.

Nous arrivons rapidement à la boutique et lorsque nous y entrons, une femme nous accueille chaleureusement, le sourire aux lèvres. Elle a les cheveux noirs, n'est pas très grande et semble être de l'âge de ma sœur. Je me demande immédiatement si c'est elle, mais je sais que je ne peux pas y aller de front.

Danny en a aussi conscience, alors elle prend les choses en main, comme la toute première fois.

– On nous a dit que vous faisiez des bijoux en ivoire végétal ?

– Ce n'est pas moi qui les fais, mais j'en vends, effectivement.

Elle nous les montre. Ce sont des pièces colorées, parfaites pour la saison. Je les trouve vraiment jolies. Je les parcours des yeux quand mon regard s'arrête sur un bijou en particulier. C'est un pendentif composé de morceaux jaunes et turquoise, mais ce qui m'interpelle, ce sont les parties en métal qui le composent. L'une est une simple boule, banale, l'autre est une feuille dont les nervures descendent vers le pétiole au lieu de monter vers la pointe.

– J'ai déjà vu cette façon de faire les feuilles.

La vendeuse s'approche pour mieux voir ce que je pointe du doigt.

– Ah ! c'est une des touches personnelles de la créatrice, elle fait ses feuilles à l'envers. Un truc de son enfance, je crois.

– Ce n'est pas à l'envers, dis-je tout bas.

Je sens le regard des deux femmes sur moi, mais je ne m'en soucie pas. Je me souviens d'un dessin dans la table de nuit de ma mère, je me rappelle lui avoir demandé pourquoi la feuille était à l'envers. « Tout est question de perception », m'avait-elle répondu. « Il te suffit de la tourner, ou de tourner la tête. Peut-être que c'est toi qui es à l'envers. Ne tire jamais de conclusions hâtives. » Je n'ai jamais oublié ses mots, ils ont fait de moi l'homme que je suis aujourd'hui. Parce que ma mère m'a appris qu'il y a plusieurs façons de voir les choses, je suis devenu une personne observatrice et j'ai toujours veillé à ne jamais porter de jugement sur ce qui pourrait me sembler anormal.

Ce dessin qu'elle gardait jalousement, caché des yeux de mon père, c'est ma sœur qui le lui avait fait. Je le savais à sa façon de le regarder. C'était un cadeau d'Alysson, c'est elle qui fait les feuilles de cette façon. C'est elle qui crée ces bijoux, ma mère en porte toujours un autour du cou.

– Sandy ? s'inquiète Danny.

– C'est Alysson qui l'a fait, j'en suis certain. C'est ma sœur qui a créé ces bijoux.

Danny ne me demande pas plus d'explications, elle ne doute pas de moi non plus. Elle hoche la tête, simplement.

– Est-il possible de rencontrer la personne qui a fait ces pièces ? demande-t-elle poliment.

– Je suis désolée, mais elle a toujours voulu rester anonyme. Ce n'est même pas elle qui me livre.

– Qui le fait ? demandé-je, un peu brusquement.

– Un homme, mais je ne connais de lui que son physique, répond-elle, sur la défensive.

Elle ment, c'est obligé. On ne fait pas affaires avec des gens sans au moins connaître leur nom…

– Comment on peut le rencontrer ? Est-ce qu'il vient recharger les stocks ? tente Danny.

– J'ai assez pour tenir tout l'été, je ne le reverrai pas avant septembre, à moins de vendre vraiment bien et de devoir lui demander plus de pièces, mais ça n'arrivera pas.

Je glisse la main dans la poche arrière de mon jean et en sors ma carte bancaire.

– Je vous prends tout, dis-je.

– Pardon ?!

Elle écarquille les yeux.

– Je vous achète tous les bijoux qu'elle a créés. Appelez ce type pour lui dire que vous êtes en rupture de stock.

Je sais que je deviens flippant, mais je m'en moque. Quant au prix, il n'a pas d'importance. Cela pourrait bien me coûter deux mille euros que cela ne changerait rien. Il faut que je voie cet homme et que je lui demande où est Alysson.

Toujours choquée, la propriétaire des lieux encaisse malgré tout ma commande. Je ne regarde pas le montant, si ma carte passe, c'est bon, j'attends simplement qu'elle appelle la personne.

Je comprends à son discours qu'elle est tombée sur la messagerie. Elle explique la situation sans parler du client fou qu'elle a en face d'elle, ce qui ne l'empêche pas de me regarder étrangement. Quand elle raccroche, nous n'avons qu'à attendre quelques minutes avant qu'il rappelle. Peut-être dix, tout au plus. Je les entends fixer le rendez-vous au soir pour que l'homme puisse apporter les quelques pièces encore disponibles en attendant que d'autres soient créées, et la vendeuse parle finalement de moi. Je comprends sa position, elle est inquiète à l'idée que j'aie de mauvaises intentions et je ne peux pas lui en vouloir de prévenir son fournisseur. Cela dit, je la trouve inconsciente de prendre le risque de le faire devant moi. Je pourrais être réellement dangereux, violent, même, et m'en prendre à elle. Heureusement, ce n'est pas le cas.

Je lui présente mes excuses et la remercie avant de sortir, tendu et stressé. Danny reste un peu plus longtemps à l'intérieur et je devine qu'elle tente d'expliquer la situation à cette femme. À moins qu'elle ne cherche une solution pour nous faire livrer toute cette marchandise dont je ne vais savoir que faire.

— Qu'est-ce que tu vas faire de tous ces bijoux ? demande-t-elle, justement, en sortant de la boutique.

— Rien. Si quelque chose te plaît, sers-toi, le reste, elle pourra le remettre en vente, je m'en fous.

— Tu ne fais pas les choses à moitié.

Elle rit puis me prend la main pour m'entraîner boire un verre et manger un bout. Nous avons quelques heures devant nous, il est inutile d'attendre bêtement devant le magasin. Même si c'est exactement ce que j'avais prévu de faire avant qu'elle prenne les choses en main…

***

À quelques minutes de l'heure du rendez-vous, je ne parviens plus à tenir en place. Je m'agite, j'ai chaud, je réfléchis trop… Je suis tiraillé par de multiples sentiments. Je sais que je ne vais pas voir Alysson, mais l'homme que je vais rencontrer sait où la trouver, c'est certain. Je suis si près du but.

Danny ne me touche pas, elle ne me parle pas non plus, et elle n'essaie surtout pas de me calmer. Elle se contente d'allumer une cigarette et de me la tendre. C'est une bonne idée, fumer m'aide à décompresser.

Finalement, il arrive alors que le soleil est encore haut dans le ciel. C'est un homme assez grand, à la peau noire, élégant et confiant. Je n'ai pas à l'interpeller, il s'approche de moi et me tend la main.

– Vous devez être Sandy ?

Je ne peux que hocher la tête et lui serrer la main.

– Comment connaissez-vous son nom ? demande Danny.

Je n'ai même pas pensé au fait que la vendeuse n'a pas pu le lui dire, puisqu'elle ne le connaît pas elle-même. Je suis bien trop absorbé par la pensée que je vais enfin retrouver ma sœur.

– Alysson me l'a dit.

– Alors c'est bien elle qui fait les bijoux, dis-je, presque soulagé d'avoir enfin la confirmation.

J'en étais presque sûr avant, mais là, j'ai enfin la certitude qu'elle est ici, bien vivante. Cela me met dans une joie que je n'avais pas envisagé de ressentir lorsque je me suis imaginé la retrouver.

– Elle m'a aussi demandé de vous dire d'arrêter de la chercher.

– Quoi ?

Tout semble se figer autour de moi et, à l'intérieur de ma poitrine, mon cœur dansant fait un faux pas.

– Elle a tiré un trait sur son passé et elle ne souhaite pas revenir en arrière. Elle sait que vous voulez la voir et elle en est désolée, mais elle vous demande d'arrêter.

– Jamais, dis-je.

Je n'ai même pas réfléchi avant de parler. Il est simplement hors de question que j'abandonne. Je ne suis pas à sa recherche pour le plaisir, je ne m'amuse pas à perdre mes biens les plus précieux par simple désir de voir son visage de déserteur. Je dois la retrouver, c'est non négociable. Si je ne la rencontre pas, je ne pourrai pas la confronter. Ce n'est pas seulement pour ma mère, finalement, c'est aussi pour moi-même. J'ai besoin de me retrouver face à elle, de lui dire ce que j'ai sur le cœur depuis des années.

– Écoutez, Sandy. Je ne sais pas exactement ce que vous pensez savoir d'Alysson, mais elle avait des raisons de partir et elle en a tout autant de ne pas revenir.

– Vous ne comprenez pas, commence Danny avant d'être interrompue.

– Non, c'est vous qui ne comprenez pas. Tirez un trait sur elle et allez de l'avant Vous perdez du temps ici. Vous ne la trouverez pas.

Je suis soudain un mélange de rage, de déception, de tristesse et de dévastation. Je me sens en colère contre cet homme qui ose me dire que je ne comprends pas ma sœur quand c'est elle qui est partie sans prendre la peine de nous comprendre, ma mère et moi. J'ai envie de tout lui jeter au visage, de lui dire quelle femme Alysson était, et que revenir avec moi est la seule façon pour elle de s'excuser auprès du gosse de trois ans que j'ai été et de la mère battue qu'elle a laissée à son terrible sort. Mais qu'est-ce que cela changerait ?

En proie à des émotions partagées, je ne vois pas l'homme faire demi-tour, sans même être entré dans la boutique. Je ne le remarque que lorsqu'il est déjà à quelques mètres de moi.

— Attendez ! hurlé-je. S'il vous plaît, ajouté-je quand je remarque qu'il continue sa route.

Il se retourne finalement et je me rapproche de lui.

— Est-ce que vous pouvez lui transmettre un message de ma part ?

— Je doute que cela serve, mais allez-y, soupire-t-il.

— Dites-lui que notre mère a besoin d'elle, qu'elle est peut-être la seule à pouvoir l'aider et que si elle se souvient encore de ses dix-huit premières années de vie, comme ça semble être le cas, elle sait ce qu'a subi la femme qui nous a élevés, elle sait qu'elle mérite de vivre, plus que quiconque. Dites-lui aussi que je suis au camping nord et qu'à tout moment elle peut me demander à Lily, j'arriverai immédiatement, peu importe l'heure.

Je m'arrête là, même si j'ai encore beaucoup à dire. Et quand il hoche la tête pour me faire savoir qu'il a bien enregistré le message, je ne peux m'empêcher de lui préciser quelque chose.

– Vous connaissez peut-être Alysson, mais vous ne me connaissez pas moi. Si elle refuse de me voir, je retournerai Lège-Cap-Ferret jusqu'à la trouver.

– Et vous lui imposerez votre volonté ? Comme votre père avant vous ?

Je ne comprends pas ce qu'il veut dire et je n'ai de toute façon pas envie d'y réfléchir. Ses mots me renvoient à la triste pensée que je ne suis pas mieux que mon géniteur.

– Vous n'avez jamais eu à vous cacher de ce qu'elle a essayé de fuir, sans quoi vous sauriez qu'il vous sera impossible de la retrouver si elle ne le souhaite pas.

– Alors j'espère qu'elle le souhaitera, dis-je, d'un ton plus convaincu que je ne le suis au fond.

Son visage semble dire qu'il en doute et, pour être honnête, moi aussi j'en doute.

– Sandy…

Danny s'approche de moi doucement, comme elle approcherait une bête sauvage. Je perçois son inquiétude et ses sentiments contradictoires ; elle ne sait pas comment me prendre, quoi faire de moi. Elle a raison, je suis moi-même dans le flou et je ne sais pas ce que je veux. La tempête fait rage dans ma poitrine, j'ai envie de hurler et peut-être de donner quelques coups aussi. Une part de moi brûle d'aller voir Rodrigue, de lui donner ma moto et d'apprendre enfin où se trouve ma sœur pour aller lui faire entendre ma souffrance et même ma haine à son égard. Je pense à ma mère qui attend, à cette femme forte et pourtant fragile, et je déteste alors un peu plus Alysson. Je la maudis tout en priant pour la retrouver. C'est un tel désordre à l'intérieur de moi que je ne parviens plus à réfléchir. Il faut que je cesse de penser, que j'arrête de ressasser tout ça encore et encore. Je vais lui laisser quelques jours pour venir à moi et si elle s'y refuse, je reprendrai mes recherches. Il est hors de question que j'abandonne aussi près du but.

– On a ce qu'il faut au camping ?

– Oui. Je vais me faire remplacer ce soir.

Danny comprend très bien de quoi je parle et ce dont j'ai besoin. Je veux de l'alcool et peut-être bien quelques joints à partager, et elle, bien sûr, je la veux elle, toujours. Je veux faire ce que je fais perpétuellement : m'échapper dans la drogue, fuir mes problèmes. Je sais que c'est de la faiblesse, je sais que je devrais grandir un peu, m'endurcir, apprendre à régler mes soucis au lieu de m'en éloigner quand ils se font trop compliqués. Je sais aussi que ce que je prends pour solution, chaque fois, n'est que temporaire et que je risque gros à jouer comme ça avec ma vie, mais ça n'a aucune sorte d'importance pour moi. Il me semble tellement plus simple d'agir ainsi, au lieu de me battre, que je ne vois pas l'intérêt de changer. Je suis du genre à attendre que le pire arrive pour me réveiller.

Et le pire va arriver, il va heurter mes cauchemars de son réveil mortel. Ce n'est qu'une question de temps, il faut juste être patient.

CHAPITRE 15

J'aide Lily à organiser les fiches des clients du camping pour m'occuper l'esprit pendant que les autres travaillent, mais je ne dois pas masquer assez bien mon humeur, parce qu'elle remarque que quelque chose cloche. Peut-être a-t-elle simplement noté mon incapacité à faire du tri et en a tiré des conclusions évidentes.

– Tu n'es pas dans ton assiette.

Je soupire et me laisse tomber dans un fauteuil. C'est comme si j'attendais qu'elle remarque mon état, comme si j'espérais qu'elle me demande ça. J'ai envie d'en parler, d'essayer de discuter avec une personne totalement externe à l'histoire qui pourra me donner un avis objectif sur le sujet ou simplement me laisser m'épancher. J'étouffe de garder tout cela à l'intérieur de moi.

En voyant mon regard et en sentant mon désir de parler, elle sourit.

– Faisons une pause, dit-elle, simplement.

Elle pose ses papiers et vient s'asseoir sur la chilienne de jardin qui sert de second fauteuil.

J'attends. J'attends quelque chose qui ne vient pas.

– Qu'est-ce qu'il y a ? me demande-t-elle, en voyant mon regard insistant.

– On ne boit pas ?

Je comptais sur l'alcool pour m'aider à parler.

– Tu bois assez comme ça, un peu de sobriété ne te fera pas de mal.

Elle n'a pas tort, et puis, une énorme soirée m'attend. Il y a une sorte de rave organisée sur les plages de Lège-Cap-Ferret. Un gros événement où se mêlent différentes drogues, pas uniquement des douces. Danny m'a expliqué qu'on allait se répartir en petits groupes pour que les gendarmes ou la police ne puissent pas tous nous attraper. Certains sont sacrifiés, de manière aléatoire, pour que les autres puissent en profiter.

Je prévois de finir l'esprit à l'envers, et ce même si Clément m'a déconseillé d'y participer et a refusé de m'y accompagner. Pour lui, la consommation de drogue doit être modérée et nous ne devons jamais dépasser certaines limites. Fumer est le seuil, sniffer et se piquer, choses que certains vont sûrement faire ce soir, ce n'est plus admissible car c'est trop dangereux. Ça ne le rassure pas que j'aille à cette rave party, mais je suis assez grand pour savoir quand m'arrêter et je ne compte pas faire n'importe quoi. Même si ma vie me donne parfois envie de me foutre en l'air, je ne veux pas mourir.

Alors, considérant ce qui m'attend, je juge qu'un peu de sobriété pour cette discussion avec Lily ne peut pas me faire de mal. Cela va même me changer un peu.

— Je crois que je ne retrouverai jamais ma sœur.

— Est-ce que c'est si grave ?

— Bien sûr ! Tu sais très bien pourquoi je la cherche.

— Pour ta mère, oui, mais est-ce la réelle raison ? Laisse-moi finir, dit-elle, en me voyant prêt à l'interrompre. Je comprends bien ton désir d'aider ta mère, mais elle pourrait aussi recevoir un rein d'un inconnu, puisqu'elle est en liste d'attente, et le rein de ta sœur pourrait ne pas être compatible, tu le sais. Est-ce qu'il n'y a pas une autre raison qui te pousse à faire toutes ces recherches ?

Une autre raison ? Pourquoi voudrais-je retrouver une femme qui nous a trop peu aimés pour rester avec nous, qui n'a pas eu assez d'amour à notre égard pour nous aider à supporter cet homme ? J'ai aussi peu de raisons de vouloir la revoir que j'en ai de pleurer mon père.

— Je la déteste et je veux le lui dire.

C'est l'enfant qui parle.

— Je la déteste de m'avoir abandonné. Je dis que je lui en veux d'avoir laissé ma mère, mais en vérité, je lui en veux de m'avoir quitté moi, de m'avoir fait me sentir indigne de ses sentiments, de m'avoir fait pleurer le soir parce que j'étais un mauvais petit garçon, tellement mauvais que même sa grande sœur ne voulait pas de lui.

– Sandy…

– Je lui en veux d'avoir tout quitté, d'avoir fui, d'avoir sûrement refait sa vie quand, moi, je n'ai même pas l'impression de vivre, continué-je, emporté par mes émotions. Je lui en veux d'être capable de réussir là où j'échoue, d'être toujours dans le cœur de ma mère alors qu'elle nous a sûrement effacés du sien. Je lui en veux tellement…

Je ne l'avais pas réalisé avant cet instant, mais je porte en moi une rancœur terrible à l'égard d'Alysson. J'en veux tout autant à mon père d'avoir gâché nos vies et à ma mère de l'avoir laissé faire. Mais au fond, c'est à moi que j'en veux le plus. Je suis arrivé trop tard, à un moment où on ne m'attendait plus. Je ne suis pas venu au monde assez tôt, ma famille s'était abîmée dans l'attente et je n'ai pas su la réparer, malgré deux premières années engageantes. J'ai été inutile et je le suis, hélas, resté.

Je ferme les yeux et m'enfonce dans le fauteuil.

– Ce type a raison, je ne suis pas mieux que mon père. Là où je passe, les choses se cassent, à commencer par mes proches.

– Tu n'y es pour rien.

– Tu n'étais pas là, tu ne sais rien. Une sœur lâche, une mère faible, un père violent… j'ai la famille que je mérite.

– Ne dis pas ça, tu mérites le meilleur, Sandy.

J'ouvre les yeux, pour la regarder. Elle semble vraiment affectée par mon histoire et cela me peine et me touche à la fois. Danny a raison, c'est une mère pour tout le monde.

Elle se lève et prend une chaise pour venir s'asseoir juste à côté de moi. Son visage n'est plus si loin du mien et je souris amèrement parce que son regard tendre me rappelle celui plein d'amour de ma mère et que cela me déchire le cœur. La vie et son humour pourri.

– Tu gardes trop de choses en toi, tu te fais du mal. Regarde-toi, les yeux secs à me parler de ta souffrance. Tu as le droit de pleurer, tu sais ? Même ton père, tu peux le pleurer. Et même ta lâcheuse de sœur.

Je secoue la tête en sentant les larmes me monter aux yeux. Je ne veux pas pleurer, je m'y refuse. J'ai besoin de boire, il me faut un verre, ou un joint. Je veux quelque chose, n'importe quoi pour retenir mes larmes. Mais il n'y a rien, et plus Lily parle, plus les vannes de mon cœur s'ouvrent.

– Tu as perdu des êtres qui t'étaient chers. Ce qu'ils ont fait importe peu dans la balance de l'amour, tu les as aimés et ils te manquent. Et tu n'es certainement pas responsable de leurs erreurs, seulement des tiennes.

– Je n'ai pas réussi à recoller les morceaux de ma famille brisée.

– Tu n'étais qu'un enfant, Sandy. Ce n'est pas ta faute.

Et pourtant, je ne parviens pas à m'empêcher de culpabiliser. J'aurais aimé être en mesure de satisfaire assez mon père, être capable de faire sourire ma mère et avoir la possibilité de me faire aimer de ma sœur. Je voudrais nous voir unis, comme nous l'avons un jour été, même si ça n'a pas duré.

Les gens pensent que les souvenirs tristes sont durs à supporter, ils se trompent, les plus heureux sont les pires. J'en ai peu, mais j'en ai, même si j'ignore s'ils sont vrais : le sourire de mon père, sa main sur mes cheveux clairs, les rires de ma sœur et de ma mère… Ils me rongent chaque nuit où je m'endors assez sobre pour rêver. Ils me montrent ce que j'aurais pu avoir, comment ma vie aurait pu être si quelque chose à l'intérieur de mon père ne s'était pas un jour fait bouffer.

Je me mets à pleurer, incapable de tout garder en moi plus longtemps, blâmant l'absence de drogue pour me faire tenir bon.

J'aurais tant aimé que notre vie ressemble à ce portrait qui refuse de quitter mon esprit, j'aurais aimé que tout soit différent. Ce père me manque et savoir que je ne le reverrai plus jamais me fait un mal de chien. Cette sœur encore vivante me manque, et c'est aussi pour ça que je veux la retrouver. Pas pour lui cracher ma haine au visage, mais parce que j'ai espoir qu'elle regrette de nous avoir laissés, qu'elle m'aime encore, qu'elle ait toujours de l'affection pour le petit Sandy qu'elle a abandonné.

Lily caresse mes cheveux et je pose ma tête sur l'accoudoir pour cacher mon visage et la laisser m'offrir ses tendres caresses alors que je pleure toutes les larmes de mon corps. Les premières depuis trop longtemps.

Je pleure un moment, jusqu'à ne plus avoir d'énergie et m'endormir, là, à côté de cette femme au parfum apaisant et au cœur plein de compassion.

***

– Feignant, tu dors encore ? me réveille une délicieuse voix.

– J'ai besoin de mon sommeil réparateur, c'est bon pour ma peau, plaisanté-je en m'étirant.

– C'est raté, si tu voyais tes yeux !

Je ne les vois pas, mais je les imagine plutôt bien. J'ai vu les dégâts que les pleurs ont causés sur ma mère, je sais à quoi cela ressemble.

J'embrasse Danny autant par envie d'elle que par crainte que laisser sa bouche libre la pousse à me poser des questions auxquelles je ne veux pas répondre. Mais ma jolie danseuse n'est pas dupe, je le vois à son air soucieux.

– Je peux te l'emprunter ? demande-t-elle à Lily.

– Fais, il met plus de désordre qu'il ne range.

– Il dort surtout plus qu'il ne travaille.

J'affiche une mine outrée et pose une main sur mon cœur, comme blessé de voir ces deux femmes dire tant de vilaines choses à mon sujet. Mon cinéma les fait rire. Pour autant, Lily n'oublie pas l'état dans lequel je me suis retrouvé un peu plus tôt, je le sais.

Elle ne dit rien et je lui en suis reconnaissant, mais son visage parle à la place de ses lèvres. Et quand je suis Danny hors de l'accueil, je ne manque pas de déposer un baiser sur la joue de ma confidente au cœur tendre.

Je ne peux pas dire que mes problèmes sont réglés, au contraire, je me sens encore plus pitoyable d'avoir pleuré, mais je serais ingrat de ne pas apprécier la douceur et la bienveillance dont elle a fait preuve avec moi. Et puis, ce n'est pas sa faute si je suis un cas irrécupérable et que personne ne peut rien pour moi.

— Sandy… t'as pleuré ? me demande ma petite amie, en chemin vers les douches.

Je hoche la tête. Je n'ai pas honte de l'avouer. Si je me retiens de pleurer, ce n'est pas par fierté, mais parce que j'ai peur de ne plus réussir à m'arrêter et de finir par me noyer dans mes larmes.

Je raconte tout à Danny. Elle m'écoute attentivement et je l'aime un peu plus d'être toujours ce que j'ai besoin qu'elle soit pour moi.

Une fois dans la douche, elle reste muette et me déshabille. Elle prend ensuite le temps de chérir mon corps dans son intégralité et je me laisse faire. Elle dirige tout, jusqu'à la manière dont nous faisons l'amour. Cette fois, nous ne baisons pas, non, c'est bien plus doux, bien plus caressant et certainement amoureux. Danny me montre ses sentiments sans pour autant les prononcer et je m'en délecte. Ils me font du bien et me blessent en même temps. J'ai du mal à accepter l'amour, c'est peut-être pour ça que le sentiment ne m'est pas familier et qu'elle est la première femme à faire vibrer quelque chose en moi.

Je me sens envahi d'émotions nouvelles et intenses. C'est si fort que lorsque nous explosons, je ne peux tenir plus longtemps sur mes jambes et me laisse glisser au sol, essoufflé et, encore une fois, au bord des larmes. Je savais que je n'aurais jamais dû me laisser aller à pleurer une première fois, j'ai maintenant un mal fou à refermer la valve. Je vais me noyer, j'en suis certain.

Danny s'agenouille devant moi et embrasse chacune de ces traîtresses de larmes qui parviennent à s'échapper de mes yeux fatigués.

– Je vais t'aider à la trouver. Je ferai n'importe quoi pour soigner ton cœur, murmure-t-elle contre mes lèvres, faisant battre ledit cœur à vive allure. Même contre son gré.

Après tant de douceur, je suis surpris de sentir quelque chose entourer mon poignet et étonné de découvrir des menottes accrochées à moi et à la douche.

– Qu'est-ce que tu fais ? demandé-je, un peu inquiet de la voir agir de la sorte après de telles paroles.

– Tu n'aimes pas être attaché ? demande-t-elle en retour, taquine.

Elle ne me laisse pas répondre, elle m'embrasse et se met en action pour pouvoir de nouveau nous faire du bien. Elle veut m'épuiser, ou me tuer ? Je l'ignore. Je crois qu'elle essaie de me faire oublier, d'empêcher mon cerveau de penser. Elle tente de cramer le circuit en enchaînant les jouissances. Et elle s'y prend bien.

Mais après m'avoir une fois de plus fait venir, elle se relève et s'habille, me laissant attaché. Là, elle descend à ma hauteur pour embrasser mes lèvres. Un baiser d'au revoir que je prends pour un adieu et qui me coupe la respiration.

– À quoi tu joues ? soufflé-je.

– Je vais voir Rodrigue.

Je ne comprends pas le rapport avec moi, ni pourquoi je dois rester attaché. Soudain, je me souviens de ce que le vieux fou a proposé : une information contre une danse de Danny.

C'est hors de question, je ne veux pas imaginer les yeux de ce pervers sur elle. C'est malsain, c'est trop, ça me rends dingue.

Je tire comme un fou sur la menotte.

– Danny, ne fais pas ça ! la supplié-je.

– Ce n'est qu'une danse, Sandy. Je danse tous les soirs pour des types comme lui.

– Tu sais très bien que non. Tous les soirs, tu danses pour toi et quelques cons en profitent. Là, tu vas vraiment danser pour lui, et tu n'en as pas envie.

– Je ne vais pas danser pour lui. Je vais danser pour toi.

C'est pire. Je ne veux pas être responsable de ça, je ne veux pas encore casser quelque chose.

– Je ne suis pas comme eux, Sandy. Il n'y a plus rien à briser chez moi, répond-elle à ma plainte silencieuse.

Je déteste la situation, je déteste entendre sa voix lasse et pourtant peinée, je déteste l'idée d'être responsable d'une nouvelle blessure.

Elle pose une serviette sur moi, pour me cacher d'éventuels regards à venir, et me quitte en accrochant la clé des menottes à la poignée, bien sûr trop loin pour moi.

Je deviens fou.

– Danny !

Elle ne revient pas.

Je tire comme un forcené et maudis ma petite amie de ne pas avoir acheté un simple jouet. Je la soupçonne de les avoir empruntées à Stéphane. C'est l'ami de Lily, et celui des parents de Tic Tac, mais c'est aussi et surtout un gendarme, il en a forcément une paire quelque part…

Je me mets à crier pour que l'on vienne m'aider, mais mes appels restent sans réponse. Pourquoi a-t-il fallu que nous allions dans les douches les moins fréquentées ? Pour justement ne pas être entendus, évidemment. Quel con je fais.

Je reste trente bonnes minutes à tirer sur les menottes, me blessant le poignet. Puis j'entends finalement quelqu'un.

– Aidez-moi ! hurlé-je.

Les pas se rapprochent et la porte de la douche s'ouvre sur la petite amie de Tic Tac qui pousse un cri et part en courant.

– Attends ! Reviens !

C'est bien ma veine, il a fallu que je tombe sur la deuxième personne la plus pure du camping. La première étant son mec.

Je vais devenir fou, plus encore que je ne le suis déjà, je le sens.

La cabine se rouvre, sur Lily, cette fois. Elle se cache immédiatement les yeux et lâche la porte, qui se referme toute seule. Je grogne de frustration. Bien sûr, maintenant, il faut que ce soit elle.

– Qu'est-ce que tu fais là ? lui demandé-je.

– C'est plutôt à moi de te demander ça ! dit-elle, de l'autre côté de la porte.

– Je…

– Non, non, je ne veux pas savoir, en fait. Sandy, je me fiche de ce que Danny et toi faites en privé, mais vous ne pouvez décemment pas vous montrer ainsi. Un enfant aurait pu te voir !

Elle est vraiment fâchée.

– Je suis désolé, réponds-je, penaud.

Je l'entends soupirer, puis elle ouvre de nouveau la porte.

– Et pour ta gouverne, je suis là parce que c'est mon camping et que je fais aussi le ménage quand mes employés sont malades.

Elle croise les bras et me regarde droit dans les yeux, jusqu'à ce que je baisse le regard, gêné. Je ne suis vraiment pas dans la meilleure des positions.

— Est-ce que tu peux me détacher ? demandé-je, embarrassé de l'avoir ennuyée plus que de me retrouver presque nu devant elle.

Je lui montre la clé de ma main libre, elle s'en empare et vient s'accroupir à côté de moi pour me détacher. J'ai le poignet en sang et elle veut me soigner, mais je me dégage rapidement en la remerciant et me relève en tenant la serviette autour de moi. En veillant à ce que Lily ne voie rien, j'enfile mon short sans prendre le temps de mettre mon caleçon, et j'oublie mon tee-shirt avant de partir en courant.

Je dois rattraper Danny avant qu'il ne soit trop tard. Je m'excuserai auprès de Lily plus tard et me soignerai si j'en ai le temps. L'anneau de sang qui entoure mon poignet m'importe peu, je vais juste être chagriné plus tard d'avoir perdu un morceau de mon tatouage et Clément va sûrement m'en vouloir d'avoir abîmé son travail. Mais pour l'instant, je suis trop sur les nerfs pour ressentir quoi que ce soit. Je vais tuer Danny, c'est une promesse. Encore une que je ne tiendrai pas, à l'évidence, mais c'en est quand même une.

CHAPITRE 16

La tête pleine de pensées toutes plus sombres les unes que les autres, je cours dans les allées du camping, bien décidé à crever les yeux de Rodrigue et à ramener Danny sur mon épaule, comme un sauvage. Mais je n'ai pas à aller jusque-là. Je la vois arriver dans ma direction, à pied. Lorsqu'elle m'aperçoit, ses yeux s'écarquillent et elle presse le pas pour me rejoindre. Elle pose son regard sur mon poignet blessé et me prend la main, mais je me dégage. Je n'ai pas envie qu'elle me touche. Pour la première fois, je ne suis pas sûr d'être bien maître de mes réactions. Je suis si énervé, si ravagé par l'idée que ce vieux singe ait pu la regarder danser, que j'ai envie de casser quelque chose. Et je ne veux pas que ce soit elle.

Je regrette immédiatement mon geste quand je vois son visage. Elle a un air que je ne lui ai encore jamais vu, un que j'aurais aimé ne jamais voir sur elle parce que je l'ai trop souvent vu sur ma mère. Elle se sent sale et rejetée. Elle se la joue fière, mais danser pour Rodrigue n'a pas été anodin pour elle et l'expérience n'a pas manqué de la dégoûter. Si j'avais encore un espoir qu'elle ait changé d'avis, maintenant je suis certain qu'elle est bien allée le voir…

Je ne connais pas son histoire, elle refuse d'en parler, mais je suis presque sûr qu'elle a déjà eu affaire à cet homme dans le passé, pour elle-même, mais qu'elle a arrêté de le consulter avant d'en arriver à devoir s'offrir à lui. Pourtant, pour moi, elle l'a fait. Et je la remercie comme ça, en la blessant de mon mouvement de recul, en lui laissant croire qu'elle me dégoûte aussi, alors que ce n'est absolument pas le cas et que jamais ce ne le sera.

Je m'empresse de prendre son visage dans mes mains et fiche mes yeux dans les siens.

– N'y pense même pas, lui dis-je.

Elle entoure mon poignet non abîmé de ses doigts et appuie sa joue un peu plus contre ma paume. Je m'approche pour embrasser son front et la prendre contre moi. Je suis rassuré de la sentir se détendre dans mes bras.

– Je suis quand même fâché contre toi.

Elle rit contre ma poitrine nue et je me sens immédiatement mieux. J'en oublierais presque ce qu'elle a fait. Mais c'est toujours bien présent dans mon esprit, même si je me refuse à en parler de peur de la blesser et de revoir cet air passer sur ses traits. Je préfère garder cette colère en moi plutôt que de la peiner. Je sais que je ne vais pas parvenir à me sortir son visage triste de l'esprit et cela me déchire. Alors au lieu d'en rajouter, j'embrasse sa tête à plusieurs reprises et la serre plus fort encore contre moi.

– Je n'ai rien contre un petit jeu coquin pour pimenter notre relation, mais les menottes ? Plus jamais, dis-je, plus pour la faire rire que pour autre chose.

– Je pourrais t'attacher avec une corde ? Je suis douée avec les nœuds.

– Je n'en doute pas.

Nous rions, elle, contre ma peau, moi, dans ses cheveux. Je n'ai pas envie de la lâcher et elle ne semble pas vouloir se défaire de notre étreinte non plus. J'ai le sentiment que nous nous maintenons mutuellement à la surface, je suis sa bouée, et elle, la mienne. Il faut juste que nous ne nous dégonflions pas au même moment.

Un coup de klaxon nous sort de notre petite bulle et la voiture coupable s'arrête à notre hauteur. C'est Jules, Nicky et Tic Tac. Ce dernier a encore les fesses posées sur le rebord de la fenêtre. Il n'a pas l'air de bien saisir le concept.

– Je comprends mieux pourquoi tu ne voulais pas attendre qu'on finisse les courses, dit Nicky en riant.

– C'est eux qui m'ont déposée au centre, me dit Danny, voyant mon incompréhension.

– Moi aussi, je rentrerais en courant si Sandy m'attendait torse nu, continue notre amie.

Jules et elle se mettent à rire, nous faisant tous sourire et détendant immédiatement l'atmosphère. Je suis effectivement à moitié nu, mais pas pour les raisons qu'ils pensent.

– Vous avez acheté ce qu'il faut pour ce soir ? demandé-je.

– Yep, ça va être une soirée terrible ! s'excite Tic Tac.

Il est impatient et ravi parce que la fête tombe un samedi. Hier, c'était vendredi 13 et son petit côté superstitieux nous a tous fait vivre une journée compliquée. Par chance, nous allons pouvoir passer une soirée tranquille, maintenant que ce jour maudit est derrière nous et que Thomas est plus calme.

– On part vers minuit, vous prenez la moto ou vous montez avec nous ? demande Jules.

– La moto ! répond Danny.

J'aime qu'elle soit aussi enthousiaste que moi à l'idée de monter Haley. Même s'il est difficile de ne pas apprécier nos ébats ou nos tendres instants, mes moments préférées sont ceux que nous passons ensemble sur le dos de ma belle bécane et savoir qu'elle les aime aussi me procure un immense sentiment de bonheur.

– Sandy, t'as reçu mon message ?

– J'ai laissé mon portable dans la tente, c'était important ? demandé-je à Jules.

– J'ai vu Ali, tu ne devineras pas où.

– Où ?

– Dans la boutique de bijoux dont tu m'as parlé.

– Coïncidence ? demande Tic Tac.

Tous mes amis suivent mes histoires de recherches et y participent à leur façon.

– Je ne crois pas aux coïncidences, dis-je.

– Et en même temps, pourquoi se griller en y allant si elle sait que tu la cherches ? demande Danny.

Je hausse les épaules. Elle est intelligente, mais tout me renvoie toujours à cette femme et même si je ne ressens rien de particulier en la regardant, c'est peut-être elle. Je dois en avoir le cœur net, il faut que je lui pose la question.

Nos amis nous saluent et partent en direction de notre emplacement. Ils vont probablement dormir un peu avant la soirée. Léni, lui, ne peut pas y participer. Il travaille et n'a pas pu se faire remplacer. Cela ne le dérange pas, il ne boit qu'en de rares occasions et ne consomme aucune drogue. Généralement, il surveille notre petit groupe pour être sûr que personne ne fasse une bêtise. Un peu comme la fois où Danny et moi nous sommes envoyés en l'air dans la rue, celle où Nicky a essayé de se percer le nombril seule ou encore celle où Tic Tac est entré dans la mauvaise tente et a failli se faire tuer. Léni tempère, guide, aide. C'est la première fois que nous faisons une grosse soirée sans lui et il va nous manquer. Même sans consommer, il est de bonne compagnie et, surtout, il supporte la nôtre. Ce qui n'est pas une mince affaire.

Je prends la main de Danny dans la mienne et nous nous dirigeons dans la même direction que nos amis.

— Tu ne veux pas savoir ce que j'ai appris, moi ?

Je soupire. Une part de moi envisage de répondre non, juste pour l'ennuyer, mais la plus grande crève d'envie de savoir si cela renvoie encore à Ali. Si je n'ai pas demandé, c'est tout simplement parce que je ne voulais pas remettre sur le tapis ce qu'elle a dû faire pour obtenir cette information. Et puis, je me doute qu'il s'agit encore d'une devinette à me rendre dingue.

— C'est intéressant.

— Allez, je mords : je t'écoute.

Elle sourit, se met devant moi, passe une main dans mes cheveux, puis embrasse le coin de mes lèvres d'un geste naturel qui me plaît beaucoup.

— Rodrigue a dit qu'Alysson était une menteuse. Il a dit qu'elle pouvait être brune et plus blonde, avoir quarante ans et en faire vingt-cinq, se faire passer pour morte et marcher à côté de toi…

— Cet enfoiré t'en dit bien plus qu'à moi.

— Je paye mieux.

Je me demande s'il n'est pas un peu tôt pour plaisanter d'une chose qui continue à me rendre fou, mais si ça peut lui faire du bien d'en rire, je ne veux pas l'en empêcher. Je me souviens de ses mots sous la douche, de son désir de tout faire pour moi. La réciproque est vrai. Ce que je ressens pour elle me pousse à vouloir la voir sourire en permanence, à vouloir faire tout ce qui est en mon pouvoir pour la rendre heureuse. Je ne peux plus nier que c'est de l'amour. Il serait idiot de prétendre ne pas être amoureux. Je suis fou de Danny et je suis sûr qu'elle l'est de moi. Je ne vois juste pas où tout ça peut mener. Nous n'avons pas d'avenir ensemble.

Encore une chose que je dois faire semblant d'oublier pour ne pas perdre la tête.

— Je me demandais si ça ne pouvait pas être la femme de la boutique de bijoux ? continue ma petite amie.

— Un coup monté avec son ami pour brouiller les pistes et nous éloigner d'elle ?

— Ouais, c'est ce que je me disais. Tu veux qu'on retourne la voir ?

— Honnêtement ? Non. Je suis fatigué de toutes ces devinettes. La femme de la boutique, Ali ou une autre que je n'ai pas encore rencontrée, je m'en moque. J'ai besoin d'une pause, juste ce soir. Tu crois que c'est mal ?

— Non, dit-elle en serrant plus fort ma main. Les recherches peuvent attendre demain.

Il faut que je reforme mes barrières, celles qui se sont effondrées quand je me suis confié à Lily. Toutes mes drogues préférées vont être de la soirée, l'occasion pour moi de m'y enfermer de nouveau.

Lorsque nous arrivons à la tente, Danny prend mon autre main dans la sienne pour mieux voir mon poignet blessé.

– Allez, je vais soigner ça. Et après, j'irai présenter mes excuses à Lily et lui rendre les menottes de Stéphane.

J'en étais sûr, elle les a prises au flic. Ma petite danseuse est aussi une charmante voleuse.

***

Nous posons les pieds sur la plage du Grand Crohot un peu après minuit. Contrairement à la première fois où Danny et moi y sommes allés, pour une nuit inoubliable, il est possible d'y voir quelque chose grâce aux lanternes qui ont été installées. Il y a plusieurs dizaines de personnes et une musique puissante s'échappe d'enceintes portables. J'espère qu'Olive ne les entend pas d'ici. Encore qu'il serait capable de se lever et de danser depuis sa chambre. C'est un vieil homme assez unique.

– On n'aurait peut-être pas dû venir ici, y'a une gendarmerie pas loin, dis-je.

– T'inquiète, elle doit être vide à cette heure. Y'a des petits regroupements comme ça sur toutes les plages, les pauvres flics ne vont pas savoir où donner de la tête, rit Nicky.

– Je m'en veux un peu pour Stéphane, ajoute Tic Tac.

Il le connaît depuis toujours, c'est un peu comme un oncle, pour lui, et c'est son affection pour notre camarade qui rend Stéphane si permissif avec nous. Ça et son attachement pour Jules, Nicky, Danny et

Léni. Je n'ai pas de lien particulier avec lui, mais il connaît le petit groupe depuis quelque temps maintenant, et il l'aime bien plus qu'il ne le laisse paraître. Sans parler de ses sentiments pour Lily… il n'y a qu'elle qui ne les voit apparemment pas, à moins qu'elle ne les ignore volontairement.

La culpabilité de mon ami est oubliée lorsque Jules lui tend un joint. Danny et moi en partageons un autre. Comme lors de notre première nuit, je lui fais une soufflette et elle m'en fait une autre en retour. Une excellente façon d'attaquer la fête en douceur. Un inconnu nous tend des bières que nous acceptons avec joie avant de l'inviter à se joindre à nous pour une partie de CAPS. Le principe est simple, une capsule de bière pliée en deux pour arme, deux adversaires qui essaient de faire tomber une capsule intacte, posée à l'envers sur le goulot de la bière adverse. Elle tombe, il boit, et inverse-ment. Un jeu idiot mais amusant. C'est parfait pour un début de nuit, lorsque les joueurs sont encore capables de viser. Danny joue contre l'inconnu et je défie Nicky en duel.

La victoire est féminine, plusieurs fois de suite. À ma troisième défaite, j'abandonne en riant, laissant ma place à Tic Tac pour aller fumer avec Jules qui est accompagné d'une nouvelle jeune femme. À la lumière des lanternes, il me semble qu'elle est plutôt charmante.

– J'en connais deux qui vont repartir à trois, dit Danny à mon oreille, en m'entourant de ses bras.

Je suis assis dans le sable, elle est à genoux derrière moi, son corps moulant le mien.

– Tant que nous, on repart à deux, ça me va.

Je tourne la tête vers elle pour l'embrasser et elle m'offre ses lèvres avec joie, autorisant même sa langue à sortir après minuit pour rencontrer la mienne.

La nuit s'annonce bien.

Au fil des heures, j'oublie mes recherches, ma mère, ma sœur, et même le manque créé par l'absence de mes amis. J'oublie tout pour me souvenir uniquement de Danny, ma jolie Danny. Je ne veux plus penser qu'à elle et tout ce que je fume m'aide. Je deviens peu à peu incapable de me concentrer sur plus d'une chose à la fois et je me fais un plaisir de continuer sur cette lancée. Je progresse vers un état atone qui me convient très bien. Pour autant, si je ne veux plus rien ressentir, je ne veux pas en mourir.

Vers trois heures du matin, je commence à être assez bien pour refuser de fumer plus. Danny me suit dans cette démarche. Nous nous contentons de cigarettes et de bières, avec modération, selon nos critères. Sur ce point, nous sommes sur la même longueur d'onde. Comme sur bien d'autres, en fait. Consommer assez pour oublier, jamais plus.

Je chantonne de manière incohérente sur le son en fond. C'est une chanson un peu idiote, avec des paroles faciles à retenir mais sans grand sens.

Tic Tac me rejoint et notre absence cruelle de talent nous fait rire tous les deux.

– Riley pleurerait de nous entendre.

– Elle vous scotcherait la bouche, je pense, dit Danny.

– Riley, cette divine créature…

Nicky ne se remet pas de n'avoir pu mettre mon amie dans son lit. Ma délicieuse pin-up continue de la hanter, alors même que son petit ami et leur conquête du soir sont là, prêts à s'occuper d'elle. Je ne suis pas étonné, Riley fait tourner bien des têtes. Et, en femme cruelle, elle a chanté. Telle une sirène, elle a envoûté Nicky de sa beauté.

L'alcool aide cependant la jeune femme à oublier cette relation impossible, ça et les doigts de Jules qui se glissent sous son tee-shirt pendant que ses lèvres embrassent son cou. Ces deux-là n'ont aucune pudeur, encore moins quand ils sont dans un tel état. On s'y habitue, à la longue.

Ils ne se décrochent que pour fumer encore et une question me vient soudainement.

– Comment t'as payé tout ça ? demandé-je à Jules. Je sais combien on a tous mis dans la soirée et je suis sûr que y'en a pour plus cher.

Il y a beaucoup d'alcool et autres drogues, je suis persuadé que notre participation n'a pas pu suffire.

– C'est l'avantage d'avoir un papa riche, rit Nicky.

– T'es riche ? m'étonné-je.

Je suis surpris, ça ne se voit pas du tout. Il ne fait jamais étalage de quelconques richesses et, de ce que je sais, il bosse comme un dingue pour gagner son argent.

— Pas moi, mon père. Et je préfère qu'il garde son fric pas toujours net pour lui, je me démerde très bien tout seul.

— Il lui a donné l'argent de son anniversaire en avance, ajoute Nicky, expliquant que son petit ami n'accepte de cadeau de son paternel qu'en cette occasion.

Je comprends au visage de Jules qu'il ne veut pas en parler et que ça ne lui plaît pas plus que ça. Bien vite, il met un terme à la discussion et reporte son attention sur le corps de sa petite amie et de leur partenaire du soir. C'est un homme très singulier, si difficile à cerner…

Lorsqu'une chanson un peu sensuelle se fait entendre, Danny se lève pour se déhancher devant moi. Je ne sais pas comment elle peut encore être aussi gracieuse avec ce que nous avons consommé. Même parler demande trop d'efforts à mon goût, alors danser ? Ce n'est pas la peine d'y penser. Mais elle le fait, et elle le fait bien.

Du coin de l'œil, je vois Jules et Nicky sniffer une poudre blanche que semble avoir apportée leur conquête de la nuit. Quand Tic Tac se penche à son tour pour essayer, je veux protester, mais Danny me chevauche et vient dévorer ma bouche, me faisant oublier jusqu'à mon nom. Elle continue ensuite à onduler du bassin, sur moi, cette fois.

— Je t'ai dit que je n'étais pas exhibitionniste, dis-je contre ses lèvres. Mais si tu insistes, je peux revoir ma position sur le sujet.

— Je te fais tant d'effet que ça ? demande-t-elle, taquine.

— J'ai tellement envie de toi que je pourrais accepter un plan à trois avec Jules si c'était la seule façon pour que tu veuilles de moi.

— J'ai entendu ça, Sandy ! dit celui-ci.

— Ça ne veut pas dire que ça va se passer, dis-je en riant.

— Désolée, je le garde pour moi.

Danny sourit et se relève, puis elle m'entraîne à sa suite. Ma tête tourne et je grogne, prenant ensuite le temps de me stabiliser. J'ai vraiment fumé plus que d'habitude. Je ne suis pas certain d'assurer, mais j'ai tellement envie de me glisser entre les cuisses de ma belle que je veux bien tenter et prendre le risque de la décevoir.

— Alors vous partez sans moi ? demande Jules, son regard plongé dans le mien, un sourire aux lèvres.

Je ris et hausse les épaules d'un geste désolé.

— Me laissez pas avec eux, c'est comme finir la soirée seul, dit Tic Tac en riant.

— Tu peux toujours aller rejoindre ta petite amie, le taquine Nicky.

Notre jeune ami ne rougit pas, trop défoncé pour être encore timide. J'ignore ce qu'il a pris exactement, mais il est aussi perché que les autres.

Nous allons tous souffrir terriblement, demain, mais aucun de nous ne regrettera les rires et les moments partagés.

— Vous revenez, hein ? nous demande finalement Tic Tac.

— Promis, dis-je.

Danny et moi nous mettons à rire parce que nous savons exactement ce que cela veut dire. Mes promesses semblent faites pour ne jamais être tenues, c'est comme une règle de la vie. Notre jeune ami ne va pas nous revoir de sitôt et cela m'amuse beaucoup.

Mais si j'avais su, je n'aurais pas plaisanté, je n'aurais pas ri, je n'aurais pas promis. Si j'avais su ce qu'il allait se passer, je ne l'aurais jamais lâché des yeux, pas une seule seconde.

CHAPITRE 17

Danny et moi avons trouvé un petit coin plus ou moins calme pour faire ce que nous avons tant envie de faire, mais nous ne parvenons même pas à nous défaire de nos vêtements sans tanguer ou rire. Aussi peu glamour que cela soit, nous devons également vider notre vessie à plusieurs reprises. Entre une chose et une autre, nous n'avançons pas dans le sens que nous souhaitons. Bien que défoncés, il ne nous faut pas longtemps pour comprendre que c'est peine perdue : nous ne serons pas en mesure de nous envoyer en l'air.

À la place, nous nous laissons tomber dans le sable et nous enlaçons. Finalement, c'est peut-être meilleur que ce que nous avions prévu. Je sens son cœur battre contre le mien, son souffle me chatouiller le cou et ses doigts dans les miens m'apaisent. Je porte probablement un sourire idiot sur le visage, mais je m'en fiche. Je suis dans un autre monde, avec Danny, et plus rien n'a d'importance. Enfin, je peux m'échapper. Enfin, je parviens à fuir le mal qui me ronge de l'intérieur. Je sais qu'avec le soleil viendra la triste réalité que cet état de plénitude et de détente est passager, mais je m'en moque. Je me sens bien, comme sur un nuage cotonneux. Si bien, d'ailleurs, que je finis par m'endormir.

— Sandy, réveille-toi.

Je grogne un peu en entendant la voix de Danny et la serre plus fort contre moi. Je suis bien, je n'ai pas envie de me réveiller, même si c'est déjà fait. Le jour ne va pas tarder à se lever, je le vois à la nuit qui n'est plus si noire.

— On devrait rejoindre les autres.

— Ou alors, on reste dormir ici et on attend qu'Olive nous réveille. Il est doué pour ça, dis-je.

Je l'entends rire ; un son presque lointain. Je commence à me rendormir, mais elle ne me laisse pas faire. Elle se redresse et me secoue un peu, avec le peu de force dont elle dispose dans son état. Je n'en ai pas beaucoup plus.

— Allez, j'ai reçu des SMS de Nicky, elle s'inquiète.

— Elle avait l'air trop défoncée et occupée pour s'inquiéter, quand on l'a quittée.

— Debout, insiste-t-elle.

— Tu es une femme bien cruelle, dis-je, portant la main à ma tête un peu douloureuse.

— Je sais, c'est pour ça que tu m'…

Elle s'arrête avant de dire le mot interdit.

— Ouais, me contenté-je de répondre.

Je ne suis pas en état de penser à son interdiction de parler d'amour, je n'ai clairement pas la tête à réfléchir à mes sentiments ou aux siens.

Avec le plus grand mal, je me relève et trouve l'équilibre. Je ne suis plus sur le petit nuage qui m'a bercé quelques heures plus tôt. La réalité me rattrape peu à peu. Heureusement, les effets n'ont pas tous disparu. Je ne veux pas qu'ils partent si vite, j'ai besoin de plus de temps.

Nous regagnons tranquillement l'endroit où tous les fêtards se trouvent encore. La plupart sont endormis, mais d'autres font encore la fête. Certains s'apprêtent à rentrer, si leurs jambes le leur permettent. La scène ressemble à toutes les fins de soirée arrosées, quand seuls les plus courageux sont encore en train de boire ou de danser. Cela me fait sourire et me rend nostalgique d'autres nuits aussi folles.

Nous retrouvons une Nicky, un peu à l'ouest, les yeux rouges, reniflant à répétition.

— Vous avez pas vu Tic Tac ? demande-t-elle.

— « Je l'ai pas vu depuis la dernière fois que je l'ai vu ! » tenté-je de plaisanter.

Les deux femmes me regardent étrangement.

— *Teen Wolf* ? Ça non plus, vous ne connaissez pas ? Ça plaît bien aux filles, d'habitude…

Je soupire. Je suis entouré d'incultes qui sont en plus trop ravagées par ce qu'elles ont consommé pour rire de mes références. Mais Nicky est plus que mal en point, je vois que quelque chose l'inquiète.

Jules, dans le même état que sa petite amie, nous rejoint. Il est apparemment parti chercher Tic Tac de son côté et ne l'a pas trouvé.

Je commence à m'inquiéter aussi.

– Il serait pas rentré avec sa copine ? demande Danny.

– C'est possible, mais il aurait envoyé un message, non ? demandé-je pour confirmation.

Je sens l'inquiétude grandir en moi comme en Danny et nos amis. Je réalise soudain que Nicky et Jules le cherchent depuis un moment et qu'ils ont aussi dû essayer de le joindre, comme ils l'ont fait avec nous. Ce n'est pas normal, ce n'est pas son genre de disparaître comme ça.

Au moment où je m'apprête à les rassurer, à me rassurer moi-même, nous entendons quelqu'un hurler. À la suite de quoi, je perds le fil des choses. Elles s'enchaînent, me prenant dans leur course et me blessant au passage.

Des sirènes se font entendre, puis de nouveaux cris. Une voix féminine, mais à qui appartient-elle ? Les gens se mettent à courir en tous sens pour fuir avant d'être attrapés par les flics. Danny et moi sommes séparés de Nicky et Jules. La scène est surréaliste, je n'y comprends rien.

Je vois des lumières bleues danser au rythme des sirènes qui me percent les tympans. Je m'accroche à Danny par peur de la perdre autant que de me perdre, moi, mais je suis incapable de bouger. Tous deviennent fous autour de nous, et nous restons figés. J'ai le sentiment d'être dans une autre dimension. Mes jambes refusent de m'obéir et de courir. Je regarde la scène tout en la vivant. Je déteste cette sensation.

Les cris continuent, pas ceux des gendarmes. D'autres. C'est encore la même fille qui hurle, depuis le début. J'ai mal à la tête.

— Dépêchez-vous de partir, tous les deux !

Je connais cette voix. C'est Stéphane. Qu'est-ce qu'il fait là ? Il est gendarme, bien sûr, il vient nous arrêter.

— Sandy, il faut que vous veniez avec moi.

Lily ? Je sens sa main sur ma joue et mon corps penche vers elle, comme aimanté, attiré par sa douceur. Malgré tout, mes jambes refusent toujours de bouger et mes lèvres de se mouvoir pour parler. C'est comme si mon corps avait compris la situation avant mon esprit et qu'il se paralysait déjà de chagrin.

— Dépêche-toi de les embarquer. S'ils sont encore là quand on finit avec Thomas, je ne pourrai plus rien pour eux.

— Tic Tac ? demande Danny. Tu l'as vu ?

La main de ma danseuse serre un peu plus la mienne. Elle a besoin que je sois sa bouée, mais je suis en train de me dégonfler. On va couler tous les deux.

— Lily, où il est ? tente Danny, à défaut d'obtenir une réponse de Stéphane.

Je déteste l'air sur son visage, je me déteste d'être incapable de parler, je déteste ce flic de vouloir nous sauver, et Dieu sait que je déteste les larmes qui coulent soudain sur les joues de Lily.

Je me détache de Danny, enfin capable de bouger, et commence à me diriger vers les cris que j'ai entendus plus tôt. Cette femme qui hurle, je l'ai seulement entendue rire jusqu'ici. Elle rit aussi souvent que son petit ami, elle a son naturel et sa candeur. C'est la copine de Tic Tac et je sais ce qu'elle crie.

Je veux courir dans sa direction, mais des bras puissants m'entourent.

– Ça suffit, Sandy. Pars avec Lily. Vous êtes totalement défoncés, tu n'imagines même pas ce que vous risquez. Ne laisse pas Danny gâcher sa vie, ajoute-t-il, lorsque je continue à me débattre maladroitement et faiblement.

J'ai envie de le repousser, mais je n'en ai pas la force, je veux lui dire que je m'en fous, mais c'est faux. Je ne veux pas que Danny ait des ennuis. Malgré le brouillard dans mon esprit et l'angoisse dans mon cœur qui se transforment en chagrin lorsque je comprends ce qu'il se passe, elle est ma priorité.

Je me retourne, prends sa main et suis Lily à la hâte. Je fuis, je cours loin de cette plage qui vient de me voler plus que Rodrigue ne pourra jamais me prendre. Je ne suis pas sot, pas assez défoncé pour ne pas comprendre l'évidence, pour ne pas saisir les larmes de Lily ou la peine dans la voix de Stéphane. Tic Tac est mort. Ce gosse au sourire communicatif, cet homme positif, accueillant, chaleureux et un peu exubérant, cet ami n'existe plus, je le sais.

Ce n'est pas vendredi 13, et pourtant, c'est la plus maudite de toutes les journées.

À mi-chemin vers le pick-up de Lily, nous voyons plus bas une silhouette recouverte d'un drap. Danny comprend à son tour que, sous ce tissu, se cache le corps d'un être qu'elle a aimé et protégé. Pas assez pour qu'il vive. Elle se met à hurler et à vouloir courir dans cette direction. Je l'entoure de mes bras et la retiens avec difficulté. Elle se débat comme une lionne, griffant mes bras, me mettant des coups de coude dans le ventre, et elle continue à hurler en pleurant.

– Je t'en supplie, Danny, arrête.

Je ne supporte plus de la voir dans cet état. Je me sens minable, faible. Moi qui suis pourtant habitué aux pleurs de ma mère, je me retrouve dévasté par ceux de ma petite amie qui garde toujours les yeux secs, même quand elle parle de ses parents qui l'ont abandonnée. Les murs de mon cœur de pierre se fissurent et menacent de s'effondrer si nous ne partons pas au plus vite. D'un coup, je ne suis plus ni ivre ni défoncé. D'un coup, je reviens dans le monde réel et il me détruit.

De force, je traîne Danny et la fais monter dans le pick-up, puis je la console du mieux possible pendant que Lily nous emmène loin de cet horrible cauchemar.

– Et Jules et Nicky ? m'inquiété-je.

– Stéphane a appelé le père de Jules juste après moi. Il savait que vous étiez sur cette plage. Quand il a reçu l'ordre d'aller au Grand Crohot, il s'est empressé de sauver vos fesses.

Il risque son emploi pour nous, alors même qu'il a toutes les raisons du monde de nous en vouloir pour toutes nos erreurs qui ont coûté la vie à Tic Tac.

– Il n'imaginait pas que la victime était Thomas… termine-t-elle, tristement.

Pourtant, il n'a rien montré. Ou est-ce moi qui étais trop perturbé pour voir son chagrin ?

Je serre Danny contre moi et tente de l'apaiser. Elle tremble comme une feuille. D'un coup, elle se détache de moi et se penche par la fenêtre pour vomir. Lily s'arrête un moment sur le côté, mais ma petite amie n'a rien de plus à régurgiter. Elle s'essuie la bouche, reprend sa place et ferme ses yeux toujours larmoyants. Je me sens impuissant face à sa souffrance. Mais je sais qui peut l'aider.

– Emmène-nous chez Olive, s'il te plaît.

– Non ! crie Danny.

Elle ne veut pas le voir parce qu'elle sait qu'elle trouvera du réconfort dans les bras de celui qu'elle considère comme son grand-père. Elle ne veut pas être consolée, elle veut souffrir, payer sa faute, la perte de ce jovial ami qui a tant apporté à sa vie.

Je sais ce qu'elle ressent parce que je ressens la même chose : nous sommes coupables de n'avoir rien fait, de ne pas l'avoir assez protégé. Nous n'avons pas envie de nous entendre dire qu'il était majeur, assez grand pour se débrouiller, qu'il n'était pas notre responsabilité... L'âge ou le statut importe peu, nous étions ses amis et nous aurions dû l'empêcher de s'égarer. Il n'était pas Jules ou Nicky qui ont trop souvent détruit leurs corps avec ces drogues, ce n'était qu'un jeune homme avide de découvertes, qui nous suivait dans nos délires parfois dangereux. Nous aurions dû faire mieux, nous n'avons pas été à la hauteur, nous l'avons abandonné.

Mais je sais aussi qu'Olive ne va pas ménager Danny. Non, il saura être honnête avec elle tout en lui rappelant qu'elle n'est pas seule et qu'elle ne peut pas indéfiniment se laisser aller. Moi, je ne peux pas lui donner tout ça. Tout simplement parce que je n'en suis pas convaincu moi-même et que mon désir de tout arrêter est aussi grand que celui de Danny. Pour la première fois, j'ai envie de mourir.

Nous arrivons en quelques minutes chez Olive. Il nous ouvre, vêtu d'une robe de chambre, et quand il voit celle que je soutiens du mieux possible, il ne cherche pas à comprendre. Il la prend dans ses bras fragiles et elle se remet immédiatement à pleurer en lui murmurant qu'elle est désolée. Désolée de l'inquiéter, d'avoir été irresponsable, de ne créer que des ennuis, de pleurer ainsi... elle a trop de raisons de s'excuser, mais aucune ne semble valable aux yeux du vieil homme qui la guide dans une chambre et l'oblige à s'allonger avant de s'asseoir à côté d'elle pour lui caresser les cheveux.

Danny continue à débiter des phrases incohérentes et Olive la berce de son amour, jusqu'à ce qu'elle s'endorme, épuisée. Là, il dépose un baiser sur son front et nous sortons tous de la chambre.

Une fois la porte fermée, je me laisse glisser contre, jusqu'à finir les fesses au sol. Le vieil homme pose une main sur mon épaule. Lily et lui me laissent là, dans le couloir, à garder la porte de ma danseuse. Je suis trop faible pour bouger, trop fatigué pour réfléchir, trop mal pour faire quoi que ce soit. Pour la première fois, je ne me sens pas vide. Au contraire, je ressens beaucoup trop et je me demande si c'est ce que je voulais. Si j'aime toujours cette quête de sensations. Si la souffrance est mieux que l'indifférence. Je n'en suis plus certain.

Je ne sais pas combien de temps je reste à cette place, mais le jour est levé quand je me remets sur mes pieds et gagne le salon où se trouvent les deux seuls adultes responsables de la maison. En m'approchant, j'entends Lily parler à Olive de l'accident, mais elle s'arrête quand j'entre dans la pièce.

– Continue. Je veux savoir ce qu'il lui est arrivé.
– Sandy…

Je déteste la pitié que j'entends dans sa voix, je la hais tellement.

— Je veux savoir, dis-je une deuxième fois.

— Thomas s'est noyé.

Noyé… Je n'entends pas la suite, les mots de Lily forment une sorte de bruit sourd dont il est impossible de tirer quoi que ce soit. J'imagine la souffrance de Tic Tac, sa lutte pour ne pas couler, l'eau salée dans sa gorge, le moment où il a réalisé que c'était fini… J'ai à peine le temps d'arriver dans la cuisine et d'ouvrir la poubelle avant de vider le contenu de mon estomac. La douleur est atroce.

Pas celle de mon ventre, mais celle de mon âme.

Mon Dieu, savoir qu'il a tant souffert est plus horrible que sa mort elle-même.

J'ai du mal à respirer. Lily met du temps avant de réussir à me calmer et quand c'est le cas et que je lui demande de continuer, elle refuse de me donner des détails. Elle va à l'essentiel.

— J'ai un ami à l'hôpital qui m'a parlé des tests qu'ils lui ont fait passer. Il avait de la cocaïne dans le sang. Je ne comprends pas… Vous ne prenez pas ça, habituellement, si ? demande-t-elle, soucieuse.

Je secoue la tête. Je ne fume que du cannabis, jamais autre chose.

— Jules et Nicky en ont pris avec un mec. C'est là qu'il a dû sniffer.

— Vous êtes tellement inconscients.

Elle se prend la tête entre les mains et je l'entends pleurer de nouveau. Elle est tout aussi affectée que nous, si ce n'est plus. Tic Tac était aimé de tous, mais il l'était en particulier de celle qui est pour tous une maman d'adoption. Et je n'imagine pas la peine de Stéphane ni comment il va annoncer à ses amis que leur fils est mort dans d'atroces souffrances, seul, noyé dans l'océan.

J'ai encore envie de vomir. Je m'en veux tellement. Le visage de mon ami ne quitte pas ma tête. Quand je ferme les yeux, il rit sous mes paupières, quand je les ouvre, son absence me torture. Je vais devenir fou.

Lorsqu'elle est calmée, Lily revient vers moi. Elle tend sa main, paume vers le ciel.

– Je veux que tu me donnes tout ce que tu as.

– Quoi ?

– Toute la drogue que Danny et toi vous avez sur vous, je la veux. Maintenant ! se fâche-t-elle face à mon absence de réaction.

Je fouille mes poches et en sors une barrette de shit et un sachet de beuh. C'est tout ce que j'ai.

– Plus jamais vous ne consommerez dans mon camping ou devant moi. Tu m'entends, Sandy ? Je ne perdrai pas un seul autre d'entre vous à cause de la drogue.

Elle fond de nouveau en larmes et je ne peux que la prendre dans mes bras en lui murmurant encore et encore combien je suis désolé. Je le suis sincèrement. Je suis désolé d'avoir été un mauvais ami pour Tic Tac, de ne pas avoir été là pour l'empêcher de faire n'importe quoi. Je m'en veux d'être partiellement responsable de la mort d'un garçon aussi incroyable qui ne demandait qu'à vivre alors que moi, qui suis plus mort que vivant, je suis encore là. Je me sens coupable, responsable des larmes de Lily, de celles de Danny, de la souffrance de Stéphane et de la famille de mon ami. Je porte ce poids sur mes épaules et je sens mon corps s'affaisser sous cette souffrance. Je ne suis pas assez fort pour ça, j'ai toujours été bien faible.

Lily se calme et caresse mes cheveux avec tendresse et douceur. Mon cœur se serre.

— Je vais t'amener chez Clément.

— Non, je ne veux pas quitter Danny.

— Je m'occupe d'elle, intervient Olive. Elle est avec ses proches, tu dois être avec les tiens.

— C'est ton meilleur ami. Tu as besoin de lui.

Je hoche la tête. Ils ont raison, mais comme Danny, je ne pense pas mériter le pardon ou l'affection des gens qui me sont chers. Je veux souffrir encore et encore. C'est la seule façon pour moi de purger ma peine.

— Et puis, reprend Olive, cela ne vous fera pas de mal de mettre un peu de distance entre vous.

— Olive a raison, en ce moment, vous vous tirez mutuellement vers le bas.

Je me détache d'elle un peu brutalement.

— Il est hors de question que je m'éloigne de Danny. Je vais aller voir Clément, mais si vous croyez que vous allez me tenir loin d'elle, vous vous trompez.

Olive soupire. Il sait que je dis vrai et je suis sûr qu'il connaît mes sentiments pour elle. Je ne compte pas la quitter. Pour autant, je sais qu'ils ont un peu raison. Dernièrement, nous ne sommes pas si bons l'un pour l'autre. L'avons-nous même été un jour ? La mort de Tic Tac ne va pas arranger les choses…

***

Après des appels restés sans réponse et une porte d'appartement maintenue fermée malgré mes coups répétés, j'en déduis que mon ami est chez Seven et je le remercie intérieurement de m'avoir dit où il loge. Je n'ai pas la force d'entamer encore des recherches.

Je ne sais pas où en est leur relation et je m'en fiche. Je suis égoïste. À cet instant, je veux juste le trouver et le serrer contre moi. Je veux sentir son parfum familier et m'endormir tout près de lui, pour qu'il fasse fuir mes cauchemars.

Je frappe à la porte et attends, sous le regard de Lily. J'entends un chien aboyer de l'autre côté et je n'ai à patienter qu'une minute avant qu'un homme m'ouvre. Seven n'est vêtu que d'une serviette et s'étonne de me voir chez lui un dimanche matin.

— Est-ce que Clément est là ? demandé-je, la voix abîmée par la nuit précédente.

— Clément ! appelle-t-il.

Il se pousse pour me laisser entrer et je salue Lily avant de pénétrer dans cette maison inconnue.

Lorsque mon meilleur ami apparaît et que son visage se couvre d'inquiétude, quelque chose se débloque en moi et je me mets à pleurer. Clément me prend dans ses bras et je ne me soucie pas de sa presque nudité ou de la présence de son petit ami dans la pièce, je le serre contre moi, de toutes mes forces. Ma famille et mes amis me manquent, la route me manque ; j'ai envie de tout quitter. Tout, sauf Danny.

CHAPITRE 18

J'ouvre les yeux pour découvrir que je suis dans des draps inconnus, dans une chambre où je n'ai jamais été avant. Mais il y a, autour de moi, un parfum familier. Quand je me tourne, je sais d'où il provient. Clément est là, assis à côté de moi, en train de lire un livre.

– Hey, dis-je.

– Hey.

Il retire les lunettes de son nez et les pose avec le livre sur la table de nuit à côté de lui. Après ça, il attend. Je sais ce qu'il veut : que je parle. Je lui ai déjà donné les détails les plus importants avant de m'endormir pour ne me réveiller qu'à la nuit tombée, mais il veut que nous en parlions plus longuement. Moi, je ne suis pas sûr d'être prêt. Avant toute chose, je veux prendre des nouvelles de ma danseuse.

– Je dois appeler Danny.

Il hoche la tête et me tend mon téléphone. Je ne lui demande pas pourquoi c'est lui qui l'a, cela ne m'intéresse pas.

Je me redresse et compose le numéro que je n'ai jamais eu à enregistrer, parce que ma belle me l'a fait apprendre d'une façon bien particulière, en usant de tous ses charmes. Mais la voix qui me répond est loin de celle qui m'a aidé à réciter chaque chiffre. Elle manque de sensualité, de joie, d'envie... elle manque de vie. Elle est si fatiguée et triste lorsqu'elle prononce mon nom.

– Tu tiens le coup ? demandé-je.

– *Non...*

Elle se met à pleurer et cela me fait bien trop mal pour que je sache quoi faire de moi-même. Je me lève et arpente la pièce de long en large.

– J'arrive.

– *Sandy, non*, parvient-elle à dire entre deux sanglots. *S'il te plaît, ne viens pas.*

– Je ne supporte pas de te savoir dans cet état, dis-je tout bas, conscient d'être toujours en présence de Clément. Dis-moi ce que je peux faire. N'importe quoi, je le ferai.

Je suis sincère, je pourrais faire absolument n'importe quoi pour panser son cœur et vaincre sa douleur. Ainsi, la mienne s'atténuerait.

– *Une part de moi te veut avec moi, maintenant, mais l'autre...*

– L'autre veut que tu continues à souffrir.

– *J'ai besoin de le pleurer. C'était mon ami et savoir que je ne le reverrai plus jamais sourire, ça me...*

Sa voix tremble.

— *Ça me tue. J'étouffe et j'ai besoin d'être seule pour respirer. Si tu viens, je vais me réfugier dans tes bras et oublier mes problèmes. Et ça, je ne veux pas. Je ne veux pas l'oublier... jamais.*

— Je ne te ferai pas l'oublier.

— *Si, tu me fais toujours tout oublier. Quand je suis avec toi, il n'y a plus rien d'autre qui compte et j'en deviens négligente.*

Je sais ce qu'elle ressent puisque c'est pareil pour moi. Et quand j'ai tout oublié, même ma mère, elle a été là pour me rappeler ce que je faisais à Lège, pour me soutenir, pour m'aider. Aujourd'hui, je dois lui rendre la pareille.

— D'accord, mais à deux conditions.

Elle attend que je les précise.

— Tu restes avec Olive et tu m'écris ou m'appelles une fois par jour. Pas pour toi, dis-je avant qu'elle me coupe, pour moi. J'ai besoin de savoir que tu vas bien autant que toi tu as besoin de cette solitude.

— *D'accord.*

Le silence s'installe quelques instants.

— *Sandy ?*

— Oui ?

— *Tu sais que je le pense, hein ?*

Je sais de quoi elle parle : de son amour pour moi. Son état de tristesse lui donne envie de me le dire et de m'entendre lui répondre de la même manière. Mais je ne veux pas qu'on se l'avoue comme ça.

— Oui, mais tu n'as pas besoin de le dire maintenant, on a le temps. Je ne vais pas mourir, et toi non plus. Parce que ça serait une terrible offense que de voler une vie quand lui a perdu la sienne contre son gré.

– *Je ne lui ferai jamais ça.*

– Je sais. Et si tu te mets soudain à y penser, sache que je suis là. Au moindre problème, tu m'appelles et je suis là dans l'heure. D'accord ?

– *D'accord,* chuchote-t-elle.

Sur cette promesse silencieuse, nous raccrochons. L'appel me rassure sur l'état de santé mentale de Danny, mais il me peine tout autant. Sa souffrance m'est insupportable.

– Tu es fou d'elle.

Clément a repris son livre mais n'a pas remis ses lunettes.

– Tu ne me dis pas qu'on n'est pas bons l'un pour l'autre ? dis-je, un peu agacé que tout le monde pense cela de notre couple.

Il soupire et referme de nouveau son livre avant de s'allonger sur le lit, les mains derrière la tête.

– J'en sais rien. Je le croyais, y'a quelques jours. Vous êtes totalement partis en vrille, cette soirée en est la preuve…

Il a raison, mais cela n'en est pas moins douloureux. Il en est conscient. Clément sait tout quand cela me concerne. Il ne veut pas me ménager, il veut que je souffre de cette gifle que j'ai prise, quitte à m'en mettre une deuxième pour être sûr que j'en garde la marque.

– Mais c'est la première fois que je te vois si…

– Vivant ?

– Ouais. T'as toujours été là sans être là, et depuis Danny, je te vois rire vraiment, sourire sincèrement et pleurer. Merde, Sandy, c'est la première fois que je te vois pleurer et ça fait un mal de chien.

Il ferme les yeux et fronce les sourcils. Je m'approche du lit et m'y assois, mais je n'ose pas le toucher. Je me sens impuissant face à sa peine. Une peine que je lui ai moi-même causée.

Il inspire un grand coup pour se calmer.

– Ça fait mal, mais c'est ça, la vie, et je veux te voir vivre vraiment. Je veux que t'arrêtes de t'empêcher de ressentir les choses en te noyant dans l'alcool ou en te défonçant au cannabis. Vis, Sandy, putain, vis !

Je ferme les yeux et retiens les larmes qui ne veulent plus cesser de couler depuis ma discussion avec Lily.

– Je ne pensais pas que c'était si dur de vivre. Aimer, ça veut aussi dire souffrir quand l'être aimé part. Ce que je ressens, là, pour Tic Tac, je ne veux pas le ressentir encore. J'aimerais mourir avant vous tous.

Les larmes coulent de nouveau et je me mets à jurer.

– Je me transforme en fontaine. Putain, c'est quoi mon problème ?

Clément tire sur mon bras pour me faire tomber dans les siens et me serrer de toutes ses forces.

La chaleur de son corps, la force de son amitié, l'intensité de ses sentiments pour moi, tout cela me brûle et me fait autant de bien que de mal.

– Si Seven rentre et nous voit comme ça, il va mal le prendre, dis-je, tentant une blague pour détendre l'atmosphère.

– Aucun risque, y'a écrit hétéro en gros sur ton front. Il ne peut pas de se faire d'idées.

En temps normal je rirais, cette fois, je me contente de sourire et c'est déjà énorme.

– Alors toi et lui…

– On ne va pas parler de moi. Ne crois pas t'en tirer comme ça. Je suis vraiment en colère pour cette soirée.

– Quoi ? Tu comptes me faire la morale pendant des heures ?

– Des heures ? Je pensais plutôt à des journées. Estime-toi heureux que je n'aie prévenu personne. Violette aurait débarqué pour te botter le cul.

La pensée me fait chaud au cœur autant qu'elle me terrifie, puis elle me rappelle que cette jolie fleur aurait adoré Tic Tac et cela me replonge dans un endroit bien sombre de mon cœur. Le gosse me manque déjà tellement…

***

Je passe les trois journées suivantes avec Clément, chez Seven. Je trouve ça étrange de rester chez un inconnu, mais je comprends vite que mon meilleur ami se refuse à me laisser seul chez lui quand il va travailler, et que c'est pour cette raison qu'on est restés chez son mec. Je suis enfermé et surveillé. Je ne peux pas lui en vouloir, je ne me montre pas digne de confiance depuis quelque temps. Et puis, Seven et Nine, son chien, sont plutôt de bonne compagnie. Quand ça ne va pas, je me cache dans le manteau blanc de Nine pour pleurer et quand j'arrive à supporter ma vie, je charrie Seven sur le fait que son chien et lui portent des chiffres pour prénom et que c'est con pour un littéraire d'avoir un nom de matheux. Il me laisse généralement me moquer, et ce en dépit du fait que nous nous connaissons peu. Il ne juge pas non plus les moments où je me cache de lui, prenant sa boule de poils en otage, et cela me permet de l'apprécier un peu. Je n'en oublie pas pour autant qu'il fait du mal à Clément et si je ne suis ni en position ni en état de me battre avec lui sur le sujet, je garde tout ça en tête.

Danny m'écrit chaque jour, comme convenu. Mais le jeudi matin, je reçois un appel de sa part, très tôt, et je décroche en panique.

— Qu'est-ce qu'il se passe ?

— Ils enterrent Tic Tac aujourd'hui, me répond-elle, dans un souffle.

— J'arrive.

Cette fois, elle ne refuse pas. Et Seven ne me retient pas.

Je m'habille, lui demande de prévenir Clément et pars rejoindre ma petite amie sur le dos de

271

mon Haley, que j'ai récupérée quelques jours plus tôt mais qui n'a pas servi depuis.

Arrivé chez Olive, je vois Danny assise sur le perron. Elle se lève quand je pousse le portail, et elle se jette dans mes bras. Je la serre de toutes mes forces et embrasse sa tête. Elle a perdu du poids, moi aussi, je crois... Ses mains agrippent mon tee-shirt et je sens dans ce geste tout son désespoir, sa peine, mais aussi son besoin de moi. C'est réciproque. Je respire enfin.

– Ne restez pas dehors, tous les deux, nous surprend la voix d'Olive.

Il ouvre la porte en grand et nous invite à entrer. Danny ne se détache pas de moi, pas même lorsque nous nous installons dans le canapé, et je vois à ce simple refus d'espace qu'elle ne va pas bien. Et comment le pourrait-elle ? Un de ses meilleurs amis est mort et son corps va revenir à la terre dans quelques heures.

– Je ne peux pas y aller, dit-elle finalement. Je n'en ai pas la force et je ne pourrai pas regarder ses parents dans les yeux...

Je serre sa main un peu plus fort pour la rassurer, lui faire comprendre que je suis là.

– Et en même temps, je m'en veux de ne pas y aller. Je ne sais pas quoi faire.

– Les autres font quoi ?

– Ils y vont tous. Nicky, Jules, Léni, Lily, Stéphane, bien sûr... Ils vont tous y aller et je culpabilise encore plus de ne pas y aller.

– On en a déjà discuté, Daniela. Si tu ne t'en sens pas capable, tu n'y vas pas. Ton état m'inquiète. Et si ça ne te convainc pas, dis-toi qu'attirer l'attention sur toi en t'évanouissant, pile ce jour-là, ne serait pas correct.

Elle hoche la tête. Olive a raison d'utiliser cette carte avec Danny. Elle se fiche de ce qu'il peut lui arriver, mais elle aime bien trop Tic Tac pour lui manquer de respect le jour de ses funérailles alors qu'elle s'en veut déjà pour son décès. Malgré tout, elle vit mal son incapacité à aller lui dire un dernier au revoir. Elle ne peut pas s'empêcher de culpabiliser, cela se voit sur son visage.

– Vous devriez y aller, Olive, dis-je après un long silence.

– Aller où ?

– À l'enterrement.

– J'adorais Thomas, sincèrement, mais ma priorité est Daniela. Je ne la laisserai pas seule ici.

– Elle ne sera pas seule, je serai là.

– C'est censé me rassurer ?

– Oli ! tente de me défendre Danny.

Il soupire.

– Je suis désolé, me dit finalement le vieil homme.

– Vous n'avez pas à l'être. Je sais que, depuis que je suis là, les choses ne tournent pas franchement bien. Pour personne…

Danny ne me corrige pas, elle n'essaie pas de me convaincre que je ne suis pas responsable de ce qui est arrivé à notre jeune ami, parce que pour le faire, elle devrait reconnaître qu'elle non plus n'y est pour rien et cela lui est impossible. Nous sommes tous responsables.

— Mais vous êtes la famille de Danny et si elle ne peut pas aller à l'enterrement, qui mieux que vous peut la représenter ? Qui mieux que vous peut dire au revoir à sa place ?

Ma petite amie lève les yeux vers le vieil homme et le supplie du regard. Elle veut qu'il y aille, elle en a même besoin. Et à celle qu'il aime comme une vraie petite-fille, Olive ne peut absolument rien refuser.

— Je vais y aller et je lui dirai au revoir, pour vous deux.

Je ferme les yeux pour contenir la vague d'émotions qui déferle en moi. Quand je parviens à respirer de nouveau sans craindre de me noyer, je fais un signe de tête reconnaissant au vieil homme, incapable d'ouvrir la bouche. Il me le rend, puis il nous quitte pour se préparer. Je l'entends appeler Lily afin de lui demander s'il peut la rejoindre au camping et partir ensuite avec elle. Je suis certain qu'elle acceptera.

De mon côté, je prends le visage de Danny dans mes mains et regarde ses yeux cernés.

— Tu ne dors pas.

— Très peu, avoue-t-elle.

— Tu ne manges pas non plus.

— Parfois, si. Olive me force.

Je la fais se lever et l'entraîne à ma suite. Elle a besoin de manger quelque chose puis de dormir, la journée va encore être difficile pour elle, nous le savons tous les deux.

***

Sur le coup de quatorze heures, Danny se réveille. D'après les informations que j'ai eues, c'est l'heure à laquelle notre ami est mis en terre. L'a-t-elle senti ? Je l'ignore, mais j'aurais aimé qu'elle reste endormie. J'ai peur qu'elle ne perde de nouveau la tête en voyant l'heure sur son téléphone, mais après avoir regardé l'écran, elle repose l'appareil et se blottit un peu plus contre moi. Je la serre plus fort et ferme les yeux. Nous restons silencieux. Je ne sais pas ce qu'il se passe dans sa tête, mais j'imagine qu'elle fait, comme moi, ses adieux à Tic Tac. Je le remercie d'avoir été si accueillant, si drôle, toujours de bonne humeur, je lui présente mes excuses pour n'avoir pas su le protéger, pour l'avoir abandonné, et je lui dis au revoir une dernière fois. Je ne sais pas ce qu'il y a après la mort, mais il croyait au paradis et j'espère de tout cœur qu'il avait raison. Il est évident qu'il y a sa place. Si lui n'y est pas le bienvenu, personne ne l'est. Mon jeune ami, si pur, si bienveillant…

Je ne pleure pas, j'aurais trop honte de me montrer faible devant Tic Tac. Pour cet adieu, je veux lui sourire aussi sincèrement que lui l'a toujours fait. Je le vois derrière mes paupières, comme au premier jour : assis sur le rebord de la fenêtre de cette vieille 106, une joie de vivre évidente… C'est ainsi que je veux lui faire mes adieux, alors je souris et je les fais.

Impossible de savoir combien de minutes passent, mais quand je rouvre les yeux, je vois que Danny sourit, elle aussi. Ni elle ni moi ne sommes heureux, nous sommes à des années-lumière du bonheur, mais pour Tic Tac, nous sourions. C'est la seule véritable façon de lui dire au revoir.

– C'est fini, murmure Danny.

C'est fini.

Elle ne pleure pas. Elle se lève et enfile ses pointes, et soudain, elle se met à danser au rythme d'une musique inaudible mais certainement délicate. C'est la première fois que je la vois faire de la danse classique. Habituellement, elle fuit ce genre qui lui rappelle trop sa mère. Mais là, elle danse de longues minutes, jusqu'à ce que des gouttes de sueur perlent sur son front et qu'elle tombe d'épuisement.

Si j'ai été subjugué de la voir se mouvoir ainsi, sa chute me fait me lever d'un bond. Une fois que je suis à sa hauteur, elle me rassure d'un geste de la main.

– C'est rien, j'ai juste encore du mal à connaître mes limites.

– Je croyais que tu ne faisais pas de danse classique ?

– Jamais en public, non, mais je pratique quand je suis seule. Ça m'aide à me vider la tête.

– C'est ce que tu as fait ces derniers jours ?

– Ouais, ça et discuter avec Léni.

C'est son meilleur ami, cela ne m'étonne pas. Je suis heureux qu'elle ait eu quelqu'un à qui se confier. Quelqu'un d'autre qu'Olive, qu'elle n'aime pas inquiéter. Elle n'a pas été seule.

– Je ne suis pas sûre de pouvoir vivre ici, sans lui, dit-elle soudain, à voix basse. Il est partout, tout autour de moi. Le camping, la plage, le bar, le restaurant… même cette chambre contient un morceau de lui.

Elle me montre un tee-shirt qui traîne sous le lit et je devine qu'il lui a appartenu. Je ne connais pas l'histoire qui se cache derrière, mais ce n'est pas ce qui compte.

– Je vais devenir folle dans un Lège où il n'existe pas.

– Alors quitte la ville.

Elle secoue la tête.

– Viens avec moi, Danny.

– Qu'est-ce que tu racontes ? Et ta sœur ?

– Au diable ma lâche de sœur et tous les problèmes qui l'entourent, je suis fatigué de cette ville qui m'a apporté plus de questions que de réponses. Tu es la seule à me retenir ici, maintenant.

– Je ne peux pas partir, dit-elle en baissant la tête.

– Qu'est-ce qui te retient ?

Elle n'en sait rien. L'habitude, sûrement ?

– Prends la route avec moi. On pourra faire le tour de la France, je te présenterai mes amis dont je te parle si souvent, tu verras du pays... je peux t'assurer que ça fera du bien à ton cœur.

– Et mes affaires ?

– Lily les fera passer à Olive, t'en as pas besoin sur la route.

– Je ne peux pas partir sans dire au revoir à Oli. Je la sens céder.

– Il te retiendra, tu le sais. Si tu veux partir, c'est maintenant ou jamais.

J'ai l'impression de lui forcer la main, mais je suis aussi convaincu de le faire pour son bien. Je suis certain qu'elle a besoin de changer d'air.

Elle baisse le regard sur ses doigts qui tiennent les chaussons de danse. Elle réfléchit et lorsqu'elle relève la tête vers moi et la hoche, je sais qu'elle est prête à partir.

Elle envoie un message à Léni pour le prévenir et lui demande de préparer psychologiquement Olive. Elle ne veut pas qu'il rentre et s'inquiète. Après cela, elle éteint son téléphone pour éviter que la réponse de son meilleur ami ne la fasse changer d'avis, puis elle rédige tout de même une lettre au vieil homme. Je la laisse faire et passe un coup de fil à Clément.

– *Sandy, tout va bien ?*

– Ça va, je suis avec Danny. Je t'appelle juste pour te prévenir qu'on va partir.

– *Partir où ?*

– Je sais pas trop, en voyage ? Faire un tour à moto, s'éloigner de Lège.

– *Attends, attends… C'est quoi cette histoire ? Tu devais pas retrouver ta sœur ? Et elle, elle peut partir comme ça ? Vous êtes pressés ?*

– Ouais, on veut partir avant qu'ils reviennent tous de l'enterrement.

– *Vous fuyez.*

– Oui.

Il soupire.

– *OK, je sais que je ne pourrai pas te faire changer d'avis, mais fais attention sur la route.*

– Promis.

– *Putain, Sandy !*

– Désolé ! Je ferai gaffe, je t'assure.

Moi et ma grande bouche. Je vais nous porter la poisse avec mes promesses jamais tenues.

– *Appelle-moi quand vous êtes arrêtés quelque part.*

– D'accord.

Lorsque je raccroche, Danny en a fini elle aussi. Elle prend le temps de se doucher, puis de faire ses adieux à ce qui a un peu été son foyer pendant des années, même si elle utilise plus la dépendance que la maison elle-même. Je dois la presser sur la fin car deux bonnes heures se sont écoulées depuis son SMS à Léni, et si nous traînons plus, nous allons forcément croiser les autres, notamment Olive. Même si l'enterrement n'est pas à côté, je ne veux pas prendre le risque que Danny change d'avis. Je suis certain que s'éloigner de Lège lui fera du bien.

Finalement, après avoir récupéré des casques au camping, nous prenons la route. J'ai dans l'idée de passer par Bordeaux. Je m'y suis arrêté une fois avec mes amis et j'en garde de bons souvenirs, notamment de la ville de nuit. Alors j'en prends la direction. Je gagne rapidement la départementale, sur laquelle je peux rouler un peu plus vite. Cela me fait un bien fou. Rouler, c'est ce dont j'avais besoin. Je sens le plaisir monter, monter et monter encore. C'est tellement bon, tellement libérateur. Oui, plus que le plaisir, c'est la liberté que je ressens. Sur Haley, je me vide de tout le mal pour apprécier simplement la route. Les mains de Danny accrochées à ma veste sont rassurantes, presque apaisantes. La savoir derrière moi amplifie simplement les sensations. Elle rend tout plus agréable ; la peine semble plus supportable.

Après quelques minutes de route, je vois un camion face à moi, sur ma voie. Il double une voiture sans permis. Je sais qu'il ne va pas avoir le temps de passer et que nous allons nous rentrer dedans si je maintiens cette vitesse. L'inconscient a mal calculé son coup. Je peste mentalement de devoir ralentir à cause de son erreur mais je presse les freins malgré tout.

Rien ne se passe.

J'appuie encore, mais la vitesse ne change pas. Qu'est-ce que c'est que cette connerie ?

Je n'ai pas le temps d'y réfléchir car, en quelques secondes, c'est le noir complet.

CHAPITRE 19

J'ai l'impression que ma tête va exploser. J'entends une sorte d'horrible bip en continu qui me déchire les tympans pour ensuite aller agresser mon cerveau. J'ai envie de vomir, je sens la brûlure dans mon ventre et je salive en abondance, déglutissant avec difficulté pour essayer de garder le contenu de mon estomac. Quand j'essaie d'ouvrir les paupières, elles me brûlent. La sensation est horrible.

Il me faut plusieurs minutes pour finalement réussir à ouvrir les yeux. Lorsque je le fais, je reconnais immédiatement la pièce dans laquelle je me trouve : une chambre d'hôpital. Je suis encore dans le brouillard, je ne comprends pas ce que je fais là.

Les souvenirs reviennent doucement et, avec eux, la douleur. J'ai mal dans tout le corps, mais surtout à la jambe gauche. Ce n'est pas étonnant, elle est passée sous la moto. J'ai bien de la chance qu'elle soit encore accrochée à mon corps…

Tout me revient en fragments : le camion sur ma voie, mes freins qui ne répondaient plus alors qu'ils fonctionnaient un peu plus tôt, ma tentative d'éviter un choc frontal en partant sur le bas-côté, la moto couchée, le choc et le cri de Danny.

Danny, mon Dieu, qu'est-ce que j'ai fait ? J'ai beau chercher dans ma mémoire, je ne me souviens pas de ce qu'il est advenu de ma danseuse, je ne me souviens même pas comment j'ai atterri là. Je nous vois partir sur le côté, nous coucher, puis c'est le trou noir.

Je ne peux m'empêcher d'imaginer le pire. Et si je l'ai tuée ? Si, en voulant la sauver de son chagrin, je l'avais envoyée à l'endroit où nous attend Tic Tac ? C'est impossible. Je ne peux pas vivre avec ça.

— Détendez-vous, entends-je m'ordonner une voix masculine.

Je n'y parviens pas. Maintenant que je me réveille, ma blessure à la jambe me fait souffrir le martyre. Je ferme les yeux et prends sur moi. La douleur physique n'est rien, celle de mon esprit est plus dure encore.

— Dan… ny, prononcé-je, tant bien que mal.

— J'ai besoin que vous vous calmiez. Votre pression sanguine est bien trop élevée.

— Sandy, fais ce qu'il te demande.

Lily ? Je rouvre les yeux et la vois, au-dessus de moi. Je me détends immédiatement en apercevant son visage et en sentant sa main sur ma joue, et ce malgré le bleu qui s'y trouve et qui me lance.

– Comment va Danny ? tenté-je, de manière un peu plus cohérente.

Elle ne me répond pas, trop occupée à essayer de me garder allongé, et cela m'inquiète encore plus. Avec beaucoup de difficultés, je me redresse. Le médecin tente de me rallonger de force, mais je me débats jusqu'à me faire mal et gémir. Soucieux de ne pas me blesser davantage, ils me laissent me redresser. J'arrache ma perfusion et tout ce qui se trouve sur mon chemin pour finir par tomber au sol en essayant de me mettre debout. Je souffre atrocement.

– Sandy !

Je me fiche de l'inquiétude que je cause à cette femme que j'aime pourtant tellement. Je me moque des risques que je prends. Il faut que je la voie. Elle ne peut pas être morte, non, je ne peux pas l'avoir tuée. Si c'est le cas, alors je préfère fermer les yeux et prétendre que rien n'est arrivé. Je suis incapable d'affronter un monde où je suis un meurtrier, surtout pas si ma victime est la seule femme que j'ai jamais aimée.

Je suis étourdi par les restes d'anesthésie, en souffrance à cause de l'absence de morphine et en peine de ne pas savoir comment va Danny, mais je parviens à me relever. Sur un pied, je commence à me déplacer en me tenant au lit, puis au mur. Ma tête tourne.

– Ça suffit, vous allez vous blesser encore plus ! s'agace le médecin. Je vais vous emmener la voir, arrêtez de vous agiter.

Il attrape un fauteuil roulant dans le couloir et me force à m'y asseoir en appuyant sur mon épaule. Celle qui me fait d'ailleurs souffrir et je suis certain qu'il le sait. Je relève la tête vers lui, prêt à en découdre, et je remarque alors que c'est l'homme que j'ai rencontré devant la boutique de bijoux, celui qui est venu en tant que messager de ma sœur.

De tous les médecins de l'hôpital, il a fallu que je tombe sur celui-là, celui qui ne m'aime déjà pas beaucoup et que je continue d'agacer…

Je m'abstiens de faire une quelconque remarque ou de m'énerver plus encore, et je le laisse me pousser dans les couloirs jusqu'à arriver devant une porte que je devine être celle de la chambre de Danny. Cela se confirme quand il me fait entrer.

Elle est là, allongée, les yeux fermés, le visage intact à l'exception d'une lèvre fendue, mais ses bras sont parsemés de marques rouges, des brûlures probablement liées à une tenue peu adaptée pour faire de la moto. J'aurais dû lui donner mon blouson…

– Elle a la clavicule luxée et quelques brûlures au premier degré qui disparaîtront d'ici une semaine. Rien de grave, elle devrait bientôt se réveiller.

Malgré les protestations de Lily et du médecin, je me lève et saute à cloche-pied jusqu'au lit pour m'asseoir à côté d'elle. Ma jambe plâtrée me gêne, mais cela ne m'empêche pas de rester près de ma petite amie. Je lui caresse le visage doucement, par peur de lui faire mal, encore plus que je ne lui en ai déjà fait.

Elle est vivante, je ne l'ai pas tuée. Je suis tellement soulagé...

– Vous avez eu une chance incroyable en ne rencontrant aucun obstacle, reprend le médecin. Un seul arbre sur le chemin et l'issue n'aurait pas été la même.

Je ne suis pas certain que le mot « chance » soit le plus approprié, mais je n'ai pas la force de le contredire ou même de discuter. En réalité, je n'ai la force de rien. Je veux juste m'allonger à côté de Danny et la regarder, pour me prouver qu'elle est bien vivante et qu'elle va le rester.

– Est-ce que vous pouvez nous laisser seuls ? demandé-je, à voix basse.

– Il faut que vous retourniez vous allonger.

– Laisse-leur une minute, intervient Lily.

Olive ne va sûrement pas tarder à arriver – ou à revenir –, je veux profiter de Danny avant qu'on ne nous sépare. Parce qu'ils vont forcément le faire. Ils nous veulent loin l'un de l'autre, et si nous sommes majeurs et qu'ils ne peuvent pas nous y obliger, je suis certain qu'ils vont quand même faire tout leur possible pour nous éloigner. Ils n'ont peut-être pas tort, mais ce n'en est pas moins douloureux.

Après un temps que je ne sais évaluer – cinq minutes ou trente ? –, mes craintes se confirment.

– Je pense qu'il est temps que tu regagnes ta chambre, dit une voix derrière moi.

C'est Olive. Il n'a pas l'air fâché, juste épuisé. Lorsque je me redresse et pose mon regard sur son visage, j'ai le sentiment qu'il a pris dix ans. Tout ça à cause de moi.

Il m'aide à me relever et à m'asseoir dans le fauteuil roulant.

— Je suis désolé…

Il soupire, puis s'assied sur une chaise.

— Ne le sois pas. Je sais que l'accident n'était pas ta faute.

— Mais c'est moi qui ai convaincu Danny de partir avec moi.

— Je suis sûr qu'il n'a pas été très dur de convaincre ma petite Daniela, dit-il en souriant tristement. Et puis, c'est une bonne chose qu'elle se soit finalement décidée à quitter Lège.

Je relève la tête vers le vieil homme. Je ne comprends pas.

— Elle est prisonnière de cette ville, elle a peur du changement, mais en réalité, elle est comme toi, elle n'est pas faite pour rester au même endroit. J'aimerais la retenir ici, par égoïsme, parce que je l'aime et que j'aimerais toujours avoir un œil sur elle. Mais je sais que ce n'est pas comme ça qu'elle sera heureuse.

Il tourne la tête vers Danny et pose un regard plein d'amour sur elle.

— Je croyais que vous ne vouliez pas qu'on reste ensemble, dis-je.

– Je pensais que c'était mieux pour elle, mais je crois que je me suis trompé. Avec toi, elle est plus intense, plus vive, plus heureuse… plus vivante ?

Je ne peux empêcher mon sourire.

– Mon meilleur ami dit la même chose. Il dit qu'elle me rend vivant.

– Vous n'êtes pas toujours bons l'un pour l'autre, mais vous n'êtes vraiment pas bons éloignés non plus, soupire Olive.

Il pose une main sur le bras de Danny, à un endroit sauf de toute blessure.

– J'ai toujours pensé qu'ici, elle était en sécurité, qu'avec moi, rien ne lui arriverait…

J'entends les larmes dans sa voix, la culpabilité, même, mais il cache vite le tout et se reprend.

– Quand elle ira mieux, emmène-la loin d'ici. Montre-lui de beaux paysages, montre-lui que le monde peut être à elle. Elle le mérite.

– Je le ferai, promis-je.

Il me sourit.

– Mais en attendant, va te soigner, petit.

Je ne peux qu'obéir et regagner ma chambre, même si tout en moi me hurle de rester aux côtés de ma jolie danseuse abîmée. Mes sentiments pour elle, mais aussi ma culpabilité et mon envie d'être là à son réveil, me retiennent dans sa chambre.

Je pars à contrecœur.

Je passe les heures suivantes à dormir. Les médicaments ont soulagé ma douleur, mais ils m'ont aussi assommé. Je n'ai pas la force de m'interroger sur quoi que ce soit, ni sur l'état de ma moto, ni sur ce qui a causé l'accident, ni même si quelqu'un a appelé ma mère. Clément répond cependant à toutes ces questions quand je me réveille, en soirée.

— Tu vas toutes me les faire, hein ?

Il sourit et tente de plaisanter, mais je vois que je l'ai une fois de plus inquiété. Son visage est celui d'un homme dévasté par toutes les choses que son meilleur ami lui a fait subir en peu de temps. J'en suis sincèrement désolé.

— Qui t'as prévenu ? demandé-je, au lieu de m'excuser.

— Lara. Ils ont appelé ta mère.

— Merde…

— Ouais, elle était dans tous ses états.

Je ne suis pas prêt pour la vérité, je veux que mon ami me ménage, qu'il y aille doucement.

— Mais je l'ai rassurée, ne t'inquiète pas.

Cela me soulage. Je déteste l'idée de savoir ma mère inquiète à cause de moi. De manière générale, je n'aime pas qu'on se fasse du souci pour moi. Et pourtant, je passe mon temps à agir inconsciemment. Mais cette fois, je ne l'ai pas fait exprès. Je n'ai pas volontairement tenté la mort. Pour la première fois, j'ai vraiment voulu vivre, je l'ai plus que tout désiré.

— Qu'est-ce qu'il s'est passé ? demande-t-il.

— Je sais pas, mes freins ne répondaient plus.

— Comment ça ?

– Ils fonctionnaient bien au début, mais quand j'ai voulu m'en servir en voyant le camion en face, rien ne s'est passé.

Le visage de Clément s'assombrit.

– Tu crois que…

– J'en suis sûr. C'est Luigi qui s'occupe d'Haley, impossible qu'il n'ait pas contrôlé ça. Quelqu'un y a touché.

Je me redresse.

– Qu'est-ce que tu fais ?

– Je me lève, faut que je sorte fumer.

– T'as le droit ?

– J'en sais rien, mais je vais le prendre.

Clément soupire, mais il m'aide à me mettre dans le fauteuil roulant et me sort discrètement de ma chambre. Il me pousse jusqu'à ce que je puisse enfin respirer l'air frais. Pas pour longtemps, cependant, parce que je le remplace bien vite par un air chargé en nicotine.

Nous nous cachons tant bien que mal pour que personne ne m'oblige à regagner ma chambre avant que j'ai pu fumer ma cigarette.

– Alors, qui ? reprend Clément, comme si nous n'avions jamais arrêté notre discussion.

– Rodrigue. J'en suis sûr. Le problème, c'est que je ne comprends pas pourquoi.

– Parce que c'est un pourri ?

– Ouais, mais dans sa tête, il est vraiment persuadé d'être simplement un homme d'affaires. Dans son monde, il est juste. Je ne vois pas ce qu'il aurait à gagner à saboter ma moto. Et puis, comment il a su que j'étais chez Olive ?

Clément hausse les épaules et ma question reste sans réponse. Je sais que Rodrigue a des oiseaux partout, j'imagine que l'un d'eux m'a suivi, mais je ne trouve pas de raison valable à cet acte criminel.

– Tu vas porter plainte ?

– Pas besoin, une enquête a sûrement été ouverte à la suite de l'accident. À savoir s'ils arriveront à remonter jusqu'à ce vieux singe…

– On peut aller le faire avouer, si tu veux. Je ne serais pas contre un peu d'action, je suis sur les nerfs depuis quelques jours.

Par ma faute. Je lui cause bien du souci. C'est habituel avec moi, mais pas à ce point. Mon pauvre ami ne mérite pas ça, il a déjà assez à gérer avec sa propre vie.

Je ferme les yeux et bascule la tête en arrière. Je me mets en quête de calme et, si possible, d'oubli. J'ai vraiment envie de tout effacer et de recommencer. Si j'en avais la possibilité, je ferais bien des choses différemment, à commencer par tenir mes promesses.

Sans pouvoir le contrôler, je finis par m'endormir dans une position inconfortable, la clope toujours à la main. Je suis vraiment fatigué.

Quand mon ami me réveille, je suis désorienté. Je ne sais pas depuis combien de temps je dors, le soleil est toujours visible dans le ciel et l'air est encore chaud. Il ne doit pas être si tard. J'ai seulement dû m'assoupir.

— Allez, je te ramène. Ils doivent te chercher partout, me dit Clément.

Cela me fait sourire de les imaginer à ma recherche, dans l'hôpital. Je suis vraiment un gamin, parfois.

Avant même d'arriver devant ma chambre, nous entendons des voix s'élever dans le couloir.

— Calme-toi, Alysson, dit le médecin.

Alysson ?

— Ne m'appelle pas comme ça ! Et comment tu veux que je me calme, il a disparu !

C'est la voix de Lily.

— Tu le connais, il ne doit pas être bien loin. S'il est comme sa sœur, il ne doit pas trop aimer les hôpitaux, répond la voix amusée de mon médecin. Est-ce que je dois te rappeler que quand tu as eu ton accident, tu es partie avec tes béquilles et tu as marché plus d'un kilomètre avant qu'on te rattrape ?

J'ai de nouveau la tête qui tourne. C'est une mauvaise blague. Une qui n'est pas drôle. Pourtant, les choses prennent soudain tout leur sens. Ce parfum apaisant qui entoure Lily, c'est celui dont je me souviens enfin. Celui de mon passé. Ce petit boitillement, lié à son accident en vélo, elle le tient de la collision avec une voiture dont a parlé la vieille dame du magasin. Ce médecin, le même qui est venu à ma rencontre, à la boutique, c'est le deuxième ami avec qui elle sort souvent.

Les énigmes de Rodrigue, toutes, elles me mènent à Lily, et moi, j'ai été trop bête pour le comprendre, trop crédule pour m'imaginer qu'une femme que j'aimais autant pouvait me regarder souffrir chaque jour et continuer à me mentir sur son identité.

— Ramène-moi dans ma chambre, dis-je à Clément, d'une voix froide, à peine contrôlée.

Il ne cherche pas à me faire changer d'avis. Il a lui aussi entendu et sait que c'est inutile de discuter avec moi. Je suis certain qu'il sent ma colère, qu'il peut presque la toucher.

Il pousse mon fauteuil jusqu'à me faire passer devant Lily, ou plutôt Alysson, et le médecin. Du coin de l'œil, je vois au visage de cette traîtresse qu'elle sait que j'ai entendu. Elle me suit dans la chambre avec son ami, mais je les accueille en leur jetant dessus tout ce qui est à ma portée, y compris un putain de pot de chambre, vide, heureusement pour eux.

Je ne veux pas voir leur visage, surtout pas le sien. Cette femme, cette menteuse, celle à qui je me suis confié alors qu'elle se moque de moi depuis le début. Celle-là, je ne veux pas la voir. Ni maintenant, ni demain, ni jamais.

— Calme-toi, Sandy, s'il te plaît, me supplie-t-elle.

— Sors de ma chambre ! Dégage !

Je suis fou, complètement fou de rage.

— Laisse-moi t'expliquer.

— Y'a rien à expliquer. Putain de menteuse ! T'as dû bien rire de me voir pleurer, hein ?

La peine est lisible sur son visage, si semblable à celui de ma mère. Mais je n'ai pas été foutu de le reconnaître. Elle a mal et je ne m'en soucie pas. Je veux qu'elle souffre autant que j'ai souffert toutes ces années, et je sais exactement comment faire.

– J'aurais préféré que tu sois morte, dis-je finalement.

Les larmes glissent de ses yeux et mon cœur pleure avec elle. Je l'aime tant, je la déteste tellement.

CHAPITRE 20

Le soir, après le départ de Clément, j'apprends que Danny s'est réveillée, mais on m'interdit d'aller la voir. J'ai envie de dire à ce foutu médecin qu'il peut se mettre son interdiction où je pense, mais je choisis de rester muet. Je ne veux plus parler, ni à lui, ni à ma sœur. Chaque fois que je le fais, cela me met dans un terrible état de nerfs et j'ai envie de casser quelque chose. Je ressens un sentiment destructeur que je peine à contenir. Je sais que seule la présence de ma jolie danseuse me calmera un peu.

J'attends qu'ils me laissent et, quand la voie est libre, je prends les béquilles et me rend discrètement dans sa chambre. En voyant ses yeux ouverts, je sens mes bras trembler et j'ai bien du mal à me tenir debout. Olive m'aide à m'asseoir sur le lit, puis il a la gentillesse de nous laisser en disant que les visites sont de toute façon terminées. Il embrasse ma petite amie et nous quitte mais je ne le vois pas partir. Mes yeux refusent de se détacher du visage de Danny. Pour la première fois, je me rends compte que la vie ne tient qu'à un fil et qu'elle peut s'arrêter du jour au lendemain. Mais je comprends surtout qu'une seule erreur peut me coûter la vie, ou pire, celle de Danny. Imaginer ne plus pouvoir voir son visage, être incapable de la sentir vivante sous mes doigts, ne plus entendre son rire… c'est insupportable. Je ne veux pas d'un monde où elle n'existe pas.

J'ai toujours été dépendant des gens, surtout de mes amis, mais cette femme, je ne veux pas qu'elle soit juste ma drogue, je souhaite être la sienne. Je veux la compléter, qu'elle soit l'autre moitié de moi-même. J'aime l'idée de lui être indispensable autant que j'apprécie mon incapacité à me séparer d'elle. C'est si fort, si dingue, un sentiment tellement fou qui me rend si vivant que je jouis de le ressentir enfin.

– Comment tu te sens ? demandé-je.

– Mieux, maintenant, dit-elle en fermant les yeux lorsque je me mets à caresser sa joue.

Je penche mon visage vers le sien et embrasse doucement ses lèvres sèches. Comme je l'aime !

Nous restons un moment comme ça, juste lèvres contre lèvres, à partager le même air. J'ai simplement besoin de sentir son souffle, l'odeur de sa peau et les battements de son cœur. J'ai besoin de la sentir bien vivante, de me rassurer.

– Qu'est-ce qui s'est passé ? demande-t-elle, à voix basse.

– Les freins de ma moto ont lâché et y'avait un camion en face alors je suis parti sur le bas-côté.

– Comment tu vas ?

– Ça va, la rassuré-je. Quelques égratignures, des brûlures et une jambe cassée, mais rien de grave. Et toi ?

– J'ai mal à l'épaule et un peu partout dans le corps, je suis épuisée et j'ai l'impression que ma tête va exploser, mais je crois que ça va ?

– Je suis désolé…

– Ce n'est pas ta faute.

– Si.

Son visage se fait interrogateur et confus.

– Mes freins ont été trafiqués. Quelqu'un voulait que j'aie un accident.

– Quoi ?!

Elle tente de se relever et gémit de douleur.

– Reste tranquille, tu vas te faire mal.

– Qui t'as été emmerder pour t'attirer un ennemi aussi fou ? demande-t-elle, les traits toujours marqués par la peine qu'elle ressent à s'être agitée.

– C'est Rodrigue.

– Impossible. C'est un connard, mais pas un meurtrier.

– Personne n'est mort.

– Mais ça aurait pu. Pourquoi il ferait ça ?

– J'en sais rien, soupiré-je. Je ne comprends pas ce type, il est dérangé…

– Et si c'était moi qu'il essayait de blesser ? demande-t-elle, après un court silence.

– Toi ? Pourquoi ?

Elle soupire, comme si le simple fait de se souvenir l'épuisait.

– Il y a quelques années, je suis allée le voir pour essayer de retrouver ma mère. Il m'a dit qu'en échange de mon corps il pouvait me dire où aller chercher. Il m'a donné le nom d'une ville et j'ai ensuite refusé de payer.

Elle se tait un instant, elle semble en peine. Je lui tends un verre d'eau, qu'elle accepte avec plaisir.

– À ce moment, je ne savais pas à quel point il était dangereux. Il m'a fait rouer de coups par ses gorilles et m'a dit qu'il ne me tuait pas parce que j'avais un ange gardien, mais qu'un jour il ne serait peut-être plus là et qu'à ce moment il viendrait réclamer son dû. Il a promis que je payerais ma dette.

– Je vais le crever.

Je sens mon corps brûler, comme si de la lave coulait dans mes veines. Je ne peux m'empêcher d'imaginer celle que j'aime, battue par ces monstres, et cela me rend dingue. J'ai beau la savoir forte, cela ne m'aide pas à me sentir mieux. L'amour est terrible en ce point : il vous torture lorsque l'être aimé est en peine.

Danny prend ma main dans la sienne et la porte à son visage pour l'embrasser.

– Qu'est-ce que tu vas faire ? me demande-t-elle.

Je m'apprête à répondre que je vais vraiment le tuer quand elle reprend :

– Sérieusement.

Une part de moi a sérieusement envie de le tuer, mais je ne suis pas un meurtrier.

— Je vais attendre. Une enquête a forcément été ouverte après l'accident, on va sûrement revenir vers moi.

Elle hoche la tête.

— Et ta moto ? Elle est où ? Et dans quel état ?

— J'en sais rien, je pense que les flics l'ont. Ou au moins ce qu'il en reste… Je ne suis pas sûr qu'elle soit en très bon état. Ma grand-mère va être dévastée…

Rien que d'y penser, je me sens mal, et pas parce que j'ai peur de me faire réprimander. Je sais l'importance qu'a mon Haley pour ma grand-mère. Elle va être tellement triste si ma moto est abîmée… J'espère au moins pouvoir la récupérer pour que Luigi m'aide à la réparer. Il a des doigts de fée, il peut faire des miracles, je le sais.

— On trouvera une solution. Ensemble, ajoute-t-elle.

Un doux sourire se dessine sur ses lèvres et je ne peux m'empêcher de l'embrasser. Cela fait un bien fou. Rien de mieux pour se soigner. Elle est mon remède, même si elle est aussi parfois la maladie qui me ronge.

***

Le lendemain, je continue à rester muet devant le médecin et ami d'Alysson ; quant à elle, je refuse même qu'elle entre dans ma chambre. Je ne veux plus rien d'elle autour de moi, et si je pouvais, je refuserais aussi de voir Stéphane. Mais il est gendarme et je dois apparemment m'entretenir avec lui.

– T'es venu me faire la leçon ? demandé-je, froidement, quand il entre dans ma chambre.

Il ne dit mot, mais je sens son regard plein de reproches. Depuis le premier jour, il me juge, je le sais. S'il a sauvé mes fesses sur la plage, c'était uniquement pour Lily.

– Je sais ce que tu ressens pour elle. Tu dois avoir envie de me cogner, ajouté-je en souriant.

J'espère qu'il le fera, j'ai envie de me battre. Il lui suffira d'un coup dans ma jambe blessée pour me mettre à terre, mais je m'en moque. Je garde en moi une trop grande rage pour me soucier des conséquences de mes actes.

– Ce n'est pas l'envie qui me manque, c'est vrai, mais elle m'en voudrait et j'aurais des ennuis. Et puis, tout ne se règle pas forcément à coups de poing.

– Alors pourquoi t'es là ?

– Pour ta moto et la raison de votre accident.

– Les freins…

– Tu savais en prenant la route qu'on les avait touchés ?

– Non, je ne suis pas suicidaire, mais j'ai compris quand ils n'ont pas fonctionné. Je prends soin de ma moto, impossible qu'ils aient lâché d'eux-mêmes.

— Tu as une idée de qui aurait pu t'en vouloir ? demande-t-il, à la façon des flics dans les séries policières que je regarde.

— Mieux, je sais qui est le coupable.

Je suis une victime exceptionnelle, je fais même le travail d'enquêteur.

— Qui ?

— Rodrigue.

— Le vieux Rodrigue ?

Je hoche la tête et il ne semble pas surpris. Quelque chose me dit que tout le monde sait ce que fait ce fou, mais que personne ne veut prendre le risque de l'envoyer quelques années en prison pour ensuite subir sa vengeance. À moins que personne ne le puisse parce qu'il est trop malin...

— Tu peux le prouver ?

— Pour l'instant, non, mais avec un micro et une heure avec lui, je pourrai sûrement.

— Je devrais pouvoir te trouver ce qu'il te faut, mais tu devras attendre d'être autorisé à quitter l'hôpital.

— Ça marche vraiment ? C'est pas que dans les séries ou les films ?

— Oui, ça marche. Les enregistrements audio sont recevables d'un point de vue juridique.

— Bien, faisons comme ça, alors. Et j'ai besoin de récupérer Haley.

Ce n'est pas vrai, pas réellement, mais je veux qu'il fasse en sorte de me la ramener.

— Ta moto, c'est ça ?

– Ouais.

– Je vais voir ce que je peux faire.

Je ne le remercie pas, préférant me comporter comme un gosse boudeur. Il est du côté d'Alysson, et donc, contre moi.

Il s'apprête à partir mais s'arrête, la main sur la poignée, avant de se retourner vers moi.

– Ta sœur t'aime plus que tout. Elle a beaucoup souffert et elle avait d'excellentes raisons de te cacher son identité. Si tu lui laissais l'occasion de s'expliquer, tu comprendrais. Tu peux penser que je dis ça parce que je l'aime, si ça te fait plaisir de le croire. Si ainsi tu te sens moins coupable de la blesser, c'est bien, mais c'est pourtant la vérité : elle t'aime.

Je n'ai pas la possibilité de répondre. Il sort de ma chambre et me laisse seul, toujours plein de cette colère à laquelle s'ajoute à présent une culpabilité dont je n'avais pas besoin.

**

Le lundi suivant, après quelques jours à l'hôpital, plus souvent dans la chambre de Danny que dans la mienne, je peux fuir ces murs blancs qui me donnent mal à la tête. Ma danseuse aussi. En attendant qu'Olive et elle me rejoignent à l'entrée, j'appelle ma mère pour la rassurer et je me sens mal de l'entendre si inquiète. L'entendre tout court est douloureux. Cela me rappelle que j'ai échoué ;

sa fille n'est clairement pas décidée à rentrer puisque, sans ce coup du destin, elle m'aurait caché son identité encore longtemps. Je me sens toujours aussi inutile et je n'ai pas la force de lui avouer cet échec. Je me contente de la rassurer sur mon état. J'oublie volontairement de parler des détails pour ne pas l'inquiéter et fais de même avec mes amis pour que personne ne se fasse trop de souci. Clément n'approuve pas mon choix et il m'en veut un peu de l'obliger à mentir lui aussi, mais je lui affirme qu'une fois l'affaire avec Rodrigue réglée, je raconterai tout à tout le monde. C'est suffisant. J'ai honte d'en profiter, mais mon ami est faible avec moi. Il me cède toujours tout.

J'ai appris par Danny, qui l'a elle-même appris de Stéphane, que nous avons été chanceux dans notre malheur. Le problème de freins fait de nous des victimes aux yeux de la loi et nous évite des poursuites judiciaires, surtout à moi. Lorsque je me suis inquiété au sujet de notre consommation de drogues, elle m'a dit que puisque nous n'avions rien pris depuis plusieurs jours avant l'accident, les résultats étaient négatifs malgré les traces visibles de THC dans le sang. D'après Stéphane, c'est ainsi qu'ils évitent d'inculper les fumeurs passifs. Le doc avait raison, on a eu de la chance.

Olive me dépose tout près de la librairie et continue vers le Grand Crohot avec Danny, en dépit de ses plaintes. Elle voulait m'accompagner et j'ai refusé. Elle n'est pas bien, moins bien encore que je ne le suis. Ce n'est pas juste physique, son moral est lui aussi au plus bas et je veux la ménager.

Je rejoins Stéphane et, une fois équipé de mon fameux micro, j'entre dans la fausse boutique de Rodrigue. Je suis accueilli par un sourire qui accentue mon désir de lui faire du mal.

— Sandy, que t'est-il arrivé ? demande-t-il, faussement inquiet.

— J'ai eu un accident, mais je suis sûr que vos oiseaux vous l'ont dit, pas vrai ?

Il ne répond pas.

— Qu'est-ce que je peux faire pour toi ?

— Me dire pourquoi.

— Pourquoi quoi ?

— Pourquoi vous avez fait ça. Je sais que vous ne m'appréciez pas et ça tombe bien, c'est réciproque, mais vous êtes juste, dis-je, me forçant à le brosser dans le sens du poil, comme Stéphane me l'a conseillé. Vous récupérez seulement votre dû, mais moi, je ne vous devais rien.

— C'est vrai.

— Alors pourquoi ?

Il soupire, d'un air désolé que je sais pourtant faux.

— Malheureusement, j'ai un contrat invisible avec une autre personne, quelqu'un avec qui je me suis engagé, il y a plusieurs années de cela. Je ne voulais pas te faire du mal, je voulais juste qu'elle reste ici, à Lège.

– Elle ? Danny ?

Il hoche la tête.

– Il y a ici quelqu'un qui ne souhaite pas que sa petite Daniela s'en aille et qui a accepté de me donner ce qu'il avait de plus précieux pour que je veille à ce qu'elle reste avec nous, vivante mais prisonnière.

Je ne comprends pas. Qui peut vouloir la garder à Lège plus que tout, au point de demander l'impossible à cet homme ?

Je me souviens alors d'une discussion…

– Olive ?

Je ne peux pas le croire. Pourtant, il a semblé si désolé à l'hôpital et m'a lui-même avoué avoir pensé qu'en restant à Lège-Cap-Ferret, elle serait en sécurité.

– Grand Dieu, non ! Ce vieillard n'a pas le courage de se battre pour garder ceux qu'il aime, c'est pour ça qu'il a perdu sa femme.

J'ai de plus en plus de mal à me contenir. Mais je suis quand même rassuré de m'être trompé.

– Non, comme toujours, tu ne cherches pas au bon endroit, dit-il en riant.

Cette fois, je me creuse la tête, vraiment. Au lieu de réfléchir à qui veut garder Danny, je pars dans l'autre sens et réfléchis à qui était au courant que j'étais chez Olive avec elle, à ce moment, et que nous nous apprêtions à partir. Rodrigue a des oiseaux, mais nous n'avons pas parlé de nos projets, à personne, à part à Clément, qui ne m'aurait jamais fait ça, et à… Léni.

Je relève la tête d'un coup en murmurant son nom.

— Il semblerait que tu aies trouvé plus facilement que lorsqu'il s'agissait de ta sœur.

— Pourquoi il aurait fait ça ? Ça n'a pas de sens, c'est sa meilleure amie depuis des années, il ne ferait jamais rien pour la blesser.

— Je te l'ai dit, je ne voulais pas vous blesser. Je pensais que les freins lâcheraient plus tôt et qu'en t'en rendant compte tu aurais été obligé de reporter votre départ. Malheureusement, je ne suis pas très doué avec ça. En temps normal, j'aurais envoyé quelqu'un, mais Léni m'a prévenu tard et je n'avais personne sous la main.

— Toujours à déléguer, craché-je.

— C'est ainsi qu'on règne.

Plus pour longtemps.

— Ça n'explique pas pourquoi Léni veut que Danny reste ici à tout prix.

— Tu ne comprends vraiment pas ? Tu parles d'amitié, toi qui es si observateur ? Il est amoureux d'elle. Le fou l'aime au point de rester éternellement son ami, de la céder à un autre pour peu qu'elle reste près de lui.

Il se met à rire, et même si je commence doucement à haïr Léni, plus pour la peine que Danny va ressentir en l'apprenant que pour ses actes passés, j'ai envie de le détruire de se moquer ainsi de l'amour d'un homme.

– Qu'est-ce qu'il vous a donné en échange ?

Cela a le mérite de le calmer.

– Son âme, bien sûr. Il fait tout ce que je lui demande, quand je lui demande. Il est l'un de mes oiseaux, de ceux qui me chantent des histoires sur tous les habitants de Lège. Il est mes oreilles et parfois mes bras. Et tu n'imagines pas combien il lui en coûte de travailler pour moi.

– Si, j'imagine bien.

– Je garde Danny à Lège, et lui, il travaille pour moi. C'est un échange équitable. Une vie pour une autre.

– On ne met jamais les vies dans une balance, vieux taré, leur importance ne peut pas être mesurée.

La porte s'ouvre derrière moi avant qu'il puisse répondre et, lorsqu'il voit Stéphane entrer, il est surpris. Mais il retrouve vite contenance pour l'accueillir comme il accueillerait n'importe quel client. Alors, doucement, je défais les boutons de ma chemise sans lâcher son visage des yeux. Je ne veux pas manquer sa réaction, il me la doit et je regrette que Danny ne soit pas là pour obtenir ce bout de vengeance. Encore que je n'ai pas hâte de voir sa réaction quand elle apprendra que son meilleur ami lui a menti toutes ces années et l'a trahie. Elle va être dévastée et j'ai presque envie de garder le secret pour qu'elle n'ait pas à subir ça, mais je sais que ce n'est pas la solution.

Quand je finis enfin d'ouvrir ma chemise et que Rodrigue voit le micro, il écarquille les yeux et j'entends presque son cœur cesser de battre et son esprit cogiter pour trouver une solution. Il se sentait si à l'abri, si puissant, que jamais il ne se serait imaginé qu'on puisse se retourner contre lui. Pourtant, il est là, comme un lapin pris dans les phares d'une voiture : paniqué et destiné à mourir tristement. C'est fini pour lui. Il va plonger pour tentative de meurtre.

Finalement, je ne tire pas grand plaisir de l'expression de son visage, je suis trop fatigué par toute cette histoire et par ce que je vais devoir annoncer à Danny pour vraiment ressentir quoi que ce soit de positif.

Je me retourne, prêt à partir et à laisser Stéphane s'occuper de Rodrigue, quand j'entends le vieux singe hurler dans mon dos.

– Espèce d'idiot, tu ne retrouveras jamais ta sœur ! Elle est morte !

Les derniers mots d'un homme qui n'a plus rien, à part l'espoir de faire assez souffrir pour se venger. Manque de chance pour lui, je sais déjà ce qu'est devenue ma sœur.

J'ouvre la porte et vois Lily dans la rue. J'ancre mon regard dans le sien tout en répondant à Rodrigue.

– Vous avez raison, ma sœur est morte.

Elle l'est pour moi.

J'essaye de fuir Alysson, allant le plus vite possible avec mes béquilles, mais elle n'a aucun mal à me rattraper et à me suivre ensuite dans la rue déserte.

— Je t'en supplie, Sandy, écoute-moi.

— Tu as eu des jours et des jours pour me parler, j'étais prêt à t'écouter. Maintenant, je n'ai plus envie de le faire.

— Je n'ai rien dit parce que j'avais peur que tu sois comme lui et quand j'ai compris que je me trompais, je ne suis plus arrivée à corriger mon erreur.

Je m'arrête, énervé, et je me tourne vers elle.

— Et il y a quinze ans, c'était quoi ton excuse ?

— Sandy…

— Non, dis-moi ? Pourquoi tu nous as abandonnés ? Pourquoi tu l'as laissé frapper maman ? Parce que c'était trop dur ? Pour nous aussi, ça l'était !

Elle reste silencieuse et cela ne fait que m'énerver un peu plus. Je secoue la tête et reprends ma route.

— Il me violait ! hurle-t-elle d'une voix déchirée qui me fait tout aussi mal que la révélation elle-même.

Je m'arrête net, incapable de bouger.

— Il me violait et me menaçait de te violer toi et de frapper maman encore plus si je parlais.

La tête me tourne soudain et je perds l'équilibre. Ma béquille glisse sur le sol. En quelques secondes, je me retrouve par terre. Alysson vient immédiatement s'agenouiller à côté de moi pour vérifier que je vais bien. Mais je ne vais pas bien, pas bien du tout. À l'intérieur, mes blessures saignent.

— C'est maman qui m'a fait partir. Elle disait que c'était pour me protéger, mais moi, je sais que c'était pour le protéger, lui.

Non, impossible. Ma mère n'a pas pu faire ça. Elle nous a toujours aimés plus que tout…

— Je lui en veux, reprend Alysson. Je lui en veux de ne pas m'avoir laissée porter plainte, de m'avoir séparée de toi et d'avoir couvert cet homme…

J'ai envie de prendre sa main dans la mienne, de la consoler et de la rassurer, de lui dire que tout va bien se passer, que personne ne lui fera plus le moindre mal et que je vais prendre soin d'elle. Mais en dépit de sa souffrance, celle du gamin que j'ai été m'empêche de lui pardonner son abandon et de remettre la faute sur ma mère. Surtout pas en ayant connaissance des sentiments de cette dernière.

— Tu te trompes sur maman, dis-je finalement. Elle n'a pas fait ça par amour pour lui, elle l'a fait par amour pour nous.

Alysson ne comprend pas et secoue la tête, mais je continue :

— Elle avait peur de nous perdre, peur que ses contacts lui permettent de s'en sortir et qu'il se venge ensuite sur nous. Pire, elle avait peur qu'il divorce, obtienne notre garde et, maintenant je le sais, me fasse ce qu'il t'a fait, en plus de continuer à le faire avec toi.

En le disant, je comprends enfin. Moi qui ne saisissais pas pourquoi ma mère était restée avec lui si longtemps, je réalise que je me voilais juste la face. Ces papiers que j'ai vus enfant, ces mots que j'ai entendus lors d'échanges avec ma grand-mère, ils prennent tout leur sens. Bien sûr qu'elle l'a aimé, comme moi je porte dans mon cœur le père de mes premières années de vie et celui que j'aurais voulu qu'il soit, mais si elle est restée, c'est pour nous, pas pour lui. Et lorsque nous sommes partis, elle n'a juste plus trouvé la force de se libérer de ses chaînes alors elle en a fait des lianes d'amour pour mieux supporter sa peine.

Lily secoue la tête, en larmes. Comme moi, elle refuse d'accepter qu'elle s'est trompée et qu'elle a souffert inutilement, toutes ces années.

– Maman t'aime plus que tout. Il n'y a pas un jour où elle ne regarde pas ce dessin que tu lui as fait et qu'elle garde toujours dans sa table de nuit. Pas un jour ne passe sans qu'elle porte les mains à son cou et touche le collier que tu as créé pour elle.

Elle se met à pleurer de plus belle. Elle ressent des émotions si ambivalentes et fortes que je peux les lire sur son visage. Je la comprends si bien…

– Tu lui ressembles tellement, dit-elle soudain, que le premier jour où je t'ai vu, je t'ai détesté.

À notre père, je ressemble à notre père. Je le sais, je suis presque son portrait craché. Cela explique la manière dont elle m'a regardé ce jour-là. Cela n'avait rien à voir avec Danny, en fait.

– J'ai eu peur que tu sois comme lui. Et puis, peu à peu, j'ai appris à te connaître et j'ai compris que tu n'avais rien de ce monstre. J'étais tellement heureuse.

Elle pose les mains sur mon visage et si une part de moi veut reculer pour la punir encore, l'autre, plus forte, se laisse bercer par son affection que j'ai tant voulu retrouver. Le souvenir de cette sœur que j'ai aimée se superpose à la réalité et rend tout confus.

– Retrouver mon petit frère qui me manque depuis tellement d'années, découvrir l'homme que tu es devenu et forger cette belle relation, c'est tout ce dont j'avais besoin. J'étais terrifiée à l'idée que tu me détestes si je t'avouais ensuite qui j'étais.

– Je comprends, dis-je en serrant sa main.

Je suis sincère, je comprends, tout, son chagrin autant que ses secrets et ses hésitations. Tout est tellement plus clair, maintenant. Pour autant, je ne peux pas oublier ma peine, même en connaissant la sienne. J'ai besoin qu'elle corrige ce passé dont elle n'est pourtant pas responsable.

– Tu dois rentrer et parler avec maman.

– Je ne peux pas…

– S'il te plaît, Alysson.

Je la sens se raidir en entendant ce prénom.

– Si tu ne le fais pas, si tu n'essayes pas de l'aider, dis-je à voix basse, je n'arriverai pas à te regarder à nouveau dans les yeux.

Je sais que je la blesse, je sais qu'elle souffre de mes mots et cela me peine tout autant, mais c'est la vérité. Je suis incapable de tirer un trait sur cet abandon douloureux, même en sachant que mon père en est la cause, puis ma mère, indirectement. Je suis incapable de l'aimer si elle n'aime pas assez notre mère pour tenter de la sauver. J'ai besoin qu'elles parlent toutes les deux du passé et modifient leur avenir afin que je change aussi le mien. Si elles ne le font pas, alors je suis condamné à souffrir et je préfère le faire seul, loin de ces deux femmes pourtant si chères à mon cœur.

CHAPITRE 21

Danny refuse de croire Rodrigue, et donc de me croire, moi. Elle rejette mes mots et se fâche devant mon insistance. Je m'abstiens donc de lui parler des sentiments amoureux qu'a son meilleur ami car je sais qu'elle ne va pas y croire non plus. Elle finit par appeler Léni et lui demande de venir chez Olive. Je sais alors que la journée va très mal se finir.

Quand il arrive, nous nous installons dans le jardin et elle lui raconte tout ce que je lui ai dit. Elle rit à certaines parties, s'attendant à ce que son ami se mette à rire avec elle, la contredise, s'offusque, s'agace… qu'il réagisse. Mais il ne fait rien, et quand elle voit son visage déformé par la culpabilité, elle se décompose. Elle secoue la tête, incapable d'y croire.

— Je suis désolé, se contente-t-il de dire.

— Tu es désolé ? Tu te fous de moi ?!

Elle se lève brusquement, faisant tomber sa chaise. Une fois debout, elle attend qu'il en dise plus, qu'il s'exprime et qu'il lui offre une véritable excuse, quelque chose qui pourrait atténuer la peine causée par ce terrible sentiment de trahison, mais il reste muet.

– C'est tout ? Tu n'as rien de plus à dire ?

Face à son mutisme, Danny perd patience. Elle tape brutalement du poing sur la table, nous faisant tous les deux sursauter, et elle grimace en sentant les vibrations remonter jusque dans son épaule douloureuse.

– Pourquoi ? Dis-moi au moins pourquoi tu as fait ça ? Qu'est-ce que tu croyais ? Qu'en partant sur les traces de ma famille, j'allais t'effacer de ma vie ? Que je ne reviendrais pas ? Ça n'aurait rien changé à notre amitié !

– Notre amitié…

Il renifle. Je sais ce qu'il a en tête, mais je suis bien le seul. Mentalement, je lui demande de se taire, de ne pas aggraver son cas, mais il garde ça en lui depuis trop longtemps et il a de toute façon déjà tout perdu.

– Quoi ? demande Danny. On n'est pas amis ?

– Tu sais très bien que je ressens plus que ça.

Je vois à son bref tressautement qu'elle n'est pas au courant, mais elle ne le montre pas à Léni, trop fière pour cela.

– Alors, par amour pour moi, tu as décidé de m'enchaîner à Lège-Cap-Ferret.

Il secoue la tête et soupire.

– Je voulais juste te protéger.

– Me protéger de quoi ? De la vie ?

– Des déceptions que tu aurais rencontrées en partant à la recherche de tes parents.

– Ce n'est pas à toi de décider de ces choses, je suis assez grande pour gérer ma vie.

– Jusqu'ici, tu ne l'as pas vraiment prouvé.

– Pardon ?

– Regarde-toi, Danny, tu vis sous une tente, tu fumes, tu bois, tu…

– Dis-le, le menace-t-elle.

Il reste muet.

– Dis-le !

– Tu te comportes comme une pute ! finit-il par dire, craquant sous la pression.

Je me lève d'un coup, mais avant que je ne puisse faire quoi que ce soit, Danny le gifle. Et quand il se lève à son tour, elle lui met un coup dans le ventre qui lui fait sûrement plus mal à elle qu'à lui, mais qui la soulage certainement.

– Danny… commence-t-il, probablement conscient que ses mots ont dépassé sa pensée.

– Ferme-la ! Je ne veux plus rien entendre sortir de ta bouche.

Elle le pousse de son bras valide puis se retourne. Elle allume une cigarette et tente de se calmer, mais tout son corps tremble. Moi, je me tiens à distance. Là en cas de besoin, mais presque invisible. Elle ne veut pas de mon réconfort, pas maintenant, pas quand elle se sent sale des mots prononcés par celui qu'elle considère comme son meilleur ami, pas quand elle s'en veut de n'avoir rien vu. Elle n'a pas besoin de moi pour l'instant.

J'ai de plus en plus envie de tuer Léni.

– Je voulais juste que tu aies la vie que tu mérites, dit-il, tristement.

– Quelle vie ? demande-t-elle en se retournant. Une vie bien rangée, avec mari, enfants, un gentil petit chien et une jolie maison au bord de l'eau ?

Il baisse le regard et reste silencieux.

– Le fait que tu puisses penser que j'ai envie de ça prouve tu ne m'as jamais vraiment écoutée. Pire, que tu puisses penser que je suis mieux à Lège qu'ailleurs…

Cette fois, elle est peinée.

– Je déteste cette ville, je déteste cet endroit pompeux et ces touristes irrespectueux. Je déteste le soleil, je hais l'océan et j'ai peur des bestioles dans le bassin. Je n'aime pas danser pour des gros porcs ni servir des vacanciers tout le temps pressés alors qu'ils sont censés être là pour se détendre. Je déteste tout, ici. Il n'y a que les gens que j'aime : Oli, Lily, Nicky, Jules, Tic Tac…

Sa voix se brise.

– Et toi. Je survivais parce que tu étais là, toujours avec moi. Au lieu de me retenir ici, tu aurais pu simplement partir avec moi. Mais non, tu as préféré m'enchaîner.

Léni n'y avait pas pensé, cela se voit sur son visage. La culpabilité et la tristesse le rongent.

– Tu sais ce qui est le plus con ? reprend Danny. C'est que j'aurais pu t'aimer, pas comme un ami ou un frère, non, j'aurais vraiment pu tomber amoureuse de toi, si tu m'avais donné la possibilité de le faire.

Cette dernière partie, je sais qu'elle la dit juste pour le faire souffrir. Je le sais parce que je me suis comporté de la même manière avec Lily. Elle et moi, nous sommes cruels lorsque nous sommes blessés. C'est notre seule façon de nous protéger. Une bien triste solution pour se défendre…

Elle écrase sa cigarette et rentre dans la maison. Léni a la décence de ne pas tenter de la retenir. Il reste immobile quelques secondes, supportant mon regard, puis il part sans un mot. Il ne peut pas faire beaucoup mieux. J'ai presque pitié de lui. D'une certaine façon, c'est le cas. Si je lui en veux pour ce qu'il a fait à Danny, je ne peux nier l'avoir apprécié en tant qu'homme depuis mon arrivée et je sais qu'il aime sincèrement ma petite amie. Comment lui en vouloir quand je suis moi-même fou d'elle ? Je m'étonne de ne pas avoir compris ses sentiments avant, moi qui suis habituellement si observateur… Maintenant que j'ai ouvert les yeux, c'est presque une évidence. Il l'aime, il a juste fait de trop grosses erreurs pour qu'elles soient aisément pardonnées.

Danny s'est enfermée dans la chambre d'amis d'Olive, qui a fini par devenir la sienne. Je sais qu'elle s'est isolée pour pleurer, qu'elle en a marre de se montrer en larmes devant les autres, surtout devant celui qu'elle considère comme son grand-père et qui s'inquiète un peu plus à chaque crise. Lui comme moi avons l'impression de la perdre, et l'histoire de Léni n'arrange rien. Elle n'est plus la même.

– Danny, dis-je, à la porte de sa chambre.

– Laisse-moi, s'il te plaît.

– C'est hors de question. Si tu n'ouvres pas, j'enfonce la porte.

– Prépare-toi à la repayer ! entends-je Olive crier depuis le salon.

Cela me fait sourire et rend la situation moins dramatique, mais cela ne calme pas ma petite amie, qui ouvre violemment la porte.

– Quoi ?! s'énerve-t-elle.

Elle préfère se fâcher plutôt que de pleurer encore. La colère est sa manière de lutter contre les multiples peines qu'elle a ressenties ces derniers jours : le décès de Tic Tac, notre accident, la trahison de Léni… C'est trop pour qu'elle puisse conserver ses sourires de façade et sa bonne humeur habituelle. C'est trop pour qu'elle fasse semblant de ne rien ressentir.

Je fais un pas vers elle, en sautant sur un pied, et la prends dans mes bras en veillant à ne pas toucher son épaule meurtrie. Immédiatement, elle se détend contre moi.

– Je vais devenir folle, dit-elle à voix basse.

Je sais bien ce qu'elle ressent. Je suis dedans avec elle, jusqu'au cou. Ma vie semble en suspens, et moi, je me tiens là, sur un fil, à attendre de savoir si quelqu'un va enfin venir me sauver ou non.

J'embrasse sa tête, mais je ne dis mot. Il n'y a rien à dire, de toute façon. Nous restons un long moment ainsi, silencieux, à essayer d'oublier que le monde continue à tourner autour de nous. Et lorsque la nuit nous couvre enfin de son bras, nous nous endormons l'un contre l'autre. Je refuse de la lâcher, et elle de s'éloigner de moi. Nous voulons simplement dormir et plonger dans un rêve plus doux que la vie qui nous attend à chaque réveil.

Malheureusement, la réalité nous rattrape dès le lendemain matin.

— Petit ! entends-je Olive crier, alors que je caresse doucement le dos de Danny. Lily est là.

Alysson ? Qu'est-ce qu'elle fait ici ? Ma danseuse se pose la même question, je le vois à son visage à peine réveillé. Je lui ai expliqué la situation, bien sûr, je lui ai tout dit au sujet de ma sœur. C'est pour ça qu'elle est aussi étonnée que moi de sa présence. A-t-elle déjà décidé d'aider notre mère alors qu'elle s'y refusait catégoriquement quelques heures plus tôt ? Cela me semble étrange.

Nous gagnons ensemble le salon et lorsque nous sommes installés dans le canapé, Lily m'explique la raison de sa venue. Elle n'y va pas par quatre chemins.

— Je suis prête à essayer d'aider maman, mais à une seule condition.

– Laquelle ?

– Je veux que tu viennes avec moi.

– Ce ne sera pas un problème, je comptais rentrer avant de partir en voyage avec les autres. J'attends juste que Danny aille mieux.

Je suis soudain soulagé qu'elle ait pris la bonne décision. Surpris, mais soulagé.

– Tu n'as pas compris, Sandy. Ou je me suis mal exprimée. Je veux que tu rentres avec moi, seul.

C'était trop beau pour être vrai. Nous voilà revenus à cette discussion agaçante.

Ils me fatiguent, tous.

– Qu'est-ce que vous avez tous à nous prendre pour des gosses de quatorze ans ? soupiré-je. Depuis quand on contrôle la relation de deux adultes ?

– Depuis qu'ils sont incapables de voir ce qui est bon pour eux ou non, répond Lily.

– Alors quoi ? Tu me fais du chantage ?

Elle reste muette.

– Et vous, vous laissez faire ?

Olive baisse le regard.

– Après m'avoir demandé d'emmener Danny avec moi, loin d'ici, vous soutenez ce délire ?

Je commence à en avoir par-dessus la tête de leurs conneries.

– Viens, dis-je à ma petite amie en me relevant difficilement.

– Sandy, commence Alysson.

– Non, la coupé-je. Il n'y a pas matière à discussion, ma réponse est non.

Je ne lui laisse pas le temps d'essayer de me convaincre. Avec toutes les difficultés du monde, liées à mon incapacité à bien maîtriser mes béquilles, je quitte la pièce avec Danny. Nous regagnons la chambre et, une fois dedans, je me laisse tomber sur le lit. La journée commence à peine que déjà j'ai envie d'être à demain.

Je sens le matelas s'affaisser et ouvre les yeux pour voir ma belle me regarder tristement.

— N'y pense même pas, la préviens-je.

Je sais ce qu'elle va dire, elle va me pousser à suivre ma sœur parce qu'elle est consciente de mes sentiments à son égard et de ceux que je ressens pour ma mère, mais il est hors de question que je l'abandonne.

— Elle me demande de choisir entre ma mère et toi. Je ne marche pas au chantage.

— Et ta mère, dans tout ça ?

— J'en sais rien… mais s'il lui arrive quelque chose, la responsable, ce sera Alysson.

Je ne veux plus en parler, je veux qu'on arrête parce que je sens que mon esprit change, que ma culpabilité me bouffe. Danny le comprend aussi. Elle se laisse glisser contre moi, veillant à trouver la bonne position pour ne pas se faire mal, et je passe mon bras autour d'elle pour mieux la sentir.

Cette émotion que je ressens lorsqu'elle est dans mes bras, je sais que je ne pourrai jamais la ressentir avec quiconque. Pour rien au monde je ne pourrais m'en séparer volontairement. Mais ai-je vraiment le choix ?

**

Les jours passent, mais rien ne semble s'arranger. Danny et moi sommes en permanence sur les nerfs et nous avons beau nous aimer, nous commençons à nous agacer mutuellement. Ce n'est pas vraiment un problème de couple, c'en est plutôt un que chacun a avec soi-même. L'un comme l'autre, nous nous sentons responsables ; elle, du fait que je ne parte pas, et moi, du fait que ma sœur n'aide pas ma mère. Cela nous bouffe et un matin, juste comme ça, les choses prennent un autre tournant, que je ne souhaitais pas.

– Je veux que tu partes, me dit soudain Danny.

Mon cœur s'arrête, je le jure, il s'arrête un instant de battre et je me sens partir.

– Toi et moi, c'est n'importe quoi. Tout ce qui nous arrive, on le mérite.

– Arrête.

– Non, c'est vrai. Regarde-nous, deux âmes paumées qui sont ensemble mais se perdent un peu plus chaque jour. Regarde tout ce qu'on a fait, toutes nos erreurs. Tic Tac en est mort, on a failli y passer aussi, et dans notre inconscience, on aurait pu mettre la vie d'un enfant en danger. Merde, Sandy, j'aurais pu tomber enceinte… On a bu, on a fumé, on a couché ensemble sans se protéger…

Qui sait quelles conneries on aurait pu se refiler l'un l'autre. Ne nous mentons pas, avant, on couchait à droite à gauche, toi et moi. On a été complètement inconscients.

Nous avons beaucoup réfléchi à nos erreurs pendant ces quelques jours à nous isoler du reste du monde, alors je sais qu'elle dit vrai.

Le nombre de fois où nous avons fait l'amour sans nous protéger, ayant assez confiance alors que nous ne savions rien l'un de l'autre, nous prenant pour des dieux capables d'empêcher une grossesse. Toutes les fois où nous avons pris la moto après avoir bu ou fumé, sans casque, mettant nos vies et celles des autres en danger. Et ces fois où nous nous sommes battus, risquant de tuer ou d'être tués. Nous avons été fous.

– Je crois qu'on a eu assez de preuves que je dois rester ici. Je ne suis pas destinée à partir. Léni a peut-être raison.

– Je ne crois pas au destin et je sais que toi non plus. Tu te cherches des excuses, tu me repousses et je sais pourquoi tu le fais.

Pour que je retrouve ma mère, pour que je renoue avec ma sœur, elle veut simplement mon bonheur et cela me rend plus amoureux d'elle encore.

Elle soupire.

– Tu dois l'aider.

– Je l'ai fait, j'ai retrouvé ma sœur. Maintenant, c'est à elle de faire le reste.

— Mais elle ne fera rien si tu n'y vas pas. C'est sa condition.

— Alors ce sera sa faute si quelque chose arrive à notre mère, pas la mienne.

— Même si c'est vrai, tu t'en voudras d'avoir eu la possibilité de l'aider et de ne pas l'avoir fait. Sandy, dit-elle en s'approchant de moi, tu rêves de ça depuis que tu es gosse. Depuis toujours, tu ne veux qu'une seule chose : aider ta mère, la sauver. C'est enfin ta chance, saisis-la !

Elle a raison, bien sûr qu'elle a raison, mais ce n'en est pas plus facile pour autant.

— Je ne veux pas te laisser, murmuré-je, en appuyant mon front contre le sien.

— Et je ne veux pas que tu partes, répond-elle, tout aussi bas.

Mes lèvres se posent doucement contre les siennes, puis sur sa joue et partout sur son visage. Nous partageons des gestes tendres, puis je me recule de quelques centimètres pour mieux la voir.

Elle est magnifique, elle l'est toujours, malgré les cernes, les yeux rouges, les marques encore visibles… elle est parfaite et j'en suis fou.

— Ne le dis pas, me supplie-t-elle.

Elle ne veut pas entendre ces trois mots, alors même que nous allons nous séparer, qu'elle me jette hors de sa vie… Malgré tout ça, elle ne m'autorise toujours pas à verbaliser mon amour. Mais je ne lui obéis pas, pas totalement. De mes yeux, je lui confie tous mes sentiments pour elle, de mes caresses, je lui avoue la passion qu'elle fait naître en moi, et de mes baisers je lui fais goûter à mon amour. Je veux qu'elle entende mon aveu silencieux, qu'elle sente le parfum de mes émotions, qu'elle voie la couleur de ce que je ressens pour elle, et elle le fait. Elle se met à trembler et à respirer avec difficulté. Puis elle ferme les yeux et je vois la peine sur son visage.

— Le jour où tu me dis que tu m'aimes, tu pars, me reproche-t-elle.

— Je te le dis depuis longtemps, mais tu te bouchais les oreilles, Danny.

Ma main glisse sur sa joue et, malgré elle, elle se laisse aller contre ma paume.

— Je reviendrai. Je te le promets, je reviendrai.

Elle sourit tristement en entendant ma promesse.

— Non, je ne plaisante pas. Je vais mettre de l'ordre dans ma famille et ma vie, te laisser mettre de l'ordre dans la tienne, et je reviendrai alors te chercher pour faire ce road trip. On partira faire le tour de France, on ira voir tout ce que tu veux, ensemble. On ira chercher tes parents, tes origines, on fera tout. C'est une promesse, et celle-là, je la tiendrai. Si je ne dois en tenir qu'une dans ma vie, ce sera celle-là.

Je ne sais pas si elle me croit. Je n'en suis pas sûr. Elle est comme résignée. Elle me laisse partir pour mon bien, elle me force même à le faire, mais elle n'en tire aucun plaisir et cela me déchire de l'abandonner. J'ai l'impression de n'avoir fait que ça depuis des jours, de ne pas être à la hauteur.

C'est la première fois que je tombe amoureux et je ne sais pas comment protéger cet amour ni comment en être digne. J'ai si peur de tout gâcher.

Une part de moi veut tout envoyer paître et rester avec elle, ou m'enfuir avec, comme nous l'avions initialement prévu, mais il y a un Sandy rationnel qui me murmure des choses depuis l'accident. Il me dit qu'elle a raison, que nous avons fait trop de bêtises, que nous avons été fous, inconscients, dangereux, immatures, et que nous devons apprendre à nous respecter et à devenir de meilleures personnes avant d'essayer d'être un meilleur couple. Nous nous entraînons mutuellement vers le bas et ce malgré notre amour. Mais si Lily pense que nous ne sommes pas faits l'un pour l'autre et que je suis persuadé que Danny s'en est elle aussi convaincue, moi, je sais que nous sommes destinés, alors même que je ne crois pas au destin. Peut-être pas à ce moment, peut-être dans deux ans, ou dans dix, mais nous sommes faits pour nous retrouver et être ensemble. Jamais encore je n'ai été si sûr de quelque chose.

Le soir, Olive nous laisse la maison et va dormir chez sa petite amie dont le visage m'est toujours inconnu. Il sait que je m'en vais le lendemain avec Alysson. Je le lui ai dit et je lui ai demandé de prendre soin de Danny en attendant mon retour. À ma sœur, que je maudis pour son chantage, mais que j'aime de se soucier sincèrement de moi, j'ai annoncé la nouvelle sombrement, sans un sourire, sans un mot doux. Je ne suis pas encore prêt à la pardonner.

Au même moment, j'ai appris que Stéphane avait pu récupérer ma moto et que nous allions la ramener avec nous, à l'arrière du pick-up. Mon amour pour Haley ne suffit cependant pas à me consoler de devoir quitter la femme que j'aime.

Alors, cette dernière nuit à deux, nous la passons à faire l'amour. Nous nous embrassons avec une passion dont nous n'avons encore jamais fait preuve avant et je découvre de nouvelles sensations et de nouveaux sentiments. Je ressens tout plus vivement, plus intensément, mais aussi plus douloureusement. J'ai beau savoir que ce n'est pas la dernière fois, je ne peux pas m'empêcher d'être malheureux à l'idée de la quitter. Nous faisons de notre mieux pour ne pas y penser. Nous nous aimons passionnément, regardons *Grease* ensemble une deuxième fois et continuons à nous aimer encore jusqu'à ce que le soleil pointe le bout de son nez. Il nous rappelle que le temps a passé, se moquant bien de nos désirs ou de nos craintes.

Au petit matin, Danny danse une dernière fois pour moi et je tombe un peu plus amoureux d'elle. Elle retient ses larmes, alors je retiens les miennes. Et quand elle part sous la douche en me faisant un petit signe de main et un sourire, je me glisse hors de la maison et remonte la rue pour m'éloigner douloureusement d'elle. Quelques mètres terrible-ment difficiles, non pas à cause de ma jambe cassée, mais à cause du manque d'elle qui grandit à chaque pas. Pourtant, je pars sans me retourner, sans avoir revu Jules ou Nicky, sans avoir remercié Stéphane, sans savoir ce qu'il va advenir de Rodrigue, sans même avoir revu la plage sur laquelle j'ai aimé ma danseuse pour la première fois ou vu Tic Tac pour la dernière. Je pars simplement, remontant des rues vides avec ma peine pour seule compagne.

C'est fini. Je dis au revoir à Lège-Cap-Ferret qui m'a rendu aussi heureux qu'elle m'a fait souffrir. Je rentre à la maison, tout en réalisant que c'est avec Danny que je me sens chez moi...

J'ai énormément roulé, vu de nombreux paysages et rencontré beaucoup de gens, mais cette fois, j'ai croisé l'amour en chemin et je compte bien continuer ma route avec. La première promesse que je vais tenir doit être celle faite à Danny, il ne peut pas en être autrement. Quoi qu'en pense notre entourage, je sais que nous sommes faits l'un pour l'autre et je compte bien le leur prouver.

C'est mon unique pensée en voyant le paysage défiler par la fenêtre du pick-up de ma sœur enfin retrouvée.

REMERCIEMENTS

Lorsque vient la partie des remerciements, je me sens toujours heureuse de pouvoir témoigner ma gratitude et, en même temps, je sais que je n'aurai pas assez de place pour le faire. Alors d'avance, merci à tous, même ceux qui ne sont pas spécifiquement mentionnés !

Merci à OM_I_K_40 qui a gentiment répondu à toutes mes questions concernant la procédure en cas d'accident, de consommation de drogue, de tests... et à mon mari, pompier, par son partage d'expérience. Sans eux je n'aurais pas pu correctement rédiger les scènes des accidents et j'aurais certainement écrit des bêtises...

Pour commencer, je remercie mon éternelle source d'inspiration : Kim Jonghyun, l'artiste de ma vie. Sans lui, je ne serais même pas auteur aujourd'hui. Il n'y a pas de moi sans lui.

Merci à toutes les personnes qui ont lu ce livre quand son brouillon a été publié sur Wattpad, lecteurs et lectrices, j'ai adoré vivre cette expérience avec vous et vous voir vous attacher à ces personnages, même quand vous m'avez menacée de choses horribles si je touchais à vos chouchous… (N'est-ce pas, Tia ?)

Merci à toutes les personnes qui me lisent, depuis le début ou depuis peu, si vous tenez ce livre entre vos mains, alors vous avez toute ma reconnaissance, que vous l'ayez aimé ou non, merci d'avoir vécu cette histoire avec moi.

Merci à toute l'équipe de Hugo Publishing, ceux avec qui j'ai échangé comme ceux qui ont travaillé dans l'ombre. Vous avez permis la publication de ce livre et vous m'avez aidée à en faire quelque chose de mieux que ce que j'aurais pu imaginer. Mais s'il y a bien quelqu'un de la famille que je tiens à remercier, c'est Sylvie, mon éditrice. Merci pour ta gentillesse, ton professionnalisme et tout le respect que tu as porté à mon travail. J'avais beaucoup de craintes en signant avec une maison d'édition, peur de perdre mon identité ou ma liberté, et tu m'as prouvé que tu n'étais pas là pour me changer, mais pour me montrer sous mon meilleur jour. Merci beaucoup d'avoir travaillé avec moi pour rendre ce texte meilleur.

Toujours du côté de cette nouvelle famille que j'ai rejointe, je tiens à remercier ma petite Morgane :

merci pour ton soutien et ta gentillesse, ça a fait plus de différences que tu ne pourrais le croire.

Enfin, merci à tous mes proches, famille, amis, collègues… mon mari, en particulier, qui a « senti » ce projet avant même que je le commence, ma mère, qui restera toujours ma plus grande lectrice, mes amies qui m'ont lue, soutenue et aidée encore et encore, et tous les collègues indépendants et hybrides qui sont là chaque jour pour vivre des expériences formidables avec moi.

Vous avez tous permis à Sandy, Danny et tous leurs proches d'exister, et ils ont encore plein de choses à vous raconter ! Vous verrez ça dans le prochain tome, mais en attendant, merci.

LIVRES DE LA MÊME AUTEURE

Pardon, 2016 en auto-édition

Le langage des fleurs, 2017 en auto-édition

Sous le même ciel, 2017 en auto-édition

Tout en nuances, tome 1 : Hyacinthe,
2018 en auto-édition

Le chant de l'océan, 2018 en auto-édition

Jake & Noah, tome 1 : La Traversée,
2018 en auto-édition

Tout en nuances, tome 2 : Alexa,
2019 en auto-édition

A vol de souvenirs,
2019 en auto-édition

Composition et mise en pages
Nord Compo à Villeneuve-d'Ascq